文春文庫

火の国の城

上

池波正太郎

文藝春秋

本書は昭和五十三年に刊行された文庫の新装版です。

上巻・目次

火の国の城　上

風呂の客

もうもうたる湯気が、たちこめていた。

板がこいの風呂場といっても、浴槽があるわけではない。

六坪ほどのひろさをかこむ板壁に沿って腰かけがつくりつけてあり、客は裸体となってここへ腰をかけ、湯気にむされるのである。

京の都で、このような〝むし風呂〟が営業するようになったのは、もう何十年も前からのことだ。

客は物もちか、武士、公家などで、現代《いま》より三百七十年も前の京の庶民たちが〝戸棚風呂〟ともよばれている、この〝ふろや〟の客となることはめったにない。

いま、風呂場には、客がひとりであった。

乳色の湯気の中で、その客の裸体が立ちあがった。

客は仕切りの戸を開け、洗場へ出て来た。

たくましい裸体ではある。

何かの守護神の仏像でも見るような筋肉の起伏を、鞣革《なめしがわ》のつよさとやわらかさをおもわせる皮膚がおおっていた。

躰をながしに洗場へ入ってきた湯女《ゆな》が瞠目《どうもく》して、

「ま……りっぱな、からだわいの」

感嘆の声をもらした。

客は、三十前後に見える。

茶の衣服に小さな刀をさしこみ、塗笠に初夏の午後の陽ざしをうけて、戸棚風呂へ入って来たところは、どこぞの商人とも見えた。

だが……。

湯気にむれつくした躰の垢《あか》を、

「出るわいの、たくさんに出るわいの」

いいながら竹のへらでこそげ落しながら、湯女は、

(この客どの……もとは武士《さむらい》や)

と、おもった。

躰中に数カ所の、傷痕がきざまれていたからだ。

もっとも、天下分け目などといわれた関ヶ原の戦争が終って、五年目のいまは、傷痕

のついた男たちなど、めずらしくもない。

「おい……」

と、客が背中の垢をかきとっている湯女の、ふとやかな腰のあたりへ後手をのばしてたわむれつつ、

「ついでだ。髪も洗ってくれ」

「あい、あい」

湯女は、うれしげな声でこたえ、豊満な乳房を客の背へ押しつけるようにした。

湯女は、白布を腰にまとっただけの上半身は露呈させたまま、客の垢をかく。彼女たちが、単なる接待のみで暮しているのではないことはいうをまたぬ。

このとき……別の客が脱衣の間から洗場へ入って来、風呂場の戸を開けかけ、ふっと、うつ向いて髪を洗わせている客の見事な裸身から、その横顔へ視線をうつしたとき、おもわずうかべたおどろきの表情を、かくしきれなかったようだ。

先の客も、湯女も、これに気づかない。

後からの客は、すばやく風呂場へ姿を消した。

洗場の湯女は、糠《ぬか》や洗土《あらいつち》を先の客の髪へふりかけては、よごれをもみおとしている。

湯女の乳房が、客のあたまの上でおもたげにゆれていた。

白い肌に血がのぼり、湯女の低い鼻のまわりに汗の粒がうきあがって、懸命の接待ぶりである。

「酒《さき》の仕度、してもよいかえ？」

と、彼女があえぐようにいう。

「うむ。してもらおう」

「客どのは、京のお人やないような……」

「うむ……」

「どこのお国や？」

「遠いところだ」

「どこじゃ？」

「前には、何度も京へ来たものだが……」

「どうりで。戸棚風呂の入様《いりよう》もなれておいでじゃ」

「……そう見えたか」

「あい、あい……あのな……」

「何だ？」

「今夜は、ここへ泊るかえ？」

「もう夕暮れだな」

「そうや。泊るかえ？」

「泊ってもよい」

「おお、うれし」

洗った髪をむすんでもらい、この客は、堀の水に面した奥の小部屋へ入った。

眉も、鼻もふとく、光りのふかい双眸《りょうめ》がくろぐろとしているこの客の顔貌には、おだやかで人なつかしげなにおいがただよっていて、

「私《うち》の客どの、好き」

湯女は朋輩《ほうばい》たちにもいい、たのしげに酒食の膳《ぜん》をはこびはじめている。

そのころ……。

後の客は、風呂場の湯気の中で、凝《じっ》とうずくまっていた。

先の客よりは、ひとまわりほど年長に見える中年の客であった。この客の裸体も、細く引きしまってはいるが、すばらしい筋肉である。

「たしかに……」

と、この客がつぶやいた。

「たしかに、あの客……丹波《たんば》大介《だいすけ》であった」

この客のつぶやきは、そこで絶えた。

この客の名を、奥村《おくむら》弥五兵衛《やごべえ》という。

甲賀や伊賀の忍びの者たちが、この名をきいたら、

「まだ生きていたのか……」

おもわず息をのむにちがいない。

奥村弥五兵衛は、前に信州・上田の城主であった真田家につかえていた忍びの者だが、

あの関ヶ原戦争の折に、戦場へ出て討死をしたと、忍びたちの間で、うわさされていたのだ。

ところで、弥五兵衛がつぶやいた〝丹波大介〟の名をきいたら、ことに甲賀の忍者たちは、

「大介も、まだ生きている……」

愕然《がくぜん》としたろう。

現に大介と親交のふかかった奥村弥五兵衛でさえ、丹波大介の死を信じていたのである。

〝忍びの者〟というと、伊賀と甲賀が代表するようになってしまったようだが……。

戦国の時代《ころ》は諸方にさまざまな忍びの術が派生してい、奥村弥五兵衛が生まれた信州の伊那谷を本拠とする忍者たちを〝伊那忍び〟とよぶ。

伊那忍びは、もともと甲斐の武田家につかえた者が多い。地形的に見て当然であったといえよう。

弥五兵衛の父弥惣《やそう》も、武田信玄（晴信）につかえ、その間諜《スパイ》網の主軸となって活躍をした。

父が亡くなってのち、弥五兵衛も信玄・勝頼と二代にわたり、武田家につかえたのである。

のち、織田信長・徳川家康の連合軍によって武田家がほろぼされたとき、弥五兵衛は

生きのこった。

彼のように生きのこった伊那忍びたちは、その後、大きくわけて、二つの〝はたらき場所〟を見出した。

一つは、徳川家康の間諜組織へふくみこまれた。

一つは、信州・上田の真田昌幸のためにはたらくことになり、弥五兵衛はこれをえらんだ。

それはつまり……。

伊那忍びにとっては主家にあたる武田を討ちほろぼした宿敵・徳川家康につかえたものと、武田家と共に長年の間、行動を共にしてきた真田家につかえるものと、この二つにわかれたということだ。

ところが……。

五年前の関ヶ原戦争では、真田昌幸が西軍へ参加し、東軍の徳川家康に刃向った。

昌幸は上田の城に東軍の第二軍を迎え、これを釘づけにして一歩も退《ひ》かず、ついに第二軍は関ヶ原決戦への参加が不可能となってしまったのである。

だが、関ヶ原の勝利は東軍に……徳川家康の手につかみとられた。

敗北した西軍の一将として、真田昌幸も次男・幸村と共に、紀州・高野山へ追いやられた。

そして五年後のいま、京の風呂やに奥村弥五兵衛を見出すことは、いったい、なにを意味するのであろう。

弥五兵衛はいま、だれのために〝忍びの術〟を活《い》かしているのか……。

夕暮れがきて、弥五兵衛も湯女と共に奥の小部屋へ入った。

雨になった。なまあたたかい初夏の雨である。

この夜、ここ三条室町の風呂やの客は二人きりであった。風呂やは、一条から六条にかけて、室町通りに多いが、ちかごろは、どこも客がすくないらしい。

夜ふけになった。

奥村弥五兵衛が〝たしかに、丹波大介……〟とつぶやいた、その当の客と共にねむっていた湯女が手洗いに起きて廊下へ出て行ったきり、いつまでも帰らぬ。

たくましい躰つきの客は、このとき、早くも目ざめてい、

(女がもどって来ぬ……妙だな……)

異常を感じていた。

異常を感じた瞬間に、客のいびき声がたかまった。

ふかいねむりを、よそおいはじめたのだ。

〝ねむり灯台《とうだい》〟の細いあかりが、かすかにゆれている。

と……。

いつ戸が開いたのか、しまったのか、それもわからぬうち、微風のように部屋の中へながれこんで来たものがある。

（まさに、どこかの忍びだ）

と、夜具の中の客は、なおもいびき声を絶やさず、忍びこんできた男に背をむけたまま、身じろぎもせぬ。

「やはり、な……」

夜具のすそにうずくまった男が、はっきりと声に出した。

客のいびきが熄《や》み、

「その声に、ききおぼえがある」

と、いい返したものである。

まだ、背をむけたままであった。

「おぬしの耳におぼえあるとおりの男よ」

「まさに……」

むっくりと、客が半身をおこし、男へふり向き、

「やはり、弥五兵衛どのか」

「丹波大介。久しぶりだのう」

忍び入って来た男は、奥村弥五兵衛である。

弥五兵衛も、丹波大介とよばれた客と同じような風体《ふうてい》で、この風呂やへやって来ている。

弥五兵衛が客のそばへ来て、片眼をつぶって見せた。

客は、うなずいた。

これからは、声を発せずに語り合おうと、たがいに合図をかわしたのだ。

たがいのくちびるのうごきを見て言葉をよむわけで、つまり、読唇の術によって会話しようというのである。

二人のくちびるが、うごきはじめた。

「弥五兵衛どの。おれと添い臥《ふ》していた湯女を、どこへやったのだ？」

「厠《かわや》から出てきたところをそっとおさえこみ、ねむり薬を嗅《か》がせ、わしが部屋へはこびこんだ」

「おぬしの湯女《あいて》は……？」

「これも、ようねむらせてある。いまは二人とも、仲よう、ぐっすりとねむりこけておるわ」

二人の眼と眼が、可笑しげに笑い合った。

「大介。五年ぶりのことだな」

「いかさま……」

「関ヶ原の折、おぬしは死んだとの風説《うわさ》が流れている」

「では、弥五兵衛どのと同じことだ」

「この五年の間、どこにいたのじゃ？」

「おれが故郷にいた」

「ばかな……」

弥五兵衛が苦笑をした。

丹波大介は甲賀の忍びだが、関ヶ原戦前後の〝忍び活躍《ばたらき》〟で、甲賀の仲間たちを裏切っている。とても故郷の甲賀へもどれるわけがないのだ。

「おれは別に、甲賀で生まれたわけではないものな、弥五兵衛どの」

客……丹波大介が、たのしげに、そういった。

丹波大介は、甲斐の国の丹波村に生まれた。

そこは武蔵との国境《くにざかい》に近い山村で、現代《いま》の奥多摩湖の北岸をうねる青梅《おうめ》街道を西へすすみ、国境をこえて二里余。

そこが丹波の里である。

大介の父・柏木甚十郎は、近江の国・甲賀郡・柏木郷の出身だ。生えぬきの甲賀忍者といってよい。

そのころの甲賀忍びたちは、諸方の大名たちのために活動をしていて、甚十郎は甲斐の武田信玄にやとわれ、

「他国の忍びは居つかぬ」

と忍びの世界で評判された武田家のためにはたらくこと十余年。

古今無類の英雄といわれ、ついには天下の大権をつかみとるかとおもわれた武田信玄の異常ともいえる信頼を得たとき、

「わしは、武田の臣として死にたい」

と、柏木甚十郎は決意するにいたった。

彼は、信玄が亡きのち、家をついだ武田勝頼にもつかえぬき、武田家がほろびる最後まで、はたらきつづけた。

だから甚十郎は、奥村弥五兵衛の父・弥惣とは同僚だったわけだ。

武田家がほろびてのち、

「もはや、わしが忍びの術もほろびた」

と、甚十郎は甲斐でめとった妻の佐恵木《さえぎ》をつれ、丹波の山里へかくれ住んだ。

そして、一子・大介をもうけたのである。

大介の忍びの術は、この亡父から教えこまれたものであるから、甲賀忍法が基本となっているといえよう。

父母亡きのち、大介は、甲賀にいる伯母の笹江にまねかれ、甲賀忍びの一人として甲賀の頭領・山中俊房の下へ入って、はたらくことになった。

これで、丹波大介が、

「おれの生まれ故郷は甲賀ではない」

と、いったこともうなずけよう。

「そうか……で、その丹波の村で、いままで何をして暮して来たのだ?」

奥村弥五兵衛が問うと、大介は、

「百姓、木樵《きこり》」

箇明にこたえる。

弥五兵衛の眼にわずかな光りが加わった。

「で……何をしに、五年ぶりの京へあらわれたのだ？」

「弥五兵衛どのも、京にいて、何をしてござる？」

弥五兵衛は沈黙した。

その眼は微笑しつつ、大介の顔を凝視《ぎょうし》している。

「おれはな、弥五どの」

いかにも、くったくもなげに、大介が、

「関ヶ原の戦さの跡を見にきたまで」

といった。

「それだけか？」

「うむ。ついでに五年ぶりの京の町も見とうなった。それだけのことだ。間もなく、丹波へ帰る」

「丹波に、待つ人がおるのか？」

「いまだ妻もなく、したがって子もない」

「大介は、いくつになった？」

「三十歳」

奥村弥五兵衛の、細長い顔に、しわがふかい。鬢髪《びんぱつ》に白いものがまじり、見たところは五十をこえて見える弥五兵衛だが、この慶長十年（西暦一六〇五）で、四十一歳になる。

大介が、だまってまくらもとの酒瓶をとり、

「弥五どの。残り酒だが……」

「うむ。いただこうか」

依然、ふたりは読唇の術によって会話している。

「弥五どのに、きいてよいかな？」

「なにをだ？」

「真田の大殿は、すこやかにおわすか？」

なにげもなく問うた大介なのだが、奥村弥五兵衛にとっては、ずばりとわが意中にあるものの核心へ切りこまれた感じであった。

真田昌幸・幸村の父子は、高野山から紀州の九度《くど》山へうつり住んでいた。

昌幸の長男・真田信幸は、いまも徳川家康に忠誠をちかい、上州・沼田の城主として健在である。

関ヶ原では、父と子、兄と弟が敵味方にわかれた真田家であったが、敗北した西軍に味方した真田昌幸は、家来・小者を合せて、わずか十名ほどのものにかしずかれ、九度山の小さな屋敷に暮している。だが徳川家康は、尚も、

「九度山をきびしく見張れ」

と、ことあるたびごとにいうらしい。

兵もなく武器もなく、金もなく、九度山に押しこめられている真田父子なのだが、家康にとっては彼らがまだ、この世に生きてあること自体が不気味なのだ。

その真田の大殿・昌幸について、

「すこやかにおわすか？」

と、丹波大介が問うたのは、

（弥五兵衛どのは、いまも真田の大殿へ、お目にかかっているにちがいない）

そう見こみをつけているのと同じことであった。

弥五兵衛は、わるびれずに、

「お元気、とはいえぬが……」

と、こたえた。

「え、御病気……？」

「お躰に別条ない。だがな大介、大殿の精神《おこころ》が御病気よ」

「なるほど……」

今度は、大介が沈黙した。

沼田城主の真田信幸は、どうかして、九度山の父と弟を世に出してやりたいと考え、いろいろと徳川家康にはたらきかけてもいるらしいが、家康は、これをうけつけようともせぬ。

二年前の慶長八年二月。

徳川家康は〝征夷大将軍〟に補された。これで、名実ともに天下の大権をつかみとったわけである。

それだけに、真田信幸としては、

(せめて……わしが手もとへ、父と弟をひきとらせてもらいたいのだが……)

と、念じている。九度山にいて、まんぞくに酒ものめぬような、貧乏ぐらしをしている父と弟なのであった。

「で、弥五兵衛どのは、いま京にいて何をしてござる？」

「印判師《いんばん》・仁兵衛。それが、いまのわしの名よ」

「印判《はん》を彫るお人が、いまも九度山の大殿のもとへ……」

「いうまでもなく、忍んで行くのじゃ」

九度山の真田父子への見張りの眼は、きびしい。

おもてむきは、紀州和歌山の城主・浅野幸長《よしなが》へ、

「九度山を見張れ」

と、命じている徳川家康であった。

だが、そのほかに、伊賀・甲賀の忍びたちをつかい、間断なく、九度山のまわりを警戒させているのだ。

その厳重な警戒網をくぐって、奥村弥五兵衛は旧主の真田昌幸をおとずれているらしい。

「丹波大介……」

ややあって、よびかけたときの弥五兵衛の顔に、一種の決意がひらめいたのを、大介は見のがさなかった。

「あ、待って下され」

手をあげて、大介が弥五兵衛のくちびるのうごきを制した。

「え……?」

「弥五どの。おれは丹波村の百姓でござる。木樵でござる」

「なれど……」

「おれの忍びの術は、ほろびた……亡き父・甚十郎が丹波の村へ引きこもったときにそういったそうな。いまのおれも、同じこころだ、弥五どの」

「それならなぜ、おぬしの父ごは、忍びの術を我が子につたえたのじゃ?」

「だから……このおれには、我が子などというものが一人もおらぬと申した」

きっぱりと、大介はいった。弥五兵衛は、たしかに、

(おれをさそっている)

と、大介は先刻から直感していた。ということは、大介が忍びの者として再起することをすすめているのである。

(わしと共に、はたらいてくれぬか……)

と、あきらかに弥五兵衛の眼は語っていた。

では、

(だれのために、忍びばたらきをするのか……?)

ということになる。

天下は家康のものとなり、ここに徳川幕府の母体が生まれた。家康の前に天下統一をなしとげた豊臣秀吉の遺子・秀頼は、いま大坂城にあり、かつての豊臣の栄光をにない、家康もまた、大坂の豊臣勢力には、いまのところ一目をおくかたちをとっている。

(なるほど。真田の大殿は、まだのぞみを捨ててはおらぬのか……)

大介が、おもわずにやりとしたとき、弥五兵衛が、強くかぶりをふって見せた。

それとこれとは、はなしが別だ、といいたいらしい。

「わしはな、大介……」

と、奥村弥五兵衛は、

「わしは、真田の大殿のおんために、はたらいてくれと申すのではない」

「弥五どのと共にではなく……?」

「いかにも」

「と申すことは……大殿は、これからもう一度、天下をくつがえすほどの大戦《おおいくさ》があると見ておられるのだな?」

「……」

「そのとき、大殿は若殿（幸村）と共に九度山を脱して、あの家康の、あぶらぎった白髪首をねらい討とうと、ひそかに考えておられる。そうだ、それにちがいない」

弥五兵衛は、否定も肯定もせぬ。

「おれも弥五どの。関ヶ原の折は、共に真田家のために忍びばたらきした男だ。いまも、弥五どのが大殿のもとにはたらいていると知って、うれしくもあり……」

すこし間をおいてから大介が、

「いささか、この躰の血も熱くなってきたようだが……」

「だから大介……」

「待って下され。おれに、どのような役目をあたえてくれても、うごかぬ」

「先ず、わしのいうことをきけい」

「きかぬ。きいたところでむだだ」

「どうあってもか……？」

「おれは、丹波へ帰る。いや、一日も早く帰ったほうがよさそうだ」

いいつつ、大介の視線が意味ありげに、廊下へ面した戸口のほうへうごいた。

はっと弥五兵衛も気づいたらしい。

彼のくちびるがせわしなくうごいた。

「だれかいるのか、廊下に？」

「廊下の外の、しまった戸の向うだ」

「え……？」

「堀の川水の向うに、木立がある」

「うむ……」

「そこに、先刻から……弥五兵衛どのが来る前から、だれか一人、ひそかにかくれて、この部屋の中の気配をうかがっているのだ」

「それは……？」

「わからぬ。これが京へ来て二日目……つまり昨日から、だれかが、おれをつけまわしている」

「ふうむ……」

「忍びにちがいない。顔も姿も、おれに見せぬほどだから、よほどのものだ。もっともおれも、長い山里ぐらしで、忍びの勘もにぶってしまったが……」

「どうだ。いまから二人で、そやつを捕えてくれようではないか」

「よしなされ。おれ一人のことだ」

「いったい、だれが……？」

「おれのいのちをねらっていることだけは、たしかだ」

「なぜ？」

「知らぬ。いずれ、原因《もと》はむかしのことだ。おれが手にかけた者のうらみを、はらそうというのやも知れぬ」

弥五兵衛が何かいいかけるのへ、大介は、

「今夜はこれまで。京を去るまでに一度、ゆるりと会おう」

「わしが家は、四条の室町じゃ」

「わかった」

奥村弥五兵衛が去ったのち、丹波大介はねむれなくなった。あきらかに五体の血がさわいでいる。

空が白んだとき、堀川の向うの木立から殺気が消えていた。

襲撃

〝戸棚風呂〟で奥村弥五兵衛と出会ってから三日目に、丹波大介は京の町をはなれた。

〝印判師・仁兵衛〟として弥五兵衛が住んでいる四条・室町の家を、大介はわざとたずねなかった。

弥五兵衛に、また会えば、

(またも、おれの忍びの血がさわぐ)

それが、おそろしいのである。

弥五兵衛にはうちあけなかったけれども、甲斐の丹波村には、十八歳の愛らしい妻が待っている。

去年、おなじ村の猟師のむすめでもよ、という、のを、大介は妻に迎えた。山里そだちの、ふかい樹林の中で息づいている木の実のような妻であった。まだ、子はない。

関ヶ原戦争後にうけた丹波大介の精神《こころ》の傷痕は、もよを妻にしてから、すこしずつ癒えていった。

（もよは、いまごろ、何をしているだろうか……？）

大介の好きなえのき飯でもたくつもりで、榎の若葉をとっているやも知れぬ。いま、榎の樹は、こまやかな淡黄色の花をひらいている。その若葉の鮮烈なにおい……。飯へきざみこんだ榎の若葉の香りを、もよは陰膳《かげぜん》にもって、大介の帰りを待ちわびていることであろう。

大介が、今度の旅立ちをしたのは、まったく弥五兵衛へ語ったとおりだ。

五年前の、まだ二十五歳の若さだった丹波大介をして、

「おれの忍びの術は、もうほろびた」

といわしめ、すべてを捨てて丹波の山ふかく隠れ住むほどの衝撃をあたえた関ヶ原戦争であった。

そのときの大介についても、いずれ語らねばなるまいが……。

五年を経て、いまの大介が、もよと共に生涯を丹波の里ですごす決意をかためたとき、

（最後に一度……一度だけ、関ヶ原を、京の、大坂の町を見ておきたい）

と、おもったのは当然というべきだろう。

若い自分《おのれ》のいのちと、忍びとしての情熱とをちからのかぎりにたたきこみ、多くの人びとの生命と愛が、すさまじい権力あらそいと戦闘の渦の中に消滅していったのである。

大介にとって、忘れようとて忘れきれぬ彼の青春がそこに在った。

その青春が躍動し、闘い、傷ついた場所を、最後に、わが脳裡《のうり》へきざみつけておこうとおもっただけのことなのだ。

(だが……これ以上、京の町にいては、丹波の里も、もよの顔も忘れかねない)

そうおもったとき、大介は狼狽《ろうばい》した。

そして、自分を鞭打つかのように京をはなれたのだ。

空に、雲が厚くたれこめていた。

三条大橋をわたり、粟田口から華頂山の山すそを蹴上、日ノ岡とすぎ、東海道を山科の里へ至ってふり向けば、京の都は、すでに東山の山なみの彼方に消えてしまっている。

ここまで来て、丹波大介の足がとまった。

大介の眼ざしは、山科盆地の南から西方へかけて、凝とそそがれていた。

「くるすの……」

かすかに、大介のつぶやきがもれた。

栗栖野《くるすの》の原野は、山科盆地の中ほどにある。

むかしは、皇室の狩猟地でもあったという。

この栗栖野の一角へ、大介は伯母の笹江と共に隠れ家をつくり、忍びばたらきの根拠地としていたものだ。

いろいろな意味で、大介にとっては思い出のふかい栗栖野なのである。

その伯母も、いまは亡い。忍びばたらきの最中《さなか》に、七十三歳の伯母は槍に突き刺されて死んだ。

伯母・笹江は、大介の父・柏木甚十郎の実姉である。

大介が、なぜ父の姓・柏木をつがなかったかといえば、父が亡くなる前に、

「お前は、この里の名の丹波を姓にしたほうがよい」

と、いいのこしたからであった。

柏木という姓と甲賀の地とは密接にむすびついている。

その甲賀の血をひく忍者ということを忘れ、

「お前は独自の人生を生きよ」

その意をふくめ、亡父は、丹波の姓をあたえたのであろう。

大介は、見えぬものにひきこまれるような足どりで、栗栖野を目ざし、歩みはじめた。

風が鳴りはじめた。

つめたい風であった。熟れきった春が夏へうつりかわろうとする、いまの季節にそぐわぬつめたさである。

若葉のみどりが、風に煽《あお》られ、泣声をあげていた。

大介が栗栖野へふみこんだとき、風に疾《はし》りはじめた雲の切れ目から、颯《さっ》と一条の陽光が落ちかかってきた。

（や……？）

大介の感能が危機を告げたのは、このときである。

（つけられている。また、つけてきている）

奥村弥五兵衛と会った夜以来、大介は危険な尾行者の気配を感じていない。

三日ぶりに、相手は、また尾行を開始したのだ。

（今日は、ひとりではない。きっと姿を見せるな）

大介は、足もとめず、速度もゆるめなかった。

栗栖野の西南。

ふかい樹林が、東山の山なみの一つである僧正ヶ峰の山すそにまでつらなっていた。

その樹林の奥の木樵小屋が、大介たちの隠れ家であったのだ。大介と伯母の笹江は、数人の〝下忍《したしの》び〟を使い、この小屋にかくれて、真田昌幸のために京や大坂の様子をさぐったものである。

あれは、関ヶ原戦があった前の年の冬であった。

徳川方の伊賀忍びたちが、大介たちの隠れ家をかぎつけ、十数名の一隊をもって襲撃してきたことがある。

大介と伯母は身をもって逃れたけれども、小屋は伊賀者たちが射かけた火矢によって焼けはてた。

丹波大介は、いま、その小屋の焼けあとにたたずんでいる。

六年の歳月と風雨の浸蝕《しんしょく》により、焼けあとの半分は土や草の中に溶けこんでしまっていたが、焼けこげの柱や、石を組んでつくった炉ばたのあたりには、まだ小屋のかたちをいくらかはとどめている。

小屋は二間つづきだ。奥の小部屋の一隅に〝ぬけ穴〟をこしらえてあり、大介たちは、伊賀者の襲撃をうけ、小屋が炎につつまれたとき、この穴へもぐり、穴の通路を僧正ヶ峰の山腹へ逃げ出たのだ。

穴の口は、上から焼け落ちてきた梁《はり》や柱にふさがれ、裏手の斜面からくずれ落ちこんできた雨土によって、おおいつくされていた。

「ほう……」

ふたたび、以前の炉ばたのところへもどって来た大介が身をかがめた。

焼土の中から、大介がつかみ出したものは、長さ二寸ほどの、手の親ゆびより少しふとい鉄の小さなかたまりであった。これは〝飛苦無《とびくない》〟といって、甲賀忍びがつかう独特の武器なのだ。つまり一種の手裏剣のようなものだが、形状が小さいので使用に便利な上、馴れると投げやすく、その円錐《えんすい》形のするどい尖端《せんたん》が敵の肉へ食いこむ烈しさは知る人ぞ知るであった。

以前、大介たちがつかっていた飛苦無が落ちこぼれていたのである。

大介は、尚も焼土をさぐり、合せて三個の飛苦無をさがし出し、掌にのせなつかしげに見入った。

と……。

大介の眼が、急に細くなった。

眼球が見えなくなるまでに細められた。これは、彼が神経を或る一点に集中したときのくせといってよい。

うなりをあげて中天を吹き疾《はし》る強風の叫びが途絶えた瞬間であった。

ふりむいた丹波大介が、ひろいあげたばかりの飛苦無を小屋の焼あとの左手に見える樹林の一角へ投げつけた。

大介の飛苦無が吸いこまれた木蔭で、あきらかに人の悲鳴があがった。それへは見むきもせず、丹波大介は一段低く崩れ落ちている土間の焼け跡へ、身を投げかけた。

同時に……。

するどい叫びをあげ、数個の八方手裏剣が、いま大介が立っていた空間を切り裂き、縦横に疾りぬけている。

早くも……。

身を起した大介が、あたかも身を投げかけるように、炉ばたの石塊《いしくれ》へ突いた両手が、おそるべき反動力を大介の肉体にあたえた。

宙に一回転した大介の躰は、まるで毬《まり》でも投げこんだように奥の小部屋へ躍りこんでいった。

いつの間にか……。

裏手の斜面づたいに、大介が出て行ったあとの小部屋へ潜入して来た二人の男が、炉ばたにいた大介の背後から八方手裏剣を投げ撃《う》ったのである。

「うぬ！」

「あっ……」

大介の、あまりにみごとな逆襲にあわてた男たちが左右に飛びはなれて脇差をかまえたとき……宙を飛んで小部屋へ飛びこんだ大介が、

「や！」

小刀をぬき打ちに、左手の男のくびすじをざくりと切り割っていた。

「くそ！」

わめいて右手の男が斬りつけようとする、その顔面が異常な音を発して血をはねあげた。

一人を斬って倒して片ひざをついた大介が左手に持っていた飛苦無を投げつけたのである。

その男は鼻骨をたたき割られ、

「わ、わわ……」

苦痛の声と共に、それでもよろめきつつ、落ち倒れた梁をこえて逃れようとしたが、もうおそかった。

走り寄った大介が、

「む！」

ことをなげに、こやつの脳天を斬り下げた。

二人を殪《たお》して、大介は息もつかず、裏手の斜面を駈けのぼった。しかも、うしろで駈けのぼった。

背中を見せて駈けのぼったのでは、別の刺客の襲撃にまかせるよりほかはない。

もちろん、常人の体力では不可能なことだ。

だが、すぐれた忍びの者にとって、これほどのはたらきは、まず初歩のものといえよう。

前向きのまま、斜面を駈けのぼるまでに、大介は小刀をふるい、下の木立の中から襲いかかる数個の手裏剣をたたき落していた。

十メートルほどの斜面をのぼりきって、大介は身を伏せた。背後は、僧正ヶ峰の樹林であった。

前方、斜面の下には小屋の焼け跡が見え、わずかな空間をおいて、樹林が栗栖野へつづいている。

けたたましく、山鳥が鳴き、どこかで、つづけざまに羽ばたきがきこえた。風はつよいが、相変らず雲の層は厚いらしく、森の中には、うす墨をすりながしたような夕闇がただよいはじめていた。

伏せたまま、大介は呼吸をととのえた。

わが身の気配を消し、すこしずつ、危険を脱しようとしているのだ。

「おい……」

どこからか、女のように細く、それでいてよく通る声がきこえた。

「おい……丹波大介よ」

大介は、こたえぬ。

「まだ、どこかにいるのだな」

こたえぬ大介。

「いるとおもうて、はなす」

独断的な声が笑いをおびて、

「ようやった」

ほめてくれた。

大介、こたえず。

「さすがじゃ」

「……」

「おれがだれか、わかるか……わかるまいな」

襲撃の仕様から考えて、

(伊賀の忍びたちだな)

と、大介はおもった。

「いま、きさまを襲うたのは、おれたちの仲間の中でも、まだまだ未熟の者たちだ。安心をしてはいかぬぞよ」

と、声は大介を揶揄《やゆ》していながら、その底の奥ふかくに烈しい憎しみをこめていることを、大介は感じとっていた。

「おい……おい、いるのか」

身じろぎもせぬ大介である。

「おれはな、かならずきさまを殺す。よいか、よいな……今日は、手はじめにさぐりをかけたまでよ。これですむとおもうたら大間違いというものだ」

細く甲高い声が、実に気障《きざ》わりなことをいっている。

「きさま、いままで……この五年もの間、どこにいたか知らぬが、いったん、顔と姿を見かけたからには、もう逃がさぬ。逃がれぬところとおもえ」

相手が伊賀忍びで、しかも、あくまで自分にねらいをつけているのが本当ならば、なるほど逃げることはむずかしい。

この場は逃げたとしても、京都を中心に、伊賀の忍びたちの組織網が、蝦夷（北海道）と九州をのぞき、ほとんど日本全国にひろがっているからだ。

(だが……なぜに、このおれを、ここまで執拗《しつよう》につけねらわねばならぬのか……いまのおれは、どこの大名のためにもはたらいてはおらぬし、忍びの術をつかおうともしてはいないのに……)

大介は、わずかに顔をあげ、斜面の下を注視した。

「見えたぞ、顔が……」

と、すぐに声がかかった。

(よし)

大介はうなずく。

顔をあげた瞬間に声がかかったとすれば、相手は斜面の下の、樹林のどこかにかくれているにちがいない。

(いつまでも、相手になってはおられぬ。きゃつめの顔を見とどけてやりたいのだが……)

舌うちが、大介の口からもれた。

相手の声をきいているうち、ひそかに別の敵が上へのぼって来つつある、ということも考えられた。

大介はおもいきって、伏せたままの躰を蛇のようにくねらせながら、山腹の木立へ入りこむ。

入りこむや身を起した。起したと見るや山猿《さんえん》のごとき速さと軽さとをもって、またたく間に彼の姿は僧正ヶ峰の若葉の中へ溶けこんでしまった。

するとこのとき……。

小屋の焼けあとへ、にじみ出るようにあらわれた人影がある。

灰色の頭巾《ずきん》から、わずかにのぞいている眉と眼は若々しい。

これも灰色の小袖、黒の短袴《みじかばかま》をまとった体軀は、少女のようにしなやかで、細かったが、まぎれもない男のものであった。腰に、伊賀ふうの〝忍び刀〟をおびているこの男は、焼け落ちた小屋の内部へふみ入って来た。

そして、大介に斬殺された二人の仲間の死体を見おろし、

「みごとだ……」

うめくようにいった。

そして、

「お前たちの、かたきは、きっと討ってやる。冥土《めいど》へ行ったら、おれが兄の小虎《ことら》へつたえてくれ。丹波大介はきっと……きっと、この平吾が討つと、な……」

樹林の中で、大介の飛苦無にのどを撃ちやぶられて即死した別の一人と、合せて三人の仲間の死体を、彼が、小屋の前の土中へ埋めこんだとき、夕闇はいよいよ濃かった。

「ふ、ふふ……」

彼……伊賀の平吾は、陰惨に、暗く笑った。

「ただ死なせるだけではいやだ。なぶり殺しにしてくれるぞ、大介め」

やがて、栗栖野へ出てから、伊賀の平吾の足のはこびに速度が加わった。

一日に四十里は、わけもなく走る忍びの足の速度は、常人の四倍が当然のことだ。

いざとなれば、六倍にも七倍にもなる。

そのころ……。

丹波大介は、僧正ヶ峰から稲荷山をこえ、伏見稲荷の境内へ入っていた。

現・京都市伏見区にある旧官幣大社・伏見稲荷の名は、世に名高い。

この神社のおこりは、現代《いま》より千二百数十年も前にさかのぼるとか……。

稲荷というと、われわれは単純に白狐を連想してしまうが、その祭神は〝倉稲魂神《うかのみたまのかみ》〟というのだそうで、これは五穀（米・麦・粟・豆・稗《ひえ》）の神である。

むかしの稲荷社は、稲荷山のいただきの三つの峰に鎮座していたそうだが、大介が生きていたそのころから百七十年ほど前に、山すその地へうつされた。

かの応仁の乱に焼きはらわれたのち、再建されたいくつかの社殿は、まだ新しい感じで、

（ここは、少しも変っておらぬ……）

以前は何度も、この伏見稲荷へ来ている大介だけに、

（ここへ泊るか……）

とっさに、こころをきめた。

宏大な境内の闇に、樹々のにおいが濃密にたちこめている。本殿と、内拝殿のあたりから灯がもれているだけであった。

夜の境内には、まったく人の気もない。

丹波大介は、本殿の縁の下へもぐりこんだ。

縁のまわりには柵《さく》もあるし、格子もはめこんであるが、このようなものを外《はず》すことは

大介にとって容易きわまることだ。縁の下へはいると、また外した格子を内がわからはめこみ、大介は、ちょうど本殿の中央にあたる場所へすわりこんだ。

丹波の里へ帰るつもりで京を出た大介だから旅仕度だし、竹製の水筒も、食べるものもある。

先刻の乱闘にも、何一つ、大介の躰から落ちたものはなかったようだ。

縁の下は、真の闇である。

腹をみたすと、大介は地へ寝た。

土のにおいが、たまらなく丹波の里をおもいおこさせ、もよの顔や、かたく張りきった乳房の感触にまで大介の連想はおよんだ。

一カ月ほど前に……。

大介は、丹波の里を出ている。

「おそくも三月のちには帰る」

こういうと、もよは切なげに身をもみ、早くも泪《なみだ》ぐんでしまったものだ。

「帰ったら、もう一生、この丹波の里をはなれぬ。だから今度だけ……行かせてくれ、たのむ」

「三月じゃな、きっと……?」

「きっとだ」

丹波の里は、亡父と亡母が住みついたところだし、少年のころの大介を見おぼえている村人もかなりいる。

父と共に住んだ小屋も、

「いつ、大介どのがもどって来るや知れぬ」

親切な老人たちが手入れをして、大介が帰ったときには、もとのままの姿で迎えてくれた。

だから、もよをのこしておくことに、いささかの心配もないが……。

(おれも、このままでは帰れなくなりそうだな……)

縁の下の闇につつまれ、大介はねむれなかった。

闇が、丹波大介を興奮させている。

今日の刺客どもが、伊賀の忍びだとすれば、

(こころあたりが、ないものでもない)

大介であった。

関ヶ原戦争の前後に、伊賀・甲賀の忍びの者たちは、複雑に敵味方となり、東軍の徳川方へ、西軍の石田三成を主軸とする勢力へ、それぞれに別れて機密をさぐり合った。

機密をさぐるために闘い合った。

現に……。

丹波大介や伯母の笹江が臣従している甲賀の頭領・山中大和守俊房は、

「信州・上田の城主、真田昌幸公のおんためにはたらくのじゃ」

と、大介たちに命じておきながら、その一方で、別の配下たちへは、

「われらも、徳川家康公のおんためにはたらくが有利じゃとおもう」

といい、徳川方の間諜網へも参加していたのである。

そして、大介たちから得た真田家の情報を徳川方へながす。

徳川方から得た機密を真田家へながすという、つまり二重スパイをおこない、両方から〝忍びばたらき〟の報酬を得ていたのだ。

それはさておき……。

ともかくこうしたわけで、丹波大介は東軍の忍びであった伊賀者の〝小虎〟と出会い、すさまじい決闘の後に、小虎を斬り殪《たお》したことがある。

(伊賀の小虎には、たしか、弟が一人いたはずだ。名は知らぬが、これも伊賀忍びとして、かなりの術者《もの》ときいている。もしや……もしやすると、今日、おれを襲い、おれに声をきかせたやつは、小虎の弟ではなかったろうか)

それなら、兄のかたきを討とうとしているわけだが、忍び同士の殺し合いに、その肉親がいちいちうらみを抱くことは、本格の忍びの者ならせぬはずである。

しかしいまは、どこにも戦争がおこる気配はないから、忍びが〝かたき討ち〟に情熱を燃やすこともあり得る。

(だが……これからは、まことに戦争《いくさ》が絶えた世になるのだろうか……?)

大介の胸がさわぐのは、そこなのだ。

京へ来るまでに、大介は一個の行商人として旅をつづけ、その道中で、世の中のうわさを久しぶりにきいた。

京の町へ入ってからは、尚さらに、

（これは……）

息をのむほどの緊張をおぼえたものだ。

いま、徳川家康は居城の江戸から、京へ、さらにこの稲荷社から程近い伏見城へ入っている。

家康は、つい先ごろに、征夷大将軍の地位を息・徳川秀忠へゆずりわたした。

そして自分は、新将軍の後見となったわけだが、天皇と朝廷の前で、新将軍就任の儀式をおこなうため、秀忠をともない、京都へやって来たのである。

さて……。

それからが、問題であった。

今年——慶長十年で、徳川家康は六十四歳になっている。

老いてなお、壮健をきわめている家康であったが、

（わが眼《まなこ》のくろいうちに、将軍位を秀忠へゆずりわたしておき、徳川の社稷《しゃしょく》をしっかりとかためておかねばならぬ）

と、おもいたったのだ。

三河の国の一豪族から身をおこし、戦乱の六十余年を切りぬけて来た家康は、武田信

玄の、織田信長の、豊臣秀吉の天下統一へ命運をかけた活動ぶりをその眼で見とどけてきている。

信玄はさておき、信長は完全な天下統一までに、いま一息というところで急死してしまった。

明智光秀の謀反《むほん》をうけ京の本能寺に害せられたわけだが、この信長の偉業をうけついだのが秀吉である。

豊臣秀吉は〝征夷大将軍〟の座よりも〝関白〟という、朝廷の臣としての最高位を得ることによって天下統一をなしとげた。

だが、信長にしても秀吉にしても、彼ら自身がこの世を去ったとき、後嗣の子はいずれもたよりなげであり、天下人《てんがびと》としての政治機構が完璧《かんぺき》などとのいを見せてはおらず、このため、かならず戦乱が引きおこされて、勢力あらそいの整理がおこなわれねばならなかったのである。

秀吉の死後は、家康自身がこれを買って出た。

関ヶ原戦争は、その実現であった。

それだけに家康は、徳川政権の永久の存続をねがい、いささかのゆだんもしてはいない。

息・秀忠を将軍位につけて、これを後見しつつ、徳川幕府の政治機構を一日も早くととのえると共に、大坂城にある豊臣秀頼を徳川の旗の下に屈服せしめてしまわねばならぬ。

(一日も、早く……)

であった。

家康は、六十四歳という自分の年齢に、僅少の慢心も抱いてはいなかった。

そのころの人としては、むしろ長命をたもったといえる年齢なのである。死は、いつ、どこで、自分の老体を抱きすくめてしまうやも知れない。

いまはまだ、故・太閤(秀吉)の恩恵をうけた大名や武将たちが健在であって、彼らは、太閤の只ひとりの遺子である豊臣秀頼の成長を見まもりつつ、いまだに臣従の礼をとっている。

もちろん、現在の天下統率の大権は徳川家康にあるのだし、表向きは日本全国の大名たちも家康の命のもとに生き、うごいている。

(だが……それは太閤のころも同じであった……)

と、家康はおもう。

あれだけの独裁政治家として日本全国に君臨した秀吉も、その死後わずか三年のうちに〝天下人〟の座を、ほかならぬ家康自身にうばいとられたではないか……。

この四月……。

江戸から上洛をした徳川家康・秀忠父子は、将軍宣下の儀式をすませたのち、伏見城へうつり、三日にわたって祝いの宴をひらいた。

家康は、秀忠へ将軍位をゆずりわたすと共に、

（このさい、秀頼どのを右大臣に……）

と、朝廷へはたらきかけた。

それまでは、七十万石の大坂城主として〝内大臣〟であった豊臣秀頼の位階昇進にまで神経をつかった家康は、

（このことで大坂方も、こころよく、われらの方へあゆみよってくれるであろう）

と、おもったからだ。

そのかわりに、家康としては、

（こころよく、徳川政権の下へ参じてもらいたい）

のである。

家康は、故・秀吉の未亡人である高台院《こうだいいん》を通じて、

「秀頼どのには、久しゅう対面もしておらぬことであるし、ちょうどいま、秀忠と共に伏見の城へ滞留中ゆえ、この機《おり》に、秀頼どのが伏見まで、おはこびねがえまいか」

と、大坂へ申し入れた。

ところが……。

この家康の申し出は、みごとに、はねつけられてしまった。

秀頼というよりも、故・秀吉の側室で秀頼の生母である淀の方が、

「ゆめゆめあるまじきことなり」

と、怒り出したらしい。

我が子の秀頼が、家康の呼び出しに応じて伏見城へおもむくことは、とりもなおさず、豊臣家が徳川家に屈従することになるわけであった。

むかし……。

秀頼の父である豊臣秀吉も、徳川家康を大坂へ呼びつけるためには、ずいぶんと苦心をした。

そのためには、秀吉が実母の大政所《おおまんどころ》を岡崎の家康のもとへ人質として送り、妹の朝日姫を家康に嫁がせまでもして他意のないことをあらわした上で、

「ぜひとも、上洛をねがいたい」

と、申しいれたものである。

そこでようやくに、家康は上洛し、秀吉の幕下へ参加することを承知した。

秀吉は、家康の手をにぎりしめ、

「これにて天下が大事は、すべよくおさまろう」

大よろこびであったという。

秀吉は、もしも家康を敵にまわした場合、自分がどのような犠牲を強いられるかを、よくわきまえていた。

だが家康は、自分がむかしの秀吉の立場にあって、大坂を、秀頼を、おそれているわけではない。

（関ヶ原の後は、もはや戦さなしに世をおさめたい）

このことであった。

だからといって、わが威厳をそこなってまで大坂方のきげんをとるつもりはない。

淀の方は、

「徳川が強《た》って秀頼どの上洛をすすめられるならば、母子（淀君・秀頼）とも大坂において自害すべき……」

などと、ヒステリックに放言しているそうな。

淀の方は、織田信長の妹・お市の方と近江・小谷の城主だった浅井長政との間に生まれた。

だから、信長の姪《めい》ということになる。

のちに、彼女は豊臣秀吉の寵姫《ちょうき》となって秀頼を生んだ。

ゆえに……。

信長と秀吉へ臣従の礼をつくしていた徳川家康に対しては、なにごとにつけ、

「徳川ごときに、あたまを下げてまで……」

という気位と誇りをもってのぞむ。

豊臣秀頼は、いま十三歳の少年にすぎない。

年少の秀頼にかわり、淀の方が後見のかたちで、政事向きのことへも、すべて口をさしはさまずにはいられないらしい。

豊臣家には老臣も重臣もいるし、太閤恩顧の大名たちも秀頼の将来《ゆくえ》については、いろいろと心配もしているわけなのだが、

「おふくろさま（淀君）がいては、われらのなすべきこともない」

嘆息をもらしているとか……。

その一方では、淀の方を取り巻く家臣団があって、

「もしも徳川のまねきに応じ、右府《うふ》さま（秀頼）が上洛なさったりしては、どのような変事がおこるか知れたものではありませぬ」

ひそかに、淀の方へ進言するものも、すくなくないのだ。

家康は、つぎつぎに大坂からもたらされる、こうした情報に苦りきっていた。

おもてには出さぬが、

（またしても、おふくろさまか……）

怒りがこみあげてくるのを、どうしようもないのである。

（わしが秀頼をよびつけて、毒をもるとでも、まことにおもうているのであろうか……）

大坂と伏見・京との間には、さまざまな風説がみだれ飛びはじめている。

「やはり、右大臣さまは関東（家康）のいうことをおききにならぬ」

と、豊臣びいきの大坂の町民などは、

「むざむざと関東のいいなりになってたまるものか」

京ではまた、

「これではもう、関東もだまってはおるまいぞ」

「どうやら、またも戦さがおこりそうな……」

「はじまる。きっとじゃ」

「われらがはじまるとおもうたときには、かならず戦さになったものじゃ」

ものの本に、

「……京洛の農商ら、このことをききおよび、すわ京摂の間に戦争おこらんこと近きにありとて、老いたるをたすけ、幼きをたずさえ、家財を山林に持ちはこび、騒動《さわぎ》なかならず」

と、記してある。

京の戸棚風呂がひまなのも当然というべきだろう。

これまでは、山ふかい村里にかくれ住んでいただけに、京の都へ出て来て、

（これは、ただごとではすむまい）

と、丹波大介がうけた感応は強烈であった。

きたえぬかれた〝忍びの者〟としての神経が、むずむずとはたらきはじめている。

ことに……。

到着するや、たちまちに、自分をねらう忍びの眼がうごめき、伊賀の八方手裏剣が……白刃が襲いかかったではないか。

（だが、おれは、みごとにはね返した！）

忍びとしてのちからが、

（まだ、おとろえていないのだな、おれは……）

理性では押えかねる忍びの血が、さわぎ出したのである。

けれども……。

その忍びの血のさわぐままに、

（おれは、なにをしたらよいのか？）

そうなると、わからなくなる。

忍びの者の活躍などというものは、権力者の蔭に埋没してしまうだけのことだ。

どちらが勝っても、また負けてもである。

そうした忍者の人生のむなしさを、骨の髄まで知ったからこそ、

（おれは、だれも知らぬ山の中へかくれたのではないか……）

と、大介はおもう。

風と雲と、清冽《せいれつ》な山水と炉に燃える赤い炎と……ゆたかではないが、新妻と二人きりのみちたりた団欒《だんらん》と……その中で大介はまんぞくをしていたのではなかったか。

それなら、なぜ丹波大介は京へ出て来た。

「最後の見おさめに……」

という。

「思い出の場所を、いま一度、見ておきたくて……」

という。

そこに、その大介の胸の底には何かがある。

あることは彼は、はっきりと意識しているわけではない。

この五年の間に……。

丹波のわら屋根の小さな家でねむっているとき、突如として、大介は夢の中で闘う自分を見ることがあった。

敵は、だれでもない。

強いていえば、大介がおのれの忍びの血を相手に、闘っていたのだともいえよう。

伏見稲荷社・本殿の床下で、その夜の大介は、まんじりともしなかったようである。

大介は、夜が明けぬうちに、稲荷社の境内から消えていた。

このときの心境を、のちに大介は、

「自分で自分のしようとすることがわからなかった。わからぬままに、この手足が……この躰がゆらゆらと、夜明け前の闇の中へさまよい出してしまったのだ」

と、語っている。

稲荷社を出たときの丹波大介は、もはや丹波の村を発足《ほっそく》したときの彼ではなかったようだ。

印判師・仁兵衛

奥村弥五兵衛の家は、京都の四条・室町にある。

ここで、弥五兵衛はこつこつと印判を彫っているのだ。

彼は、印判師・仁兵衛になりきって暮していた。

妻もなく、子もない。

佐助という無口で痴呆じみた若者がひとり、主人・仁兵衛の世話をしたり、つかいはしりをしたりしている。

「仁兵衛の印判は、みごとなものじゃ」

という評判であった。公家たちにも愛されているし、武家屋敷からの注文も多い。近所でも、

「あいそのよいお人や」

評判がよい。

その日……。

店先で、客の応対をしている弥五兵衛の仁兵衛へ、

「仁兵衛どの。今日はよい天気やな」

あかるく、はなやかな声をかけて店の前を通りすぎて行った女がある。

これは、南どなりの〝足袋や才六〟のむすめで小たまという女であった。

むすめといっても、前に岐阜城下の商人へ嫁ぎ、その後、夫に死なれてから父の才六のもとへ帰って来たのだという。

あふれるような色気をたたえた小たまの豊満な躰は熟しきっており、

「どうやろ、仁兵衛どの」

と、足袋や才六が弥五兵衛のところへ来ては、

「むすめをもろうては下さるまいか」

一時は執拗にたのみこんだし、小たまもまた、弥五兵衛の仁兵衛を、

「好きや」

おくめんもなく、弥五兵衛に向っていいかけたりする。

「わしゃ、躰が弱いによってな、とてもとても、小たまどのの相手はつとまらぬ」

と、弥五兵衛は取りあわぬが、いまもって小たまは、あきらめていないらしい。

足袋や父娘は、四年前に弥五兵衛がここへ住みつく前から、この町で暮しているので

あった。

「夕餉《ゆうげ》には、なにか、おいしいものをこしらえておくゆえ、佐助を取りによこさせてや」

弥五兵衛へ声を投げておき、小たまは我が家へ入って行く。

「いつも、すみませぬな」

と、弥五兵衛もていねいにこたえた。

化粧の気もないのに、小たまの躰から妖《あや》しくにおいただよう蠱惑《こわく》的な体臭を、弥五兵衛は好ましく感じていた。

だが、特別な目的のため以外に妻を迎えることは、忍びとしての弥五兵衛の信念に反するものなのだ。

客の武士が、店を出て行ったあと、弥五兵衛は奥の部屋へ引っこもうとして、ふっと店の前の通りを近づいて来る人影に眼をとめた。

肩に荷をかついだ百姓女が、この店へ入って来た。

「よいお天気でござります」

店の土間へ立った百姓女が、笠をかぶったままで、

「こなたは仁兵衛さまのお家かや？」

いかにも女らしい物やわらかな声音で問うた。

「いかさま、わしが仁兵衛じゃが……」

弥五兵衛がいいさしたとき、百姓女が笠のへりをふといゆびでつまみ上げ、顔を見せた。

その顔を見て、おもわず、仁兵衛が低い叫びを発した。

百姓女がにっと笑い、

「奥へ通ってようございますかえ？」

「む……よ、よいとも、よいとも……さ、おあがりなされ」

弥五兵衛は、痰《たん》がつまったような声でいった。

「では……」

笠をとりながら、百姓女が奥の部屋へ入って行くのへ、

「二、二階へ……二階へ……」

うしろから、弥五兵衛が声をかけた。

そして彼は、さり気なく、しかも入念に、まだ店先にいて、視線の行きわたるかぎりの戸外のようすを見張ってから、二階へあがって行った。

二階といっても、京の町家のそれは低い中二階で、部屋数も二つ以上はゆるされていない。

せまく細い梯子《はしご》をつたわり、弥五兵衛が階上の部屋へ入って、笠をとり、顔貌をさらけ出してすわっている百姓女へ、

「みごとじゃ、大介……」

と、いった。まさに、丹波大介なのである。

まげを解いてたらした先をむすんだほかには、四日前に風呂やで出会ったときのままの大介であった。

ただ、百姓女の衣類につつまれた彼の躰だけは、まだ女の線をくずしてはいなかった。すわりようといい、手足のおきかたといい、どう見ても百姓女の肉体だとしかいいようがない。

「みごとじゃ」

また、奥村弥五兵衛がつぶやいた。

忍びの者にとって、扮装と演技《わざおぎ》の術は欠くべからざるもので、この術だけでも熟達しだいで、それと知られた忍者になることができるほどだ。

弥五兵衛ほどの忍びの眼をあざむいたのであるから、丹波大介の扮演《ふんえん》の術は実に高度なものといえる。

「今朝、暗いうちに、百姓家へしのびこみ、そっとだまって、もろうてきた」

大介が着物の袖を弥五兵衛に見せながら、

「もっとも、代金《おだい》は多めに置いてきたが……」

はじめて男の躰へもどり、かがやくような白い歯を見せて笑った。

「大介。よう来てくれたな」

「京を去る前に、も一度、弥五どのの顔が見たくなって」

「どうじゃ、このあたりも変ったろうが……」

「やはりな……五年、戦さが絶えていると、これほどに町がにぎわうものかな」

京の室町すじは、当時の一流商店街といってよい。

呉服、薬種屋、刀屋、鍛冶《かじ》師、細工師、仏師などの店がたちならび、二日おきには市もひらくし、行商人からの売り声もやかましい。

表通りから一歩入れば、戸棚風呂もあるし、酒をのませる店もある。

階下で、人の声がした。大介の眼が光った。

「案ずるな、大介……」

弥五兵衛が笑って、

「いま、ここへよぼう」

階段口でよぶ弥五兵衛の声に、若者がひとり二階へあがって来た。

下男の佐助である。

「おお……向井佐助ではないか」

大介の声もはずんだ。

「や……?」

と、佐助の顔から習癖になっている痴呆的な表情が消え、

「た、丹波大介どの……」

いきなり、飛びついてきたものだ。

「おう、おう……」

「久しぶりでござるなァ」

ふたりが抱き合っているのを、弥五兵衛は、さもうれしげにながめている。

佐助……向井佐助といって、彼の父・八太夫も、武田家につかえた〝伊那忍び〟であった。

信玄の子の武田勝頼の代になって、長篠《ながしの》の戦争がおこり、武田軍が織田・徳川の連合軍に大敗したとき、向井八太夫は〝戦さ忍び〟として戦場ではたらき、敵の銃弾をうけ、討死をとげた。

武田がほろびてのち……。

八太夫の遺子・向井佐助は奥村弥五兵衛に引きとられ、共に信州・上田の真田昌幸へつかえた。

で……。

これからは弥五兵衛や佐助たちを〝真田忍び〟とよぶことにしたい。

丹波大介は甲賀忍びであるが、関ヶ原戦争のおりには甲賀の指令にそむき、純然たる一個の真田忍びとなって、弥五兵衛たちといっしょにはたらいたわけである。

だから大介と佐助が、なつかしげに再会をよろこびあったのもむりはない。

「佐助は、きっとよい忍びになれましょう」

と、大介は大殿（真田昌幸）にもいい、知るかぎりの術を惜しみなく、機会あるごとに、向井佐助へ教えこんだものであった。

「どうじゃ、丹波大介どのよ」

わざとおどけ顔になり、奥村弥五兵衛が、こういいかけてきた。

「こうなっては、もう丹波へはもどれまい」

大介は、こたえなかった。すると弥五兵衛が、

「あまり、むずかしく考えずともよいのだ」

「それは、どういうことなのだ、弥五どの」

「この京から江戸を経て、甲斐の丹波まで、百六、七十里ほどもあろうか、な？」

「まず、それほどか……」

「常人の旅ならば、大変なわけだが……大介、おぬしの足なれば、往復するに十日もあればらくなものではないか」

「ふむ……」

「丹波の女房どの顔を、三月に一度ほど、見に帰ればよいではないか」

「え……弥五どのは、おれの……」

「妻もなく子もない……そういったな、おぬし」

「いうた」

「なれど、そういうたときおぬしの眼《まなこ》に光りがやどった。うれしげな、たのしげな光りが、な」

「弥五どのに見やぶられていたか……」

「は、はは……だからな、大介」

「だから？」

「好きなときに丹波へもどればよい。そういう約定《やくじょう》でゆこうではないか」

と、早くも弥五兵衛は、ひとりぎめに何事かをもくろんでいるらしい。

彼は、向井佐助を見て、うなずきあった。佐助も、

「いかがで？　大介どの」

まだ、大介はこたえない。

「わしはな、大介、今度の、この忍びばたらきは、ぜひともおぬしにやってもらいたいのだ」

「弥五どのは、おれに、真田の大殿のおんためにはたらけというのではないと、そういわれたな、あの戸棚風呂で……」

「その通りじゃ」

「では……？」

「ま……待て。先ず、これだけは申しておきたい。先日、あの風呂やでおぬしを見かけたとたん、まさに、これは大介でなくてはならぬ……と、わしはおもいきわめた。なぜか、わかるか？」

「わかるもなにも、まだ、はなしをきいてはおらぬ」

「そうであった」

苦笑し、うなずいた弥五兵衛が、急に真剣な顔つきとなって、

「これはな、人と人との熱い血潮と、あたたかいこころがむすび合わなくては成らぬ仕事《つとめ》なのだ。わしか佐助がそのつとめをしてさしあげられればよいのだが……わしらはいまのところ、九度山の大殿へ陰ながらおつかえすることだけで、手いっぱいなのだ」

「いったい、だれのために、はたらけというのだ？」

「その前にききたい。わしに何事もまかせ、はたらいてくれぬか。どうじゃ大介。たのむ。奥村弥五兵衛、このとおりじゃ」

弥五兵衛のことばをきいているうちに、

（なるほど……おれの足なら、丹波まで十日あれば往復できる）

大介も気がらくになってきた。

「なにも、力んでしてもらわずともよいのだ」

と、なおも弥五兵衛は、

「別に戦さがおこるというわけではなし、天下がくつがえるような世の中でもない」

「なれど、京の町のうわさは、かなり物騒な……」

「さ、そこじゃ」

「なにが……？」

「とかく、天下の裏がわでおこなわれていることは、おもてから見たのではわからぬ。

われらが九度山にこもって手も足も出ぬ真田の大殿のためにはたらいておるのも、大殿の耳になりかわって、世のうごきをおつたえしておる、このことにつきるのだ」

「なるほど……」

「ゆえに、おぬしも、さるお人の耳になってもらいたい。別に、いのちがけのことではないし……」

「いや。もう、おれはねらわれている」

「何と？」

「昨日も、伊賀者らしいやつらに襲われてな」

弥五兵衛と佐助が、顔を見合せた。

「まさか……」

うめくように、弥五兵衛がつぶやくのへ、

「いや、ちがう。おれはまだ弥五どののからだのまれてはいない。別のことで、おれをつけねらうやつどもがいるのだ」

「それは？」

「わからぬ……が、おそらくは、おれが斬った伊賀の小虎の弟が、兄のかたきを討ちたいと……それで、おれを……」

「小虎の弟……では、伊賀の平吾だ」

「弥五どのは知っておられるのか、その平吾とやらを」

「名だけは、な」

　すると佐助が、

「これは、よほど気をつけぬと……」

「そうとも」

　と、大介が、

「おれが、そのさるお人のために忍びばたらきをするのは、どうもいかぬようだ。すでに伊賀者から眼をつけられているのでは……」

「かまわぬ！」

　弥五兵衛が叫ぶように、

「かくなっては大介。おぬしにやってもらうよりほかはない。どうか、やってもらいたい」

　奥村弥五兵衛ほどのものに、そこまで見こまれては、大介も、さすがに顔面が紅潮してきた。

　忍びとして、名誉のことといわねばならない。

「よし！」

　今度は即座に、大介が意力をこめてうなずき、

「やらせていただこう」

　と、いいはなった。

「そ、そうか……ありがたい」

なんと、弥五兵衛は大介の前へ両手をついたものである。

このとき、階下で、客の声がした。

弥五兵衛は、佐助に、

「では、すぐさま鎌田さまへ……」

「心得まいた」

にっこりと大介へ笑いかけておいて、向井佐助が階下へ去った。どこかへ連絡に行くものらしい。

そのあとから弥五兵衛も階下へ……。

(いよいよ、はたらくことになってしまったか……)

大介は、すわりこんだまま、憮然《ぶぜん》たるおももちになった。

(もよ、ゆるしてくれ。なれど半年のうちには、かならず一度は帰る)

大介が、小机の上の硯箱《すずりばこ》と料紙を取って、丹波のもよへ手紙を書きはじめた。大介に教えられて、もよは文字をいくらかは読めるようになっている。

い、い、い、
よんどころなき用事あるため、すぐにはもどれなくなってしもうた。

さびしいことだろうが、がまんをして待っていてくれ。

おそくも半年たたぬうちに、かならず帰る。

京のみやげをたくさんに持って帰るゆえ、たのしみにしていてくれ。

大すけ

もよどのへ

書き終えたとき、弥五兵衛が二階へもどって来た。

だまって、大介が手紙を見せた。

弥五兵衛も無言で読み終えてから、

「すまぬな、女房どのには……」

「ところで、この手紙を……」

「心得た。この手紙は佐助にとどけさせよう」

「いや、それほどまでにしてもらわずとも……」

「かまわぬ。おぬしにもむりをたのんだのだもの な。佐助なら、足はおぬしよりも……」

「速いとも」

体軀も小さく細い向井佐助ではあるが、全身、刃金《はがね》のような筋肉で、百尺（三十メートル）の崖上からもらくらくと飛び下りる。十五尺の高さを、下から軽がると飛び上ることなど、平気でやってのける。

樹から樹へ……崖から崖へ、佐助の跳躍のすばらしさは、

「まるで、猿よ」

と、奥村弥五兵衛も手ばなしでほめあげるほどであった。

だから、弥五兵衛たち真田忍びは、向井佐助に、

「猿飛び」

の異名をつけてよぶこともある。

いつの間にか、夕暮れになっていた。

「今日は早目に……」

弥五兵衛が店の戸をしめに出て行くと、裏手の戸口で、

「お客さまかえ？」

女の声が、なまめいてきこえた。

女は、となりの足袋や才六のむすめ小たまであった。

手づくりの豆腐の田楽（これだけでも当時は大へんなごちそうである）と汁の小鍋を盆にのせ、

「若狭からついたばかりの干魚も少し……」

いいつつ、台処へ入って来た小たまが、

「お客どのはえ？」

「もう帰りましてな」

「ま……どこぞの女子《おなご》しゅのようであったけれど……」

「見てござったのか?」

「あい。仁兵衛どのの家へ入って行く女子しゅ。気が気でなく見ておりました」

小たまは、うるんだ眼で弥五兵衛を見やる。

どうやら嫉妬《しっと》をしているらしい。

「佐助は?」

「いま、使いに出しましてな」

「では、わたしが汁をあたためましょう」

「いや……それは、わしが……」

「なぜ?」

「別の客が、後から来てな」

「女……?」

「いや男じゃ」

「それならよいけれど……」

「ほ……これはうまそうな。よいにおいじゃ」

「味噌の香りはよいもの」

「えんりょなく、いただきましょう」

「あい……」

名ごり惜しげに、小たまは帰って行く。

佐助の衣服を借りた丹波大介が、二階から下りて来て、

「だれ？」

「となりの後家どのだ。父親が足袋やでな、その後家をわしにもらえ、という」

笑いながら、二人は夕飯の仕度にかかった。

酒をのみ、田楽を食べ、干魚を焼いて、大介は久しぶりにみちたりたおもいがしている。

いったん弥五兵衛へ身柄をあずけたからには、くだくだとこまかいことなぞ問おうともせぬところが本格の忍びとしての大介らしいところであった。本格の……というよりは、古いかたちの忍び、といったほうがよいかも知れない。

人と人が、たがいに信頼をよせ合い、友情と義理の結合によって生き、はたらく、という人間の生活が、つい五十年ほど前までは、忍びの世界にも存在していたのである。

いまでは、忍びたちを統率する甲賀や伊賀の頭領たちが、山中俊房ではないが二重にも三重にも糸を引き、わが部下たちをも騙《だま》しぬいてはたらかせようというのだから、こうした信義のモラルが忍びたちの間にうしなわれてゆくのも当然であった。

向井佐助は、二刻（四時間）ほどして、帰って来た。

しずかな雨の音がしはじめている。

「どうであった？」

弥五兵衛が問うや、佐助は、

「鎌田さまは大よろこびでした」

「そうか、そうか……」

「弥五兵衛ほどの者の目がねにかのうた男なれば、大安心じゃ……と、かように申されました」

「うむ、うむ。それで？」

「明日の昼前までに」

「お見えになるというのか、鎌田さまが……」

「はあ」

大介が口をはさんだ。

「弥五どの。そのかまたさまというのはだれなのだ。もう、きかせてくれてもよいともうが……」

「いや、それは鎌田さまみずから、お名のりになる」

時をはかっていた佐助が、また戸外へ出て行った。

すでに、どこの家も戸をおろし、灯を消して、ねむりに入っている。

このような時刻に道を行く人は、ほとんどないのが当時の暮しであって、そもそも、灯りにつかうあぶらや蠟燭《ろうそく》が、非常な貴重品といってよい。

朝早く起きて、夜早くねむる。したがって食事も一日に二食で、これが三食になるのは、百年も後のことだ。

佐助がもどって来て、弥五兵衛へうなずいて見せた。

これは、彼の後をつけて来た者への警戒といってよい。

異常はなかったらしい。

三人は、それから間もなく寝《しん》についた。

翌日……。

奥村弥五兵衛は、昼近くなると、店先へすわりこみ、熱心に印刻を彫りはじめた。

昨夜、小たまが持ちこんできた食べものをいれた器物や、盆は、すでに佐助が返しに行ってある。

大介は、店先につづく奥の部屋の一隅にすわっていた。

佐助は台処にいて、それとなく裏手を見張っている。

昼前までに、三人ほどの客が来たようであるが、弥五兵衛は大介に合図をしなかった。

絹糸のような雨が、ふったりやんだりしている。

なまあたたかい、ねむくなるような初夏の雨であった。

やがて……。

店先から奥村弥五兵衛の、低い口笛がきこえた。

〃かまたさま〃が見えた、という合図なのだ。

大介は、店先へ向って居ずまいを正した。

「ゆるせ」

おだやかそうな、渋い声が店先からきこえた。

「鎌田さま。よう、おこしに」

と、弥五兵衛があいさつをし、店先と奥の部屋を仕切っている板戸を引きあけた。店先の土間づたいに〝かまたさま〟らしい客が戸口へ近寄って来た。

〝かまたさま〟の顔がのぞいた。

ふっくらとした、いかにも品のよい老年の武士である。

服装《みなり》も立派なもので、左手に、ぬいだばかりの編笠を持っているのを、大介は眼に入れてから、しっかりと、武士へ自分の顔を見せ、つぎに両手をついて無言の礼をした。

武士も、右手を袴のひざの上にぴたりとあて、丁重な返礼をしたのが、大介にとっては意外でもあり、また一種の感動をおぼえたのである。

忍びの者といえば、武家たちの世界の裏にひそむ暗い闇の中で間諜のはたらきをするわけで、身分もあり名もある人びとは、これを汚らわしいもの、と見る。

自分たちが利用し、忍びの活動によって得た利益も勝利も忘れたかのように、

「忍びか……」

吐きすてるように、いうのだ。

あの真田昌幸、幸村の父子などは、天下に勇名をうたわれたほどの大名でありながら、弥五兵衛や大介に対して、いささかも高慢な態度をとったことはない。

「おぬしらがいてこそわれらは戦さが出来るのじゃ」

と、昌幸はよくいったし、また、それだけのことをかたちにあらわしたものだ。

〝真田忍び〟ということは歴とした真田の家臣というわけであった。だから、真田忍びが死んだ場合、もし家族や子がいるのなら、すぐさま、食禄をあたえ、わが家来としてあつかってくれたものである。

だからこそ、丹波大介も、

「もはや、真田からは手を引け。そして、すぐさま甲賀へもどれ」

と、頭領の山中俊房から命令が来たとき、

「ばかな……いかに真田の旗色が悪くなり、西軍に勝ち目がないと知ったからとて、いまさら真田を裏切れるものか」

こういって、甲賀からの命令にそむき、弥五兵衛たち真田忍びをたすけて、関ヶ原戦争にはたらいたわけだ。

こうした丹波大介であったから、いまここに、名もないひとりの忍びの者にすぎない自分を見下すこともなく、こころこめて返礼をおこなった老武士に対して、

（うむ。これなら……）

好感を抱いたとしても、ふしぎはあるまい。

大介は、また顔をあげ、武士へ見せた。

老武士が、にっこりとうなずき、

「丹波大介どの」

「はい」

すると〃かまたさま〃が、

「それがしは、加藤主計頭《かずえのかみ》が家来にて、鎌田兵四郎と申す」

名のられて大介、瞠目《どうもく》した。

大介ほどの忍びが、これほどに衝撃をうけたのは何年ぶりのことであったろう。

加藤主計頭などというよりも、〃加藤清正〃と、よんだほうがわかりやすい。

筆者が少年のころは、この名を五歳の童児でさえ、知っていた。こころみに筆者が、
この稿を執筆している途中で外へ出て、近所の高校生をつかまえ、

「加藤清正を知っているかね？」

問うや、この高校生いわく、

「それ、議員でしょ」

それはさておき……。

加藤清正が、豊臣秀吉の朝鮮征討軍に加わって奮戦中、山奥で猛虎と出会い、長槍をふるって猛虎を仕とめている〃清正虎退治〃の画を、錦絵や、雑誌の口絵やらで何度見せられたか知れたものではない。

日本一の豪傑の代名詞が〃加藤清正〃であった。

忠義の武士の代表が〃清正〃であった。

小学校の読本にも、清正が秀吉へつくした忠義のものがたりがのせてあったように記

憶している。

加藤清正は、永禄五年（西暦一五六二）に生まれた。

これは、上杉謙信と武田信玄の〝川中島大合戦〟がおこなわれたといわれる翌年にあたる。

清正は、現・名古屋市内の中村に生まれ、虎之助と名づけられ、少年のころから豊臣秀吉につかえた。

秀吉も、当時は木下藤吉郎といい、織田信長につかえ、あまり身分も高くない家来にすぎなかったのである。

いずれ後述するが、秀吉と清正とは親類の関係にあり、秀吉もそのためか、

「虎よ、虎よ」

と、大いに目をかけてくれた。

そして秀吉が出世をするにつれ、清正もひとかどの武将となり、ついには肥後・熊本の城主として二十五万石の大名になった。

関ヶ原戦争のときは、西軍の主将・石田三成と不和の間柄だったので、

「西軍は、豊臣家の軍ではない。あれは治部少《じぶしょう》（三成）の軍である」

との信念をまげず、徳川家康の東軍へ味方をし、九州一円の鎮圧にあたったので、家康も、

「よくぞ仕てのけてくれた」

戦後は、清正に肥後と豊後の一部を合せ、五十四万石をあたえた。

それでいながら、いまの加藤清正は、大坂城の豊臣秀頼とも密接にむすびつき、故秀吉の恩義にむくいようとしていることは、だれの眼にもあきらかである。

徳川と豊臣の間が険悪の様相を見せはじめている現在、清正の立場が、まことに微妙なものであることは、丹波大介にもよくわかった。

その清正の家来・鎌田兵四郎が大介に、はたらいてもらいたいというのであった。

〝かまたさま〟の鎌田兵四郎は、依然、店の土間に立ったままである。

この老武士の視線は大介からはなれ、土間つづきの板の間にいる奥村弥五兵衛へそそがれていた。

弥五兵衛の印判師・仁兵衛も、仕事の手をやすめない。

そうしたかたちのままで、鎌田兵四郎が大介へはなしかけているのであった。

このありさまを、外の通りから見たものがあったとしても、大介の姿は戸のかげにかくれて見えぬから、まるで兵四郎が仁兵衛へはなしかけているように見える。

大介も、そうした気くばりをしている鎌田を見て、

（かまたさまは、ただの人物ではない）

と、おもった。

鎌田は、これからしてもらう大介の忍びばたらきに対して、報酬はのぞみのままに出そう、という。

それも、金で大介を買おうというような口ぶりではなく、

「われらに出来えぬことをしてもらうのじゃから、当然のこと」

と、誠意をこめていうのである。

大介は感動をした。

こうした家臣をもつ加藤清正という大名が、

（どのような人物か……？）

ぜひとも、ひと目でも会ってみたいおもいがしてきた。

しかし、これはのぞむのがむりというべきであろう。

相手は故太閤秀吉の股肱《ここう》とよばれた大名で、肥後・熊本五十四万石の君主なのだ。

名も地位もない、一介の忍びの者である丹波大介なぞを直接に引見するはずもない。

真田昌幸・幸村の父子から大介たちがうけた知遇なぞは破格のものといってよい。

おそらくこれからは、この〝かまたさま〟を相手に、大介がはたらくことになるのであろう。

大介がもたらした報告は〝かまたさま〟から主君《あるじ》の加藤清正の耳へ、とどけられることになるのだ。

「われらは出おくれて、な」

と、鎌田がいった。

「は……？」

「忍びばたらきの重要《おもさ》を、これまでに気づかなんだ。と、申すよりも、気づいてはいながら、おぬしのようにすぐれた人びとを抱える手段《てだて》を知らなかった、というたらよいか……」

鎌田は、あくまでも仁兵衛の弥五兵衛へ語りかけているかたちをくずさず、大介に、

「わが殿も、ちかごろは、天下のありさまの裏がわのことが、ようのみこめなくなった……かようにおおせられて、いろいろと考えた末に、紀州・九度山の真田昌幸公へ密使をつかわされた。すると、九度山の御老公がな、この弥五兵衛どのを引きあわせて下されたのじゃ」

「なるほど、さようでござりましたのか」

のちにわかったことだが、加藤清正の密使として、ひそかに九度山へおもむいたのは、ほかならぬ鎌田兵四郎であったという。鎌田は、まず僧形《そうぎょう》となって高野山へのぼった。

そして、約一カ月を高野山にすごし、そこからあらためて、旅僧になりきり、九度山へ向ったのである。

真田父子の、徳川家康へ対する厭悪《えんお》は宿命的なもので、それを家康はよくわきまえていた。

(たとえ、押しこめておいても、いざともなれば、なにを仕出かすか知れたものではない)

だからこそ、関ヶ原戦後に真田父子を押しこめるとき、

「むしろ、遠方でないほうがよい。こなたの眼がゆきとどくところへ押しこめておけ」

こういって、紀州へ配流《はいる》したのである。

それだけに、監視の眼はきびしい。

このような真田昌幸のもとへ、加藤清正からの密使が行ったとわかれば、家康が清正をなんとおもうことか……。

「西国の押えをたのむ」

と、九州の諸大名の牽制《けんせい》をたのむほどに、いまは加藤清正を信頼している徳川家康だが、清正と真田父子とのつながりを知ったとなれば、どのようなことになるか知れたものではない。

現在の加藤清正の立場は……。

徳川家康の信頼をうらぎることなく、その信頼を利して、豊臣家のためにはたらく、ことにあるといってよい。

その日……。

鎌田兵四郎が帰ったあとで、弥五兵衛が大介に、

「さすがに、鎌田さまだけのことはある。徳川の忍びたちにも、かぎつかれなんだわい」

と、いった。

鎌田は、九度山の真田屋敷へ入ると、昌幸・幸村の父子へ率直に主人・清正のことば

をつたえ、

「ぜひとも、たのみになる忍びを……」

紹介してほしいとたのんだものである。

真田昌幸は、破顔して、

「いかにも主計頭どのらしい。さほどまで、この老いぼれをおたのみ下されたか」

「ぜひとも……」

これまで……豊臣秀吉が生きていたころも、それほどにふかい交際はなかった加藤と真田の両家であっただけに、昌幸は、敗残の身を細々とやしなっている自分をたのみにおもってくれた清正のこころが、うれしかったのであろう。

「では……」

と、真田昌幸は、印判師・仁兵衛の住所を鎌田兵四郎に教え、

「およそ、ひと月後にたずねられたい。その間に弥五兵衛がここへ忍んでまいるゆえ、主計頭どののたのみをつたえておこう。弥五兵衛なれば、こころあたりがあろう」

こういってくれた。

それは、丹波大介が、室町の戸棚風呂で弥五兵衛に再会したときから三月も前のことであったそうな。

〝かまたさま〟が、はじめて四条・室町の印判師・仁兵衛方をおとずれたとき、編笠のまま、すいと店へ入り、「先日、たのみすぎし印判は出来たか?」

と、仕事場にいる弥五兵衛へいった。

このことばは、九度山の真田昌幸に教えられた合図のことばである。弥五兵衛も、十日ほど前に九度山から帰って、昌幸と打ち合せをしてあったから、

「はい。これに……」

二顆《か》の印判を差し出した。

これと引きかえに、鎌田兵四郎が代金を入れた紙包みをわたした。この紙包みの中には、代金のほかに、絵図面が一枚入っている。

それは、伏見にある加藤清正屋敷の見取図であった。

加藤屋敷内の、鎌田兵四郎が住む長屋が、どのあたりにあるかを、この絵図はしめしている。鎌田みずから筆をとって描いたものだ。

これも、真田昌幸の指示によるもので、

「うかと、弥五兵衛の家なぞで密談をしてはあやうい。よいかな。おぬしがもっとも安全とおもう場所はいずこじゃ？」

「それは、いうまでもなく伏見の屋敷内でござります」

「よし。そこへ、弥五兵衛のほうから出向くのがもっともよい。屋敷内のどこへまいったらよいのか、くわしゅう絵図にして、弥五兵衛へわたしなされ。さすれば、たれの眼にもふれず、弥五がおぬしの前へあらわれよう」

どのようにしてあらわれるのか……。

絵図をわたして伏見の屋敷へ帰ってからも、鎌田兵四郎は不安であった。

弥五兵衛をたずねて、三日目の夜ふけに……。

長屋の寝間でねむっていた鎌田を、ゆりおこすものがある。

「や……？」

おどろいて、はねおきようとすると、

「かまたさま、弥五兵衛でござる」

黒い影が、ささやいてきた。

「あっ……い、いつの間に……？」

「いま、参上つかまつりました」

そこで密談がはじまった。

鎌田兵四郎の妻子は、本国の熊本にいて、この長屋には家来数名がいるのみだが、

「いずれも、よくおやすみでござる」

弥五兵衛は、ここへ潜入するさいに、すべてを見とどけていた。二人の胸は、すぐに通い合ったらしい。

鎌田のはなしをきいたとき、すぐに弥五兵衛の脳裡にうかんだのが、丹波大介のことであった。

真田忍びのうちの一人がはたらいてもよいのだが、こちらはもう徳川方の忍びに目をつけられている。加藤清正のために単独で忍びばたらきするには適当でない。

（大介が生きていたらな……）

そのときはまだ、丹波大介の死を信じていただけに、弥五兵衛は何度も嘆息をもらしたものだが、やがて、おもいがけぬところで大介と再会をしたのであった。

肥後屋敷

鎌田兵四郎が丹波大介を初めて見た日の翌々日になって、

「今夜、伏見の肥後屋敷（加藤清正邸）へ出かけよう」

と、奥村弥五兵衛が大介にいった。

ちなみにいうと、この前日、向井佐助が大介の手紙と、大介が京の町で買いととのえたみやげの品を持ち、甲斐の丹波村に留守居をしているもよのもとへ出発している。

さて、その日……。

まだ陽が高いうちに、大介は印判師・仁兵衛の家を出た。

数日前に、ここへたずねて来たときと同様、大介は百姓女の姿となり、笠をかぶり、小さな荷物を持ち、出て行ったのである。

夕暮れ近くになってから、女装の大介の姿を、久我《こが》の村はずれに見ることができる。

このあたりは、桂川の流域に古くからひらけた農村である。二十余年前に、織田信長を本能寺に討った明智光秀が、豊臣秀吉の軍勢を迎え撃ち、惨敗をしたときの古戦場でもあった。

桂川をへだてて、約一里の彼方に伏見城の天守がのぞまれる。

伏見城は、関ヶ原戦争のときに戦火をうけ、そのほとんどを焼失したわけだが、三年前に、徳川家康が、

「いそぎ、修築せよ」

と、諸大名に命をくだし、天守閣は去年の夏に完成したものである。

大介は、久我畷《なわて》の道をすすみ、前方に下久我の村がのぞまれるようになってから、ふいと右手の細道へ切れこんだ。

この道は、やがて絶えた。

鬱蒼《うっそう》とした森が道をさえぎっているからだ。

大介は、こともなげに、この森の中へ入って行った。

森の名を〝久我の森〟という。むかし、このあたりに蟠踞《ばんきょ》していた久我氏の祖神を祀《まつ》った社《やしろ》が森の中にあるが、いまはさびれつくして、これを訪なうものもない。

夕闇が、森の中にたちこめている。

朽ちかけた、小さな社の裏へ入って行った丹波大介が、やがてあらわれた。

もう百姓女の変装を捨てている。

室町の家を出て来るときに、弥五兵衛からわたされた荷物の中の衣類を出し、着替えたのだ。

灰色の小袖に、同系色の短袴《みじかばかま》。脇差が一ふり。それに、これも灰色の頭巾のようなもので大介は頭から顔をおおっている。

彼は、なつかしげにあたりを見まわした。

ここには、関ヶ原戦争がはじまる前に、真田忍びたちの〝かくれ家〟があった。

社の西がわの森の中に小さな木樵小屋のようなものがあり、当時は弥五兵衛が住んでい、配下の忍びたちを指揮していたものである。

どれほどの時がながれたろう。

社の裏手の草へ腰をおろしている丹波大介を、濃い夕闇が抱きすくめている。

大介が、急に眼をあげた。夕闇の中から、にじみ出るようにして奥村弥五兵衛があらわれた。

「待たせたな、大介」

「なつかしい場所だ」

「そうであろうとも……」

「いま、ここは使っていないのか、弥五どの」

「使うこともあるまい」

「なるほど……」

「いまの真田忍びは、わずかに七名ほどか……それも諸方に散って細ぼそと生きているばかりじゃ。真田忍びは、ただもう、九度山の大殿に、世の中のうごきをおつたえする、それだけのことだ。隠れ家も焼きはらってしもうた」

「さっき、おれも見て来た」

「さて、わしも着替えて来るか」

弥五兵衛は、大介の荷物の中から自分の衣類も出し、いままでの町人姿から大介と同じような服装となった。

これは正式の忍び装束ではない。しかし、夜の闇にとけこむための必要な色合いに染められてい、しかも、このまま町を歩いてもあやしまれぬかたちにぬいあげられている。

弥五兵衛は、ぬぎすてた着物を荷の中へ入れ、これを森の中へかくした。

そして二人は、用意の弁当で腹ごしらえをはじめる。

「おそらく、大介。おぬしは今夜から当分の間、肥後屋敷へとどまることになろう」

「ほほう……」

「なにも彼も、鎌田さまと打ち合せてくれい。そのあとは、おぬしひとりで、おもうままにやってもらえばよいのだ」

「ひとり忍びか……それも、おもしろかろう」

「あらためていうておくが……」

と、奥村弥五兵衛があらたまった声になり、

「われら真田忍びと、これから、加藤清正公のためにはたらくおぬしとでは、いささか立場がちがってくるやも知れぬ」

と、いった。

「ほう……そりゃ、どういうことでござる？」

「鎌田さまのはなしをきけば、おぬしもわかってこよう」

「ふむ……」

「ゆえに、おぬしも、この弥五兵衛の耳へは何も入れなくともよい」

「急に、冷やかなことを申すのだな」

「いまにわかる」

「では、今夜かぎりで、弥五どのにも会えぬ、というわけか？」

「そうではない。われらが手つだってよいことなら、いつにてもおぬしを手助けする」

笑って弥五兵衛が大介をうながし、森の中へ入って行った。森をぬけ、久我畷の道へ出たとき、闇は、すでに夜のものであった。

丹波大介が、そのとき急に、足をとめ、

「おかしいな……？」

つぶやいた。

ほとんど声にならぬほどの、そのつぶやきをもらすのと同時に、大介は弥五兵衛の腕をつかみ、草の中へ伏せた。

「どうしたのだ？」

弥五兵衛のくちびるがうごく。

例の読唇の術なのだが、この二人のすぐれた忍びの眼は、夜の闇の中にうごく互いのくちびるをはっきりと見てとることができる。

「だれか、おれたちを見ているのではないか？……」

「まさか……」

「弥五どのほどのお人が、むざむざ後をつけられるはずはない。してみると……これは、おれがつけられていたのか……」

二人とも、だまって、あたりの気配に耳をすませた。

初夏の夜気がなまあたたかい。風はなかった。

「気のせいではないのか」

「あの森をぬけ出たとき、妙な気がしたのだ」

「おぬしの勘ばたらきは、前からするどいが……しかし、わしも、ここへ来るまでには、じゅうぶんに気をつけてきている」

「いや……」

大介が、かぶりをふって、

「たしかに、おれの気のせいやも知れぬ。あの伊賀の小虎の弟、平吾とやらいうた……」

「うむ」

「あやつに襲われたことが、まだ気にかかっていたものと見える」

と、大介は苦笑し、

「どうも、おれの忍びの勘ばたらきは、まだ本当ではないようだな、弥五どの」

やがて、二人は身をおこした。

大介は何度もくびをふっては、

「今夜のおれは、どうかしているらしい」

「ま、よいわさ」

と、弥五兵衛が、

「だが大介。念のためだ。わかれて行こう」

「そうか……それにしくはない」

「落ち合う場所は……そうだ、伏見の、傾城《けいせい》町を知っているな？」

「前のままか？」

「いかにも。あそこの東に小さな橋があったろう、おぼえているか？」

「おぼえている」

「あの橋の下で亥《い》の刻（午後十時）ごろに会おう」

うなずくや、大介が走り出した。

音もなく、呼吸のあえぎも洩れぬ静かな疾走であった。

弥五兵衛は、尚も草むらに伏せ、あたりの気配をうかがっている。走り去る大介の後をつける者があれば、弥五兵衛の眼をのがれることはできない。

しばらく待ってみたが、異常はなかった。

弥五兵衛は立って、注意ぶかく、ゆっくりと伏見へ向った。

このときに異常はなかったが、実は先刻、大介が森を出たときに直感した異常は狂いのないものだったのである。

やはり、だれかが、弥五兵衛の後をつけて来ていたのだ。


伏見の町は、京都市中より南へ約三里。

東に桃山の丘陵、西に鴨川、桂川などの河流をのぞみ、南には宇治川が横たわり、これらの川は淀川に合し、大坂へむすびついている。

豊臣秀吉が、この地を特にえらび、二十五万の工人と四カ年の歳月をついやして大城郭をいとなんだことは、いまもわれわれが伏見に足をはこんで見るとき、たちどころにわかる。

いまは観光用の、コンクリートづくりの伏見城が桃山台上につくられてい、そのけばけばしい姿かたちにはひんしゅくさせられるが、しかし、京都市中にいて、この城を遠くのぞむとき、

(なるほど、城というものはああしたところに建てるものか……)

それが、つよい実感としてせまってくる。

当時の日本の政局の、象徴的中心たる京都と、実際的な文明都市としての大坂。その双方を押える大独裁者の本拠として、これほど適当な場所はない。

秀吉の後をついで天下人となった徳川家康も、居城を江戸にもちながら、いまのところは伏見の重要さをよくわきまえており、だからこそ、関ヶ原戦に焼失した城郭の修理を急いだのであろう。

いわゆる江戸幕府といって、徳川政権が江戸を中心にうごいてゆくためには、

(なんとしても、大坂の豊臣秀頼を……)

わがひざの下に屈伏せしめ、残存する豊臣勢力を完全に消滅させてしまわなくてはならぬ。

関ヶ原戦争の後……。

伏見の町民たちは、多く大坂へ逃げ、そのまま帰って来なかったものもある。

新しい伏見城の主である徳川家康も、常時、伏見にいるわけではなく、なんといっても、その本拠は江戸城であるから、町のにぎわいは太閤在世のころにくらべると、だいぶんにさびしくなっているようだ。

「大介。待たせたな」

夜がふけて……。

伏見の町の西の外れに近い傾城町(遊女町)のそばの橋下へ、奥村弥五兵衛があらわ

れた。

「弥五どのか……」

「安心してよい。別に、後をつけられてはいなかったぞ」

「それならよい」

「そろそろ、まいろうか」

「よし」

傾城町にも灯が絶えている時刻だから、あたりはうるしのような闇が、おもくたれこめている。

伏見の町へも何度か来たことがある丹波大介だが、

「肥後屋敷を見るのは、はじめて」

なのである。

このあたりは、伏見城の外濠《そとぼり》といってもよい堀川が屈曲しつつ町の中をめぐってい、宇治川へつないである。

加藤清正の伏見屋敷は、城下の南西端にあった。

宇治川のながれが、このあたりは大きくひろがり、葭島《よしじま》と呼ばれる中州のような大小の島が、むかしはいくつもあったという。〝肥後屋敷〟とよばれる清正の屋敷も、そうした葭島の上にたてられた。

ふるいむかしの伏見は、蘆荻《ろてき》の生いしげる荒涼とした水郷であり、そうしたおもかげは、清正の屋敷のあたりに濃厚であった。

筆者は、この小説をつくるにあたり、伏見の町の清正屋敷があった辺りへ出かけて見た。

京都から伏見へかけ、これまで何度足をはこんだかわからぬほどだが、あらためて肥後屋敷跡を探訪するのは、はじめてのことである。

京都から京阪電鉄の〝中書島《ちゅうしょじま》〟駅で下車すると、西がわに、伏見の町から竹田街道をつなぐ立派な舗装道路に出る。

この道路が、むかしは肥後屋敷の東面をながれる川であった。つまり、電車が通る陸橋の下の舗装道路の向う側一帯が、加藤清正の屋敷跡というわけである。

慶長のころの古い地図にしたがって、歩くと、現・京都市伏見区上下新の中町から表町、浜町一帯の宏大な地域に清正の屋敷がかまえられてあったことがわかる。

すでにのべられたように、この屋敷は中州に建てられていたのだから、南は宇治川東西北の三面も川で、三つの橋によって町の諸方へつながってい、当時から肥後橋とよばれた西がわの橋は、現在も同名であり、このあたり一帯の古びた町のたたずまいは、伏見の町の情趣を色濃くのこしているのである。

肥後屋敷は二つあった。

すなわち、肥後橋へかかる通りの北面が上屋敷で、南面が下屋敷といい、別荘のようなものである。

両方とも、まわりを町家がかこんでい、上屋敷の正門は東にある。

関ヶ原戦争のとき……。

加藤清正は、この伏見におらず、本国の熊本にいて、徳川家康のたのみをうけ、九州の大名たちを鎮圧した。だから、当時の丹波大介の忍びばたらきに肥後屋敷は全く関係がなかったので、このあたりへは近づかなかったわけだ。

橋下を出て、蜂須賀阿波守・下屋敷の外がわの葦《あし》の中に、小舟が一つ、もやってあった。

だれの持ちものか知れぬが、

（これで行こう）

と弥五兵衛がうなずいて見せ、先へ小舟に飛びうつり、大介をまねいた。二人を乗せた小舟は真直ぐに南下する。

間もなく、前方に肥後橋が見えてきた。

二人のきたえぬかれた眼力は、絶えず前後左右を見まわし、注意をおこたらぬ。小舟がゆるやかにすすむ。

左がわに、肥後屋敷の塀が、ながながとつづく。

と、その塀が切れた。舟入場である。

鍵の手に掘りこまれた舟入場が屋敷内へ入りこんでいる。

ここから舟を出し、加藤清正は水路、大坂へも京都へも行くことができるわけだ。

幅十間にわたる、すばらしく大きな舟入場であって、いまは厳重な柵にさえぎられて見えぬが、奥には大小の舟がいくつかもやってあるにちがいない。

舟入場をすぎると、またも塀がつづく。

弥五兵衛が棹《さお》をあやつり、すいと舟を塀ぎわへ寄せ、

「中へ……」

と、いった。

うなずいた丹波大介は弥五兵衛から棹をうけとり、これを高く振って、

「む！」

ひくい気合を発したかとおもうと、舟板へとんと突き立てた。

転瞬……。

大介の躰が宙に舞った。

棹からはなれた両手に反動をつけ、闇の空間に一回転した大介は、高さ六尺の塀をかるがるとおどりこえ、屋敷内の木立へ吸いこまれていった。

弥五兵衛は、大介の手からはなれた棹をうけとめ、しばらくは舟の中へかがみこみ、凝《じっ》とあたりの気配をうかがう。

異状はない。

今度は、弥五兵衛である。

これも大介同様に屋敷内へ飛びこんだ。

茂みの中に、大介が待っていた。

弥五兵衛がうなずいて見せ、先へ立ってすすむ。

木立はふかい。ぬけ出ると、竹林が見えた。

その竹林を背後にして、茶室のような小さな建物が見え、渡り廊下が折れ曲って彼方の屋敷の巨大な建物の一郭とつなげられている。

「ここで待て」

といい、弥五兵衛が茶室の向うがわへ消えた。

すでに、弥五兵衛と鎌田兵四郎とは、今夜のことを打ち合せてあったものとみえる。

すぐに、弥五兵衛がもどって来た。そのうしろから平服の〝かまたさま〟があらわれ、大介に近づくや、

「よう来てくれた」

と、ささやいた。

奥村弥五兵衛は鎌田老人にあいさつをし、かるく大介の肩をたたき、

「たのむぞ、大介」

「うむ」

「用あらば、いつにても、室町へ来てくれい」

「わかった」

鎌田に一礼し、弥五兵衛は木立の中へ消え去った。

「こう、まいれ」

と、鎌田兵四郎が先に立つ。

茶室の横手から、また竹林の中へ入った。

竹林をぬけると、白壁づくりのがっしりとした一棟の建物の前へ出た。

「さ……」

鎌田が事もなげに、この建物の戸を開け、大介をまねいた。

あとでわかったことだが、この建物は加藤清正専用の蔵であった。

刀剣をはじめ武具、それに書籍や書画、美術品のようなものまで、清正が愛好する品々がすべて格納されてい、この蔵の鍵は、清正のほかに鎌田兵四郎だけが持っている。

〝かまたさま〟は、この蔵の管理者のような役目もつとめているらしい。

入ってすぐ右手に細い階段があり、中二階へ通じていた。

鎌田にみちびかれ、大介は、その中二階へあがった。

板の間の小さな部屋があり、そこの〝ねむり灯台〟にあかりがともっている。

夜具ものべられてあった。水差しも茶わんもあった。

この小部屋は丹波大介を待っていたものとみえる。

鎌田が大介をすわらせ、

「御苦労であったたな」

「いえ……お気づかいなく」

「さっそく、殿（清正）にも申しあげたるところ、殿も大へんによろこびになられてのう」

加藤清正が、大介を得たことをよろこんでいるというのだ。なんとなく、大介の胸が熱くなった。

「お前の血はすぐにさわぐ。忍びの血はさわぐものではないのだ」

と、前に甲賀の忍びたちが、よく大介にいったものだ。

「忍びは、人の情にこころひかれてはならぬものだ」

「お前はすぐれた手練をもちながら、われとわが身の血を熱くしては失敗《しくじ》る。よくよく気をつけなくてはならぬ」

などともいわれた。

大介はそれに対し、

（熱い血が流れている忍びがいてもよいではないか）

といい、その血のおもむくままに、甲賀へそむき、只ひとり、奥村弥五兵衛たちの真田忍びへ投じてはたらいたのである。

「今夜からは、ここに寝泊りをしてくれい」

こういった鎌田兵四郎は、傍の酒瓶を引きよせ、大介の前の茶わんに酒をついでくれた。

〃かまたさま〃が、加藤家の中で、どのような身分をもつ武士か知らぬが、一介の忍びの者に対して、あまりにもこだわりがなさすぎる、親しげな態度ではあった。

「丹波大介よ」

「はい」

「まず、わしの申すことをきいてくれい」

こういって、鎌田兵四郎も茶わんを取りあげ、大介の酌をうけた。

部屋の中に香がたきこめられているらしく、えもいわれぬ芳香がただよっていた。

その夜……。

丹波大介と鎌田兵四郎とが、なにを語り合ったかは、これからの大介自身のはたらきによって、あきらかにされてゆくことであろう。

〝かまたさま〟が、蔵の中二階から去ったとき、空は白みかけていた。

大介は、ねむった。

目ざめたときは、もう夕刻になっていた。

その間、一度だけ、鎌田が様子を見に来たことを大介は知っている。知っていて、起きなかった。

ここ数日の疲労は、意外にふかいものだったようだ。

階下の土間で〝かまたさま〟の声がした。

「夕餉《ゆうげ》を持って来た」

「これは……」

鎌田みずから、にぎりめしなどをはこんで来てくれたのである。

「おぬしが、ここにいることを内密にしておけというので、まんぞくなものが食べさせられぬ」

「けっこうにござります」

「どうであろう？」

「は……？」

「おもいきって、わが加藤家につかえる者になっては？」

「はあ……」

「おぬしに忍びばたらきをしてもらうのに、いつまでも、このようなところへかくれさせておいて、しかも、食べものまでも、こうして……」

「かまいませぬ」

「そうか……」

「鎌田さま、お約束のものは？」

「おお。これじゃ」

鎌田兵四郎が、大介の前へひろげたものは、

〝加藤主計頭・侍帳〟

というものであった。およそ二千五百ほどの、加藤清正の家臣の名が書きつらねてある。

これは、家老・並河志摩守をはじめとする重臣たちから、重だった家来たちの名をとどめたもので、身分のかるい武士や足軽、小者をふくめると、加藤家の兵力は、約三万余と考えてよいだろう。

「これは、私めが、ちょうだいしてよろしいのでございますか？」

「かまわぬ。わしが写しとったものゆえ……」

大介が、

「御家中のさむらい衆の名を知っておかねばなりませぬ」

と、昨夜いったとき、鎌田は、

（これは……）

と、感じた。大介が、なみなみの忍者でないことを察知したからであろう。

この侍帳には、豊臣秀吉が病歿してからのち、新しく召し抱えた者もかなり入っている。その者たちを召しかかえた年月も、鎌田兵四郎が記入しておいてくれた。

この仕事に、鎌田は朝から夕刻まで、かかりきりだったのである。

秀吉の死後、加藤清正が抱え入れた新参の武士たちが多いのに、丹波大介はおどろいた。

こうした新しい家来の中に、もしや、どこからか忍びの者がまじり入っているやも知れぬ。〝かまたさま〟に、侍帳の写しをたのんだのも、こうした意味からであった。

「大介。おもいきって、わしの長屋へ来ぬか。ここでは、ろくな世話もできぬゆえ

「もったいない。私めは一介の忍びの者にございます。そのように、あたたかくおおせられまいては、かえっていたみ入ります」

鎌田が愉快そうに笑い、

「これが加藤の家風じゃわえ」

と、いった。

加藤清正は、いま、本国の熊本に壮大なスケールをもつ城を建築中であるが、国もとへ帰ると、

「それ曳《ひ》け、やれ曳け」

と、五十四万石の大守《たいしゅ》である清正みずから、人夫たちの間にまじり、泥まみれになって指揮にあたるそうな。

昼めしどきになれば、人夫や家来といっしょに、にぎりめしを食べる。

「そりゃもう、おぬしにも見せたいほどじゃ」

大介は信じかねている。

加藤清正が領民や家臣をいつくしむという風評は耳にしていたが、それほどまでにとは考えていなかった。

〝かまたさま〟は、しきりに自分の長屋へ来ることをすすめたが、大介は、

「いや、私にも考えがございます」

「……」

「さようか。おぬしがそうおもうのなら、それでよい」

「近いうちに、私も、私のねぐらをつくりまする。さすれば、鎌田さまからの御用も、すぐにこなたの耳へ入るようになりましょう……」

「うむ……ときに、な」

「は？」

「今夜、殿が、おぬしを見たいとおおせられる」

加藤清正じきじきに、大介を引見するというのだ。

まさか……と、おもった。

「まことじゃ。夜に入ったら、また、わしが迎えにまいる」

「はっ……」

清正は、近いうちに、この伏見屋敷を発して、本国の熊本へ帰るという。

今度、清正が上洛したのは、朝廷から侍従に任じられ、その御礼言上のためと、徳川秀忠の征夷大将軍就任の式へ参列をするためであった。

しかし清正は、太閤秀吉の遺子・秀頼のきげんうかがいに、大坂城へ出向くことを、なぜか一度もしていない。

夜が来た。戌《いぬ》の刻(午後八時)ごろになって〝かまたさま〟が大介を迎えにあらわれた。

相変らず、風の絶えた、むしあつい夜であった。

蔵の前の木立をぬけると、ひろい池がある。

池の向うに長方形の一棟があって、これが加藤清正の居住区といってもよい。

三つの居間の間に寝室があり、池は、この棟の一部の下をくぐり、舟入場の川水につながられていた。

さらに、池がくびれたかたちになって西へ……茶室のすぐ前へのびているのだ。

清正の居住区と茶室は、長いわたり廊下によってむすばれている。

「さ、ちこうまいれ」

鎌田兵四郎は、大介を茶室の中へみちびいた。

茶室とよばれていても、書院づくりのさっぱりとした離れ舎《や》というべきであろう。

清正が閑暇を得た折に、ここへ来て書物を読んだり、考えごとにふけったりするための離れ舎らしい。

小さな二間つづきの建物であった。

庭からわたり廊下へ向いつつ、大介は、ゆだんなく、あたりに眼をくばっていた。

池と、茶室とにはさまれた幅一間ほどの道を通りぬけようとして、
大介の足がとまった。

（……？）

「どうしたのじゃ？　これ、大……」

いいかける鎌田兵四郎を見て、大介が無言のまま、わが口へゆびをあてて見せた。

(だまっていて下され)

と、かたちでしめしたのだ。

鎌田が、妙な顔をした。

大介は、池のほとりへしゃがみこんでしまった。

大介の手のゆびが、しずかに鎌田兵四郎をまねく。

(もっと近くへ来て下され)

と、いうのだ。

鎌田がけげんそうに近づく。

大介は、鎌田をかがみこませ、その耳へ口をあてて、

「その脇差を、拝借」

と、ささやいた。

「な、なに……?」

「おしずかに……」

「む……」

〝かまたさま〟から受け取った脇差を音もなく、大介が引きぬいた。

そして……。

彼は、あくまでもひそやかに、池の中へ片足をふみ入れて入った。

池は、みぎわからすぐに深くなる。

深さ七尺余という。

大介の両足が入る。

鎌田は息をのんで、このさまを見つめた。

ひざのあたりまで両足をふみ入れたまま、大介は池の一角をひたと見つめ、身うごきもしなくなった。

このとき……。

池の彼方の木立を通して、加藤清正の居間へ、灯がともった。

表御殿から、主がもどって来たのである。

鎌田兵四郎には、まったく見えなかったけれども、丹波大介の鍛えぬかれた忍者の視線が、辛《かろ》うじて、そのものをとらえたのだ。

池のほとりへさしかかったとき、大介は、池の面《おもて》をかすかにゆれうごいたものを見た。

夜の闇の中であったし、なにかの水鳥のようなものか、とおもったが、

（ちがう！）

ゆっくりと池の面をうごき、茶室の方向へ近寄ってくるそのものは、まさに〝忍び道具〟の一つだったのである。

これは甲賀でも伊賀でも、忍者がつかう〝通《かよ》い〟というものだ。

それは、三寸四方の細長い箱のようなもので、水にもぐった忍びの者が、一方を自分の鼻につけ、一方をわずかに水面へ出して呼吸する。

〃通い〃の内がわはうるしぬりだし、鼻へ密着する部分には巧妙な蠟細工がほどこされてい、水の侵入をゆるさぬ。

この〃通い〃が加藤清正邸内の池にうごいているということは、どこぞの忍者が池にもぐりこんでいることを意味する。

ところが、この〃通い〃で呼吸はできても、水中にもぐっている忍者の視線はまったくきかない。

おそらく、こやつは、蔵の前の木立から大介と〃かまたさま〃があらわれるのを見て、

(この夜ふけに、妙なところから人が出て来たな。なにごとか?)

そうおもい、ひっそりと、水の中を近よって来たにちがいない。

こやつは、いま茶室へ近づいて来た二人のうちの一人を、まさか忍びの者とはおもっていなかったのであろう。

抜いた刀を右の小わきにかまえた、大介は、二間ほどはなれた〃通い〃の突端を凝視している。

突端は、わずかに二寸ほどあった。

まだ、うごいている。

うごいて、池の南のはしの葦の中へ消えた。

ここで、くせものは水中から顔を出し、様子をうかがうつもりなのだ、と大介は、すぐに看破した。

鎌田兵四郎が、

「あっ……」

低く叫んだとき、丹波大介の躰が闇を切り裂いて、宙におどった。

宙に一回転した大介の躰が、池の水へ吸いこまれた。

と……。

今度は、黒い影が池の中から、ほとんど垂直に水しぶきをあげ、魚のようにはね上って来た。

同時に……。

一度、水中へ没した大介の躰も水面から躍りあがった。

空間で、二つの影がもつれ合ったのを、鎌田兵四郎の眼はしかと、とらえてはいない。

それほどの、一瞬の間であったといえよう。

もつれ合った二つの影が、また垂直に水中へ落ちこんだ。

それきり、しずかになった。

鎌田兵四郎は、かがみこんだまま、身うごきもできないでいる。

この老人は、注意ぶかく、あたりの様子に耳をすました。

つよい水音がしただけのことだし、宏大な邸内の異常に、気づくものはいなかったらしい。

それに今夜は、清正が大介を引見するというので、鎌田兵四郎は、この奥庭へ余人を近づけぬようにはからっておいた。

鎌田の足もとへ、ぽっかりと、大介のあたまが浮いた。

「お……大介か……」

「はい」

「なんとしたぞ？」

「忍びの者が池へもぐっておりました」

「なに……」

と、ここではじめて〝かまたさま〟が瞠目したものだ。

「こやつでござる」

大介が、池の中から一人の男のくびを抱え、岸へ這《は》いあがって来た。

男は、息絶えている。

葦の中へ顔を出した瞬間に、大介が飛びかかりざま、そのあたまを斬った。

それでおどろき、一度、水へもぐってから、すぐに池の底を蹴り、水圧をはね返して外へはねあがったところを、大介に追いつかれ、くびをしめられたまま、ふたたび水中へ落ちた。

できるなら、大介は捕えようとおもったのだが、それは不可能だとも考えていた。

そのとおり、この男は水中で舌を嚙みきり、みずから呼吸をとめて死んだのである。

「このままでは、お目通りもかないませぬ。鎌田さま……さ、早う、早う」

見た。

大介は、裸体となり、水気をぬぐいつつ、百姓ふうの着物を身につけた忍びの死体を
鎌田が、大介の着替えを取りに、急いで出て行った。

二人は、この忍びの死体を、また蔵へもどって、中へはこび入れた。

「うむ」


見おぼえのない男である。

ということは、甲賀の忍びではないということだ。

(伊賀者か……?)

例の〃通い〃は、池の中に浮いている筈だ。これを引きあげておかねばならぬ。

などとおもいながらも、大介は、

(これは、いよいよゆだんならぬ)

と、緊張をした。

加藤清正の屋敷は、だれとも知らぬものの手によって、早くも忍びの潜入路が開けてあったのだ。

(明日は、屋敷内のすみからすみまで、おれがしらべて見よう)

それがすんでから、大介は、いったん屋敷を出るつもりでいる。

(おれ一人では、とうてい、はたらけぬ)

奥村弥五兵衛からは「立場がちがう」と念を押されているので、これにめいわくをか

けたくない。
いま、丹波大介の胸の底には、たのもしい協力者の姿が一つ、おもいうかんでいた。

加藤清正

加藤主計頭清正が、奥庭の茶室において丹波大介を引見したのは、それから間もなくのことであった。

〝かまたさま〟が持って来てくれた衣類を身につけた大介が、わたり廊下に接した次の間に入りかけるや、早くも、

「これへ……」

こだわりもない加藤清正の声がした。

清正は、二つの燭台《しょくだい》の灯を背にしているかたちですわっていた。

鎌田兵四郎にいざなわれ、次の間に入って平伏した大介へ、

「近う、まいれ」

またも、清正がいった。

そのしわがれた、やさしげな声音は、四十四歳の清正のものとはおもえなかった。六十をこえた老翁のような声なのである。

ろうそくの灯を背にして清正の顔は、いくらかかげりをおびている。

前頭の張った大きなあたまに、小さなまげがのっていた。細いまゆの下に、大きく黒ぐろと張った両眼と、長くふとい鼻、その鼻下からあごをおおっているひげのかたちが端麗《たんれい》であった。

大介がおどろいたのは、清正の背丈がすぐれて高いことであって、両手をつかえたまま見上げると、大介のくびすじが折れまがるほどにくびれたものだ。

六尺をこえているだろう。

そういえば、この小さな茶室の欄間も天井も、定式をこえて高くつくられている。

清正が何気もなく、

「先ほど、池の水音がきこえたようじゃが……」

と、いいさしたけれども、大介と鎌田は、わざとこれにこたえなかった。二人して、清正によけいな心配をさせぬことにしようと、打ち合せてあったのである。

二人がだまっているのを見て、清正は、すぐにはなしを転じた。

「丹波大介とやら」

「はい」

「兵四郎から、はなしをきいてくれたか」

「うけたまわりましてございます」

「わしのような武将《おとこ》は、もはや古めかしい、気転のきかぬ、こわれかけた古道具のようなものでのう」

微笑が、さびしげであった。

「九州の諸方へは、わしもわしなりに間者《かんじや》をひそませてあるし、九州の大名たちのうごきは、およそ、耳にも入れ、眼にも見ているつもりじゃが……」

嘆息が、かなしげであった。

「ま、九州の大名たちは、わしと同様の古道具で、こしらえも剛《つよ》く、これでなかなか、こわれそうに見えてこわれぬように出来ておる。なれど、いざこうして、大坂や京へ出てまいると……五年、六年前の京大坂とは、様子が、まるで変ってきてしもうた」

「私めも、五年ぶりに、こちらへまいりました」

「さようか。五年の間、京大坂を見なんだそのほうは、なんとおもうた？」

「私めも、古道具になり果てたかと、おもいましてございます」

加藤清正が、高らかに笑い、

「古道具どうしで、これはよい」

と、いった。

老い枯れたことばつきとはがらりと変り、その笑い声の豪放さ、明朗さにも、大介は魅せられた。

忍びの者の笑いは、いつもひそやかなものである。その忍者としての生活が高い笑い声を忘れさせてしまう。いつも人の眼をのがれ、かすめ、よろこびもかなしみも我ひとりの胸にしまいこみ、闇の中に活動するという習慣がそうさせてしまうのであろうか……。

清正は、正面から灯をうけている丹波大介の風貌を見て、安心をしたようである。にっこりと、鎌田兵四郎へうなずいて見せてから、大介に、

「さて……」

と、いった。

「は……?」

と、大介。

「このことを先ず、あたまへ入れておいてもらいたい。わしは……この清正は、もはや、無用の戦争《いくさ》をのぞんではおらぬ、ということを、な」

「はい」

「いま、大坂におわす右大臣・豊臣秀頼公は、わずかに御年十三歳。わしがおもうに、亡き太閤殿下の後つぎとして恥ずかしからぬ若者とおもうが……いや待て。後つぎと申しても、太閤殿下の天下を、と申しておるのではない。豊臣家のあるじとして、と申すことよ」

とすれば加藤清正も、日本《てんか》は徳川将軍の威風のもとにおさめられるべきだ、と考えて

いることになる。

「わしがねがうことは、只ひとつである」

「は……」

「秀頼公が御成人あそばされ、だれ人《びと》の手も借りず、御一人の裁量をもって豊臣家を切ってまわすようになるまで、戦さなしにすませたい」

では、秀頼が立派な成長をとげたあかつきになら、戦争が起ってもよいのか……と、大介は問いかけようとしたが、やめた。

その大介の胸の中を見通したかのように、清正がいった。

「戦さは、もはや永久《とこしえ》に絶えてほしい」

「おおせのこと、よくわかりまいてございます」

「うむ……そのつもりにて、はたらきくれるよう」

「はい」

「なにごとも、そのほうにまかす。そのほう一人にてはむりとあれば、そのほうのおもうごとく、他の者をはたらかせてもよし、そのために要《い》るものもあらば遠慮なく兵四郎へ申し出るよう」

「かたじけのうござります」

「このところ、年に一度は、わしも京、大坂を見にまいっておる。なれど、わからぬことばかり多い。大坂の、豊臣家の内部《なか》ですら、わからぬことがいくらもある。人びとはみな、ふかい考えを胸の中にひそめ、人知れず、そちこちに寄りかたまり、糸を引き合うているようじゃ。戦さや城づくりにかけては余人に退けをとらぬ清正も、二重三重に張りめぐらされた、ふかいふかい謀事《はかりごと》になると、手も足も出ぬ。大介よ、そのほうが、わしの耳や眼のかわりをつとめてくれい」

丹波大介と鎌田兵四郎を茶室へ残し、加藤清正は居間へ引きとった。

わたり廊下へ迎えに出ていた小姓二名をしたがえ、清正は居間へ入り、

「覚兵衛《かくべえ》をよべ」

と、小姓にいいつけた。

清正の重臣・飯田覚兵衛直景が、あらわれたとき、清正の前には酒の膳が用意されていた。

「おお。これへ……」

飯田覚兵衛が悠然と、清正の前へ来てすわった。

清正より一つ年長の覚兵衛であるが、こちらは背丈も低いかわりに、がっしりと横にひろく、むっくりとした筋肉が衣服からはじけて出そうな体格であった。顔のつくりも、何から何まで、ふとく濃い。

「いかがでござった?」

と、覚兵衛が親しげに問うた。

他の家来たちの前では、つつましやかに清正へ相対し、家臣としての礼をつくす覚兵

衛であるが、こうして深夜に主従ふたりで酒の膳をかこむときになると、むかしの虎之助と覚兵衛にもどる。

この二人は、子供のころからの友だちであり、清正が幼な友だちの覚兵衛を引き立て、共に木下藤吉郎につかえたわけだが、藤吉郎が羽柴秀吉となり、豊臣秀吉となって天下に号令をするほどの出世をとげるにしたがい、清正も肥後二十五万石の大名に立身をした。

清正も機会を見て、何度か、覚兵衛を別にはたらかせ、一国一城の主になってもらおうとしたが、

「おなじことでござる」

と、飯田覚兵衛は、

「おりゃ、虎どののそばにおるが、いっそ気楽なのでござる。おかまい下さるな」

こういってことわりつづけ、ついに清正の重臣として居ついてしまった。

こうした間柄だけに、清正が覚兵衛にたのむことはひとかたではない。

だれか信頼のできる忍びの者を得て、中央政局のうごきをさぐらせては……と、清正へ進言したのも飯田覚兵衛であった。

覚兵衛は、いま九度山で父・昌幸と共に謹慎している真田幸村と、むかし親密の間柄であった。

幸村が、真田家の人質の意味もあり、信州上田から大坂城へ来て、秀吉の小姓をつと

めていたことがある。

当時、覚兵衛は清正のかわりに、常時、大坂へつめてい、大坂城内へいつも出入りをしていたので、少年の幸村の才智を愛し、いろいろとめんどうも見てやったりした。

豊臣秀吉も、小姓・幸村を、

「こやつめ、親（昌幸）まさりよ」

と評し、寵愛《ちょうあい》したという。

なればこそ覚兵衛は、京大坂における加藤家の〝情報部〟をもうけるにあたり、ひそかに九度山の真田父子へ相談をもちかけたのであろう。

「たのもしげな男であったぞ、丹波大介と申すやつ」

と、加藤清正が飯田覚兵衛の盃をみたしてやりながら、

「なにごとも、まかせることにした」

「九度山の眼にかないたる男なれば……」

「そのことよ」

いいさして清正が、

「ときに覚兵衛」

「はあ？」

「わしは、いますこし、こなたへとどまらねばなるまいゆえ、おぬし、ひと足先に熊本へ帰国してくれぬか」

「それは、いつにても……」

「そういたしてくれい。城の工事を急ぎたいのじゃ」

「急ぐ……？」

「さよう。急ぎたい」

こういって、清正は覚兵衛を凝視した。

覚兵衛も口へはこびかけた盃の手をとめ、清正の双眸を見つめて、身じろぎもせぬ。

二人の視線が空間にからみ合い、なにごとかを語り合ったようである。

ちから強く、覚兵衛がうなずき、

「心得まいた」

「たのむ。わしも、なるべく早う帰国したい」

工事を急いでいる熊本の居城は、四年前から着手しているもので、加藤清正が、この新しい城をきずくにあたり、徳川家康のゆるしをもとめたとき、

「よいとも」

家康は上きげんで、

「おことがきずく居城とあれば、いかに、みごとなものであろうか……」

すぐに、ゆるしてくれた。

熊本城は、清正が家康に代って、九州の諸大名を制圧するためのものという理由で許可があたえられたものである。

四年がかりの築城は、いま一息で完成しようとしている。

その完成を、

「急げ！」

と、清正はいっている。

では、九州の大名たちが徳川政権に反抗をしめしはじめたのか、というと、そうではない。

早く出来上った城へ入りたい、という単純なものでもないらしい。

いま、清正と覚兵衛が意味ありげに見かわした眼と眼のささやきには、もっと複雑で緊迫したものがながれていたはずである。

城は、大名・武将が居住し、領国をおさめるための建造物である。

さらに、戦争の根拠地となるべきものである。

だが、清正は丹波大介に、

「戦さは、もはや永久に絶えてほしい」

と、もらしたばかりである。

次の間へ来た小姓が、

「鎌田兵四郎殿、お目通りねがい出ておりまする」

と、告げた。

「よし、ここへ……」

清正がゆるしをあたえると、すぐさま鎌田兵四郎があらわれた。

〝かまたさま〟の顔色は先刻のときにくらべて、いくらか青ざめていた。

「いかがいたした、兵四郎」

「はっ……おそれながら……」

「近うよれい」

「はっ」

小姓は去っている。

鎌田のほかには、清正と覚兵衛の二人きりである。

「実は先刻……」

と、鎌田は、池の中にひそんでいた忍びの者を丹波大介が討ちとったことを語った。

「あの水音が、やはり……」

と、清正が、

「どうりで、妙な水音であった」

「それで、いま、大介が池の中へもぐりこみまいて、底をつたい、御舟入りのあたりまでまさぐり見ましたるところ……」

「ふむ……？」

大介は、あの忍びの潜入口を発見しようとしたのだ。

池の底は、清正と覚兵衛が語っていた居間の下をくぐり、舟入場へ通じている。

通じてはいるが、だ。

舟入場へ通じるまでに二カ所、水門のような仕切りがある。

一カ所は、清正の居間の手前で、ここにはふとい材木と鉄片によって組みたてられた格子の仕切りが、きびしく池の水をわけていた。

格子の目は、にぎりこぶしがようやく入るほどだし、とても人間の躰がくぐりぬけられるものではない。

もう一カ所は、舟入場と池をへだてている水門で、ここには番所がもうけてあり、絶えず二名の番士が見張りをしている。

その仕切りと水門とが、水の底で切り破られていたのである。

人間の躰がもぐりぬけられるほどの、およそ三尺四方が切りとられていたのだ。

こうなれば、宇治川から加藤屋敷の西がわの堀川へ入り、堀川から水中へもぐり、舟入場へ……そして池の中を奥庭まで、忍びの者なら難なく入りこめる。

「だれが、いつ、そのようなことを……？」

と、さすがに飯田覚兵衛が顔色を変えた。

加藤清正は、沈黙している。

〝かまたさま〟は、尚も語りつづけた。

舟入場の向う……つまり表御殿の庭へも池があって、ここへも川の水が引き入れてあり、奥御殿同様に仕切りと水門と番所がある。

このほうの水門も切りやぶられていたと、大介は〝かまたさま〟に報告したのだ。

池の底へもぐり、これだけのことをしらべた丹波大介を、庭内の番士たちはまったく気づいていない。

「これは……いったい……？」

覚兵衛が清正へ問いかけるのへ、

「いまからでも、おそくはない」

清正が沈痛にいった。

「われらも、いままでのわれらでいてはならぬ、ということじゃ」

その清正のことばに、万感がこもっている。

自分の屋敷へ、このようにして潜入し、自分の身辺をこのようにさぐり見ようとしているものは、徳川の手の者か……。

または大坂の豊臣からの手がのびているのか、それもはっきりとつかめぬ加藤清正なのであった。


加藤清正は、永禄五年六月二十四日に、尾張の国・愛知郡・中村に生まれた。

現代の名古屋市・中村である。

清正と豊臣秀吉との関係は、いわゆる〝親類すじ〟になる。

簡略にのべておこう。

つまり、清正の義理の叔母が、秀吉の正妻・ねねの姉ということになるのだ。

秀吉は、名もない土民の子に生まれて、ついに天下人となった偉人だということになっている。この説にしたがえば、清正も同様の生いたちといってよかろう。

しかし……。

加藤清正の先祖については、近江・美濃の国司をつとめた従三位・中納言左大臣・藤原忠家ということになっている。

そのように古いむかしのことはさておき、のちに美濃国・加藤庄へ住みついた加藤正家から十三代目が、清正の父・加藤弾正右衛門清忠ということになる。

清忠の弟の清重（清正の叔父）が、早くから豊臣秀吉につかえてい、

「われが甥《おい》にして虎之助と申す者を召し使い下されたし」

と、主の秀吉にねがい、少年の清正がよばれて、秀吉の小姓になった。清正は幼名を〝夜《や》叉若《しやわか》〟といい、子供のころ、中村から津島へうつった。

これは父の清忠が、清正三歳のときに病死してしまったからだ。

そこで、母の伊都《いつ》は、幼い清正をつれて、義弟夫婦をたより、津島へうつったということである。

どちらにせよ、そのころの加藤家は落ちぶれていたらしい。

父の清忠は、稲葉山（のちの岐阜）の城主・斎藤道三《どうさん》につかえていたそうだが、斎藤家が道三亡きあと内紛をおこし、ついにほろびたのち、ひそかにのがれて尾張の中村へ

かくれ住んだ。

そして清忠は、同じ中村の鍛冶屋・清兵衛のむすめ・伊都と夫婦になり、清正をもうけたというわけだ。

ちなみにいうと……。

そのころの鍛冶屋などをしている者は、相当の格式と身分をもっていたもので、清兵衛の祖父も小島式部という武士であった、といわれている。

むかしの書物には、とにかくいろいろと書きのべてある。

清正の叔母が秀吉夫人の姉という説のほかに、

「いやちがう。従姉妹どうしだった」

という人もあれば、

「いやいや、清正の母と秀吉の母が従姉妹どうしなのだ」

と記している書物もあるし、

「ちがう。秀吉の母の妹が、清正の実母である」

と、書いている本もある。

この物語では、どちらでもよかろう。

ともあれ、秀吉と清正とは親類すじの関係にあったことは、たしかなようである。

清正が子供のころ、津島の村では人に知られたわんぱくもので、年上の少年と相撲をとり、一度も負けたことがなかったという……つまり、飯田覚兵衛なども、そのころの遊び仲間で、幼名を才八《さいはち》といった。

もう一人、清正の仲のよい力士とよばれる子供がいて、これがのちに森本儀太夫と名のり、覚兵衛同様に加藤家の重臣となる。

ところで……。

清正の母・伊都については、こんな説話が残っている。

清正が、伊都のまだ腹中にあったときのことであるが……。

近くの家から火事が出た。

その家に、めくらの老婆がいて、ちょうど風呂に入っていた。

火事ときいて伊都は、妊娠中の躰も忘れて外へ飛び出し、

「ばばさま、ばばさま……」

と、めくらの老婆を助けるため、猛火の中へ飛びこみ、みごと、老婆を救い出したというのである。

単なる説話と、いってしまえばそれまでである。

だが、清正の生母が、このような性格のもちぬしだったことは事実といってよいかとおもう。

その例証はいくらでもあるが、引用すると長くなるので、この火事の中から老婆を救い出したはなしのみを書いておいた。

それはつまり、こうした母にそだてられた加藤清正であるということを、いいたかっ

たからだ。

飯田覚兵衛が、後年に、こう語りのこしている。

「自分は殿（清正）の御生母から、我が子同様に可愛いがられた。自分の母は早くから世を去っていたため、まるで自分の本当の母のような気がして、ずいぶんとあまえたり、物ねだりをしたものである。御生母は虎（清正）の友どちは、虎の財産《たから》でござる、と、かように申され、自分のみばかりではなく、幼少のころの殿のまわりにあつまる子供たちを、惜しみなくいつくしんでくれたものだ」

さて……。

豊臣秀吉につかえて、成長しつつ、加藤清正が諸方の戦争にはたらき、武勇の名を高めて、賤《しず》ヶ岳《たけ》の七本槍などと世にうたわれたことは、よく知られている。

織田信長が本能寺に害せられてのち、秀吉の天下となり、清正が肥後・熊本の城主に任ぜられたのは、天正十六年で、彼が二十七歳のときであった。

そして、朝鮮征討の出陣。

それを追いかけるような豊臣秀吉の死。

さらに関ヶ原の戦争。

そして、いま……。

天下は徳川家康のものとなった。

これが、加藤清正の略歴といってよかろう。

この四十余年の略歴の中で、もっとも清正にとって重大な時期は、いうまでもあるまい。

すなわち、秀吉の死が、関ヶ原戦争につながる、五年前のあのときである。

関ヶ原戦争前後における加藤清正については、いずれのちに、くわしく語ることになろう。

その夜……。

鎌田兵四郎に、清正がこういった。

「あの丹波大介という忍び。いよいよ気に入った。なにごとも大介のいうままにせよ。費用《つぃえ》を惜しむな」

すると、飯田覚兵衛が口をはさんだ。

「なれど、その大介とやら申す忍びを、そこまでに……」

「何を申す。大介は、おぬしが九度山へたのみこんで得た男ではないか」

「なれど……裏には裏が、あると、いちおうはこなたも考えてみねばなりますまい」

「うたごうたなら、切りもあるまい。このように、どこを見てもうたがいだらけの世の中なればこそ、人が人を信ずることを忘れてはなるまい」

「いかさま」

鎌田兵四郎が去ったあと、清正と覚兵衛は、尚も酒をくみかわしつつ、密談にふけった。

酒をはこんで来た小姓が、

「梅春《ばいしゅん》老の手料理にござります」

と、新しい料理の皿をはこんで来た。

ささげと茄子《なす》の胡桃《くるみ》あえと、たたき牛蒡《ごぼう》。それに小鯛を焙《あぶ》ってさいたものへけしの実をふった皿が、いかにも小ぎれいに盛られてあった。

「梅春が、まだ起きていてくれたのか……」

と、加藤清正がうれしげに満面をほころばせ、

「愛《う》いやつめ」

と、つぶやいた。

梅春は、もう五年も清正の料理人をつとめている老人である。

梅春が、みごとに禿げあがった坊主あたまをふりたてながら、愛嬌《あいきょう》たっぷりな世間ばなしをするのを、清正はこのみ、酒の相手を命ずることさえある。

清正のためなら、寝食を忘れ、

「殿さまがおいしいとおおせられるのを耳するが、なによりの生き甲斐」

と、梅春はいい、清正が旅をするときもついて行き、こころをくだいて食膳をととのえる。

梅春老人のまごころが、その食膳へはっきりとあらわれてい、食べものなどには決してぜいたくをせぬ加藤清正も、いまは梅春なくては、一日もすごされぬ。

「わしは、梅春の料理を口にするようになってより、生まれてはじめて、ものを食べることの幸福を知ったわ」

と、清正は覚兵衛にもらした。

二人の酒もりは、夜明け近くまでつづいたようである。

そして夜が明けたとき……。

丹波大介の姿は、この〝肥後屋敷〟から消えていた。

杉谷の婆

「もはや……これまでじゃの」

と、徳川家康がつぶやいた。

伏見城内・本丸の天守閣にもうけられた〝月見やぐら〟に立ち、暮れなずむ初夏の夕空をもくねんとながめながら、

「これまでのことよ」

もう一度、家康がいった。

このとき、家康のそばにひかえていたのは重臣・本多佐渡守正信ただひとりであった。

小姓も重臣も、廊下に出ている。

「のう……？」

なにか、うながすような眼の色になり、家康が本多正信へふり向くと、

「いかさま……」

正信が、強く、うなずいて見せた。

本多正信は、このとき六十八歳。

主の家康より四歳年長の正信だが、若いころは徳川家の〝鷹匠《たかじょう》〟をつとめていたそうな。

こうして正信は、家康の鷹狩りの供につきそい、みずから飼育した鷹をはなち、主人の狩りになくてはならぬ若者となったわけだが、

「見どころのあるやつ」

たちまちに家康は、本多正信のかくれたる才能を見ぬき、

「そば近くにつかえよ」

と、近習に抜擢《ばってき》した。

しかし、若いころの正信は〝弥八郎〟と名のってい、血気さかんな男だったし、熱烈な一向宗徒であった。

家康の領国である三河で一向宗の反乱があったときも、正信は決然として主にそむき、この反乱に参加したものである。

(おのれ。弥八郎めが！)

家康は激怒し、宗徒の反乱を鎮圧するや、

「弥八めを追い放て！」

と、正信を他国へ追放してしまった。

殺さず、にである。

反乱の首謀者の一人だった正信を、怒りつつも死刑にしきれなかった。

そこに、家康の、

(死なせてしまうには惜しい……)

こころが見てとれる。

十余年のちに家康は正信をよびもどした。

これから以後……。

家康と正信の胸底はぴたりと通い合ってゆく。

領主と宗徒としてのあらそいがあったからこそ、この主従のむすびつきには、一種の〝友情〟といってもよいほどのへだてなさと、あたたかさときびしさが生まれたのだ、と、いわれている。

それからの本多正信は、徳川家康の謀臣として、欠くべからざるものとなった。

現在の正信は相模・玉縄(現大船)の城主として二万二千石ほどの小身大名にすぎないのだが、

(徳川の直臣《みうち》が、大禄をたまわることなど、もってのほかである)

というのが、彼の信念であり、それが徳川の家風となったところに、本多正信の巨大なちからを知ることができる。

いま、伏見城・天守閣の月見やぐらにいて夕焼けの空をながめている家康と正信が語り合っていることは……。

「おふくろさまがのう……」

と、またも家康がもらしたつぶやきによって、何であるかが知れよう。

おふくろさま……すなわち、大坂城の豊臣秀頼の生母・淀の方をさす。

家康は、この伏見城にとどまり、秀頼の上洛を待ちつづけてきた。

豊臣秀頼が、いちおうはあたまを下げ、徳川の旗の下へ参じてくれることをねがっていた。

ところが、どうあっても、

「こなたから行くことはならぬ。さほど、右大臣（秀頼）に会いたくば、三河どの（家康）のほうより大坂へまいらるるがよい」

と、淀の方がいい張って、秀頼の上洛を承知しない。

いまをときめく前征夷大将軍の家康を、

「三河どの」

などとよびすてるところに、淀の方の、気位の高さが感じられる。

「わしも、ずいぶん待ったが……」

と、家康。

わが子、徳川秀忠を二代将軍の座につけ、その宣下の式をおこなってから、もう二カ月がすぎている。

この間、再三にわたって、

「このさい、上洛をねがいたい」

と、うながしつづけた家康の意は、大坂の豊臣家に……いや淀の方に拒否された。

明日……。

徳川家康は、伏見城を発って江戸の本城へ帰る。

もはや、

(わしの忍耐も、これまでじゃ)

家康としては、そうおもわざるを得ない。

「では……?」

と、かるく右手のゆびを床につき、本多正信が家康を見上げた。

切長の、ほとんどこめかみにまで細長く切れあがった目《ま》じ《な》りが達している正信の両眼が異様にかがやきはじめた。

頬骨の張った、あごの小さく細い正信の、しわだらけの老顔が一瞬、緊迫をたたえ、

「よろしゅうございますな?」

押しころした声で、正信がいうや、

「うむ」

家康が大きく、うなずいて見せ、

「手くばりは、いたしおるか？」

「いざ、豊臣方《おおさか》と手切れになりましたときにそなえ、いささかは、……」

「忍びの者を、つこうておるのか？」

「はい」

「九度山の真田父子にも、眼をはなしてはおるまいな」

「おおせのごとく」

「いざとなると、九度山が、もっともこわい」

家康は苦笑して、いった。

「何を仕出かすやら、知れたものではない……」

こうして、家康と正信の決意は牢乎《ろうこ》たるものになった。

それは……。

大坂城に在る豊臣家の残存勢力を、徹底的につぶし、ほろぼしてしまおう、との決意であった。

〝月見やぐら〟から、本丸・御殿の居間へもどった徳川家康は、ここまでつきしたがって来た本多正信に、

「佐渡よ」

したしげによびかけ、

「寝ころばぬか」

と、いった。

「は……では、ごめんを」

正信は、主とならび、畳に身を横たえた。

この主従は、二人きりで密談をかわすとき、こうして寝ころびながらするのが、むかしからのならわしのようになっている。

「こうなると……」

と、家康がためいきをついて、

「肥後が、くだくだしゅうなったの」

「はあ……」

肥後とは、加藤清正の領国のことだ。

だからつまり、加藤主計頭清正の存在が、

「めんどうなものになってきた」

と、家康はいったのである。

「佐渡。熊本の城は、いつごろに出来あがるのじゃ？」

「まだ、三年はかかろうとの風評にござる」

「ふむ。こうなると、熊本の城は、おそろしいの」

「さよう……」

「さて、主計頭のことじゃが……」

「いざともなれば……」

「ふうむ……」

と、この主従はいうべきことの三分の一ほどを口に出し、眼と眼を見かわせば、たがいの胸の中が通じてしまうらしい。

翌朝……。

初夏のくもり空の下を、徳川家康の行列が伏見城を出て、江戸へ去った。

これにしたがうものは東国の大名二十余人と、十万余の軍列である。

これを見て、京、伏見の町民たちは、

「やれやれ……」

「戦さ騒ぎにならぬで、よかった、よかった」

よろこび合ったものである。

気の早い人びとは、徳川・豊臣両家の間に戦端がひらかれることを予想し、京や伏見の町から出て諸方へ疎開していたほどであった。

家康の行列は京へ出ず、東山の山なみのうしろへまわり、醍醐、山科を経て、大津へ向った。

加藤清正は、諸大名と共に、伏見城・御船入の長橋のたもとまで出て、この行列を見送った。

家康は、清正を見るや、馬上から身をかがめ、にこやかに笑いかけつつ、

「堅固でのう」

したしく、ことばをかけたのである。

本多正信は、伏見へ残った。

家康が、江戸へ去ったその日の夜ふけに……。

伏見城内の、本多正信屋敷の奥まった一室で、正信が、同年輩の老武士と、密談をかわしている。

老武士の名を、山中大和守俊房という。

山中俊房は、近江の国・甲賀・柏木郷の〝主長〟である。

甲賀二十一家とよばれる〝主長〟の中の一人である山中俊房は、いうまでもなく〝忍び〟の頭領でもあった。

丹波大介の父、甚十郎も、大介もまた、以前は、この山中俊房の下にはたらいていた甲賀忍びなのだ。

「いまのところは、九度山の真田父子、しごく、おだやかに、世捨人そのままの暮しをしておるようじゃが……」

と、正信。

「なれど……」

と、山中俊房はまゆをひそめ、

「ゆだんはなりますまい、かと……」

「真田忍びの数は少なくとも、これが諸方に散り、徳川の様子《こなた》をさぐっておりますことも、たしかかとおもわれます。実は……」

俊房が、身を乗り出し、

「京の室町に、印判師の仁兵衛と申す者がござる」

「ふむ」

「この男が、真田忍びの奥村弥五兵衛でござりました」

「なに……奥村弥五兵衛といえば、関ヶ原の折、大御所(家康)のそばちかくまで、手勢をひきいて斬りかかった男じゃと、おぬしからきいておったが……」

「いかにも……」

「どうして、わかったのじゃ?」

「その印判師のとなりへ、ずっと前から住まわせておきまいた足袋屋の才六と申す者、私めの手のものにござる」

「ほほう、それは……」

「なんとはなしに、京の町のようすをさぐらせるため、住みつかせておきまいたのが、おもいがけなく、役にたちました」

「ふむ、ふむ……」

「才六がむすめに、小たまと申すものも、手足《てだり》の女忍びでござる」

「ふむ……?」

「弥五兵衛に気づかれてはおらぬな？」

「いまのところは……二人とも、弥五兵衛が室町へ住みはじめる四年も前、すなわち関ヶ原合戦のすぐ後から住みつき、京の町人になりきっておりまいたので、さすがの弥五兵衛も気づきませせなんだ」

「さすがは、甲賀の山中俊房」

「いや、なに……こうした気のながい忍びばたらきができますのも……」

いいさして、山中俊房は、かるくあたまを下げた。

徳川家は、本多正信の主管の下に、金を惜しまず、いくつもの情報網を張りめぐらしてい、そのためにはたらく甲賀、伊賀の忍者たちの数も多い。

ゆえに、本多正信の報告を通じて徳川家康は、居ながらにして日本全国の大名のうごきに精通している。

「で……その弥五兵衛のうごきは？」

「たびたび、九度山の真田父子のもとへ出かけて行くようにて……なれどさすがに、いくら後をつけまいても、かくれこんでしまいます」

「九度山の近くに、かくし道でもあるのではないか」

「はい。なにともして、それをさぐりとるつもりでござりますが……」

いいさして、山中俊房が、

「実は、半月ほど前に、その印判師・仁兵衛のところへ、妙な百姓女がたずねて来たそうにござる」

「ほう……？」

「ところが、どうも、これは女ではないらしいので」

「と申すのは？」

「男の真田忍びが、新たに加わったものと見えます。もっとも数日して、この男と弥五兵衛が、外へ出て行きましたので、すかさず、小たまが後をつけましたなれど、久我畷のあたりで見うしないましたそうでござる」

「その男、なにものか……？」

「翌朝まで弥五兵衛は室町へもどりましたが、その男はもどりませぬ。その日からもう十日ほども帰ってまいらぬそうで」

「よくよくに、こころをつけてくれい」

「承知つかまつる」

「費用は惜しまぬ」

「はっ」

この夜も、山中大和守俊房は相当の金子《きんす》をもらい、明け方ちかくまで、本多正信と密談をかわした。

この小説では、徳川方のスパイ網の一つとして、甲賀の山中俊房をあげているが、俊房のような頭領が何人もいて、それぞれにはたらいているわけだ。

いまのところ、山中俊房のうけもちは、九度山の真田父子と、肥後の加藤清正を内偵することにあった。

だが清正は、これまでに一度も、徳川家康の信頼をうらぎることなく、忠誠をつくしてきた。

豊臣家へ忠誠をつくすのと同様に、である。

家康もまた、清正をたのみ、九州諸国の監視《おさえ》は、ほとんど清正にゆだねているといってよい。

その清正が、

「めんどうになってきた」

と、昨日、家康が正信にもらしたのは、いったい、どういうことなのだろうか……。

翌朝……。

山中俊房が、従者の忍び五名と共に伏見城を去るにあたり、本多正信は、

「肥後を、くれぐれも、たのむ」

と、ささやいた。

この日から七日目に、加藤清正は伏見屋敷を発し、大坂城へ入って、豊臣秀頼のきげんうかがいをおこなったのち、海路、九州の領国へ帰って行った。

鎌田兵四郎は、伏見屋敷に残っている。

丹波大介からの連絡は、まったく絶えていた。

加藤主計頭清正が、海路、大坂を発して熊本へ帰国した翌日の夜ふけに……。

変哲もない百姓姿の丹波大介が、琵琶の湖《うみ》の南岸を近江の国へ入っている。

この日。朝から霧のような雨がふりこめていた。

その雨の暗夜の中を、大介は灯も持たず、一陣の風のように走っているのだ。

琵琶湖の南岸・草津をすぎ、野洲《やす》川ぞいに、大介は東へすすむ。

両がわに山がせまり、山峡のせまい平地にながれる野洲川が、三雲のあたりで横田川と杣《そま》川の二流にわかれる。

このあたりから、近江・甲賀の地となる。

かつて、大介の父・柏木甚十郎がつかえた忍びの頭領・山中大和守の屋敷は、横田川にそって東海道をすすみ、水口《みなくち》の城下の手前の柏木郷・宇田の村にある。

しかし大介は、野洲川が右へわかれる杣川のながれにそって走っている。

走りつつ、ふところからひとつかみの黒い布を出し、これをあたまからかぶった。

この黒布を〝墨ながし〟とよぶ。

かるい一枚の布にすぎないのだが、これをかぶり、要所のひもをむすび合せると、全身が黒一色におおわれてしまう。

甲賀の忍びがつかう、簡略な忍び装束といってよい。

(ゆだんはならぬ)

大介は緊張していた。

甲賀は、忍びの地である。

ことに、このあたりは山中俊房の本拠ともいうべき土地であった。

いつどこに、山中配下の忍びの眼が光っているか、知れたものではないのだ。

ゆえに、大介は墨ながしをまとったものであろう。

夜の闇に溶けて見えぬが、右手には甲賀忍びの修行場として知られる飯道山がそびえているはずだ。

その山すその、道もない木立の中を、大介は音もたてず、なめらかに走りつづけて行くのである。

草津からここまで約七里。

これを大介は、一刻（二時間）ほどで走り通ってきた。

ぬかるむ雨道の中で、それはおどろくべき脚力といってよいだろう。

彼は、あくまでも木立づたいに走り、飯道山の東ふもとまで来ると、山道をへだてて向う側に、細川ぞいの平地へ突き出た丘陵が大介の眼に見えた。

この丘を堂山《どうやま》と、土地の人びとはよぶ。

その堂山の木立の中に、ぽつんと灯が見えた。

「杉谷のお婆《ばば》……」

おもわず、大介はつぶやいている。

低いが、なつかしさでいっぱいの声であった。

甲賀の、このあたりの土地を杉谷の里という。

むかしは、杉谷与右衛門信正というりっぱな忍びの頭領がいて、土地を支配していたものである。

杉谷信正も、いわゆる古い型の忍びといったらよいのであろう。

この点、丹波大介とおなじような忍びの血をもった頭領であった。

むかし……。

杉谷家は、近江・観音寺の城主・佐々木（六角）義賢《よしかた》につかえ、扶持《ふち》をうけていたという。

佐々木義賢は、中世のころから近江の守護職として足利幕府につかえた名家のながれで、将軍・足利義輝のころには管領《かんれい》の職についたこともある。

ゆえに……。

義賢にとっては、

「ちからおとろえた足利将軍の威勢をもり返し、足利幕府のもとに、天下の戦乱がしずまるべきじゃ」

というのが、つよい信念であったようだ。

その信念のもとに、佐々木義賢は戦乱の世を戦いつづけてきた。

ところが、武田、上杉、織田などの実力をそなえた戦国大名が諸方に勢力を打ちひろげつつ、天皇おわす京の都へせまるという様相になり、ついに、織田信長の軍団によって、観音寺城は攻め落されてしまった。

これからの佐々木義賢は、甲賀の地ふかくにひそみかくれ、やがて、信長に降参してしまうことになる。

杉谷信正は、配下の忍びたちと共に、最後まで、佐々木義賢のために忍びばたらきをした。

これはまだ、義賢が信長に降参する前のことであるが……。

織田信長が、近江の浅井長政と越前の朝倉義景を相手に、近江の姉川で大決戦をおこなったことがある。

慶長十年のいまから、三十余年も前のことだ。

この姉川の戦場において……。

杉谷信正は、一族および配下の忍びを総動員し、佐々木義賢にかわって浅井・朝倉の連合軍に参加した。戦さ忍びとして活躍をしたのである。

〃戦さ忍び〃というのは、忍びが武器を取り、将兵と共に戦場で闘うことをさす。だが、そこは忍びのことであるから、特殊な武器もつかうし、火薬も用いるし、独自の作戦を別にとって闘うわけだ。

「いま少しのところで、杉谷は織田信長公の首級《みしるし》を討ち取れたのじゃが……」

などと、甲賀に住む忍びの古老たちは、いまも語り合っているそうな。

そして……。

姉川の決戦は織田軍の勝利となった。

杉谷信正は、配下の忍びたちと共に、戦死をとげた。

ここに、杉谷忍びは全滅したといってよい。

だが、只ひとり、生きのこった忍びがいた。

それが、丹波大介のいう〝杉谷のお婆〟なのである。

〝杉谷のお婆〟の名を、於蝶《おちよう》という。

彼女の父も叔父も、頭領・杉谷信正につかえた忍びであった。

於蝶は、父母を早くうしなったのち、叔父の新田小兵衛によって忍びの術を仕こまれ、てだれの女忍びとなったのである。

姉川の戦場へ出たとき、於蝶は三十に近い年齢であったというから、いまは六十をこえているわけだ。

杉谷忍びがほろびてのち、於蝶は単独で、自分が好む大名や武将たちのために〝忍びばたらき〟をしていたそうだが、十三年ほど前に、

「もはや、忍びばたらきに飽いた……」

こういって、杉谷の里へもどり、荒廃していた亡き頭領の屋敷へ入って、それから百姓仕事や機織《はたおり》をしながら、余生を送りはじめた。

若いころの於蝶は、丹波大介の伯母・笹江とも親しく、おなじ女忍びだけに、所属する頭領はちがっても、

「二人して、よく、男あさりに出かけたものじゃ」

などと、いまは亡い伯母が大介へ語りきかせてくれたことがある。

熟練の女忍びといえば、普通《なみ》の男などは男として見ていないほどであるから、ひまができると、男あそびの相手をさがして、よく京の都へ出て行ったりする。

男が、女あそびをするのと同じことなのだ。

むかしは、山中家も杉谷家も、他の頭領の家でも、それぞれに親しくまじわり、或る程度は、

〝甲賀の忍び〟

としての統一的な行動をとったらしい。

ところが、しだいに戦乱の世も、今日の味方は明日のそれではなく、今日の敵が明日の味方になるという、きびしく切迫したものに変っていった。

それにしたがい、甲賀の忍びたちも、それぞれに忍びばたらきする場所をえらぶようになり、ついには、甲賀忍びどうしが闘うことにもなってきたのだ。

丹波大介が、父亡きのち、甲斐の国・丹波の村から甲賀へ引きとられ、伯母の笹江と共に山中俊房へつかえるようになったとき、

「ほ。これが大介か……」

山中屋敷へ笹江をたずねて来た〝杉谷のお婆〟於蝶が、

「いくつじゃ、大介」

と、きいた。

「十八歳」

こたえる大介に、何度もうなずいて見せ、

「笹江どのよ。この大介、こりゃきっと、すぐれた忍びになろうよ」

伯母に、そういったお婆の声を、いまも大介は忘れていない。

杉谷のお婆は、すでにそのころ、忍びの暮しをやめ、隠退していたので、山中屋敷へもあらわれたのであろう。

当時、お婆は四十八、九歳であったろうが、見たところは髪もくろぐろとしてい、ふっくりとした顔《おも》だちはしわひとつなく、三十そこそこに見えたものだ。

(もう、十年ほど、お婆には会うていない。どのように変られたか……?)

堂山のふもとへ来たとき、丹波大介の胸がおどった。

杉谷与右衛門信正が健在であったとき、杉谷屋敷のまわりには空堀がめぐらされ、石垣塀が山肌のうねりに沿ってたてまわされてい、ここへ、敵が攻めて来ても一戦をまじえるだけのかまえがあったものだ。

これは、山中屋敷とて同様である。

姉川で杉谷忍びがほろびてのち、織田信長が、この屋敷へも兵をさしむけ、火を放った。

杉谷のお婆が、ひとりひそかにもどって来たとき、

「何も彼も、灰になってしもうていた」

と、大介に語ったことがある。

いまも、外観は焼け落ちたままのすがたであった。

草が生《お》うるにまかせ、ふかい木立につつまれた奥に、お婆の小さな家がある。

そこへ、丹波大介が近づいて行くと、

「たれじゃ？」

家の中から、声がかかった。

まぎれもない、杉谷のお婆の声であった。

「おれだ、お婆」

「ほう……」

と、さすがにもとは女忍びだけあって、

「丹波大介か」

ぴたりと当てた。

「さよう」

「なにをしに、ここへ？」

「入ってもよいか？」

「よいもわるいも、これきりの家じゃ。この老いた百姓女をなぐさめに来てくれたおぬしに、入ってはならぬというてはばちがあたるわえ。ふ、ふふ……」

たのしげに笑って、お婆が、

「抱かれてもよいぞえ」

と、冗談をいった。

「お婆。たのみがあって来た」

「わしにか？」

「はい」

「なにをしている。いつまでも雨にぬれたまま、軒下に立っていることはないぞや」

「では……」

戸に手をかけると、すぐに開いた。

土間の向うの板敷きの間のいろり端に、杉谷のお婆、於蝶が立てひざをしてすわり、入って来る大介へ、

「おお、すぐれてりっぱな躰つきになったのう」

と、いった。

「久しぶりでござる」

「関ヶ原の合戦には、おぬし、山中俊房どのを裏ぎり、西軍の……妙な大名の、そうじゃ信州の真田につかえてはたらき、死んだときいていたが……なれど、この婆は生きてあるとおもうていた」

だからこそ、お婆は、十年ぶりに大介の声をきいても、おどろかなかったのであろう

か。

大介のほうが、むしろ、おどろいた。

六十をこえている筈の杉谷のお婆は四十そこそこにしか見えない。

「お婆とも申せぬ若さだ」

「いろうておるのか、大介」

「いや、まことだ」

「では、これからは杉谷の小母とよべ」

「そうしてもよい」

「ま、ここへおじゃ。腹がすいていよう」

「うむ」

「にらの粥《かゆ》はどうじゃえ？」

「大好物だ」

「よし、待て。すぐに、こしらえてやろう」

お婆は土間へ立って行き、手早く仕度にかかりつつ、

「ぬれた着物をぬげ。そこの戸棚から何か出して着たらよい」

「すまぬ」

「ときに大介。いつ、こちらへ出て来やった？」

「二月ほど前……いや、もっとになるかな……」

「それまでは、甲斐の丹波にかくれていたのであろう」

「その通り」

「嫁をもろうたな」

「わかるか？」

「わからいでか」

「おどろいたな、これは……」

「よい女か？」

「うむ」

「そのよい女房を丹波へ置いたまま、なんでまた、こちらへ出て来やった？」

「見物に、な」

「どこを？」

「京や大坂を……どう変ったか、一度見ておきたいとおもうて」

「ふうむ……」

米を入れた鍋が、いろりの火にかけられた。

「ついでに、わしの顔を見ておこうとてか？」

「うむ」

「たのみとは何じゃ？」

「実は……」

「このお婆に、忍びばたらきの手つだいをせよ、とでもいうのかや？」

大介は先手先手をとられ、ことばも出ない。

杉谷のお婆は、大介にさそいかける会話と、大介の表情のうごきを見ては、こちらの胸の中にあるものまで、よどみもなくいいあてるのだ。

「そのとおりだ」

大介も閉口して、

「ちからになって下さるか？」

「先ず、粥を食べよ」

「うむ……や、これは、うまい。久しぶりに、にら粥を食べた」

「おぬし。こちらへ出て、またも忍びの血がさわぎ出したのじゃな？」

「そう、いわれても仕方がない」

「というても、おぬしは独りきり。独りではまんぞくな忍びばたらきもできぬ、と、いうのであろう」

「いかにも」

「大介。いったい誰のために、忍びばたらきをしようというのか？」

「お婆……」

杉谷のお婆も、それだけはいいあてることができなかったらしい。

「なんじゃえ？」

「となりの部屋に人がいる」

「ほ……よう気づいた。さすがに丹波大介じゃな」

にこりとして、お婆が、

「道半どのよ。出て来なされ」

声をかけた。

「道半……では、島の道半どのか？」

「そうじゃ」

「これは、おどろいた……」

島の道半も、むかし、杉谷の与右衛門信正につかえた忍びであるが、年を老《と》ってからは、この杉谷屋敷にいて仕事をし、外へは出なかった。

道半の仕事というのは……。

〝忍び道具〟や〝忍びの武器〟の製作。火薬玉もつくれば、携行食糧や、いろいろな薬もつくる。

むかしは、道半の下には何人もの男たちがはたらいていていたし、外へ出ている忍びの女房たちも、この仕事を手つだったりしたものだ。

こうした特殊な武器や品物の補給がなくては、忍びばたらきもできない。甲賀や伊賀の忍び屋敷では、それぞれの頭領たちが、それぞれの工夫をこらしたものをつくらせ、配下の忍びたちの活躍に役立てていたのである。

島の道半は、杉谷のお婆が若いころ、すでに中年に達していたはずだ。

とすれば……もう八十をこえていることになる……。

大介がおどろいたのは、そこであった。

（まだ、生きていたのか、道半どのは……）

うわさにきいてはいたが、まだ一度も道半を見たことのない大介である。

ほとんど、気配もなく隣室にいた人が、にじみ出るようにいろり端へあらわれた。

まさに、うわさにきいた島の道半、と、大介は見た。

道半は小人《こびと》である。

体軀は、七歳の童子のものだ。

その小さな躰の上に、まっ白な髪をたらした老顔が笑っていた。

もっとも白髪は後頭部のあたりまでぬけあがり、そこからたれさがった髪がくびすじのあたりで、きれいに切りそろえられてあった。

「おはじめて」

と、道半が細い、やさしい声で、大介へあいさつをする。

老爺というよりも、これこそ老婆の顔だちといってよい。

まゆ毛もぬけ落ち、張ったひたいの下に針のように細い眼が笑っている。さすがに、しわだらけの老顔であった。

「これは……」

大介も、この大先達の声名は、いろいろときかされている。

彼は、かたちを正し、あらためて名のった。

二人のやりとりを、杉谷のお婆はうれしげにながめていた。

「道半どのも、わしとおなじ世捨て人じゃ。なにをはなしてもかまわぬぞや」

お婆に、こういわれては大介も警戒を解くより仕方もない。

「では……」

いいかける大介へ、

「待ちやれ」

お婆が、手のゆびをあげて制し、

「このお婆と道半どのに、腰を上げさせるだけの忍びばたらきかや？」

「さ、それは……」

「わしも道半どのも、忍びばたらきに飽きつくして、世を捨てた。大介よ。おぬしも杉谷忍びのこころはきいていよう。金ずくではうごかぬぞえ」

大介は苦笑し、

「お婆。おれのすることだ。割に合わぬ仕事《つとめ》でござる」

「ほほう……」

「おれは、あるお人に、こころをひかれ、そのお人のため、はたらくつもりになった」

「その、お人とはえ？」

「加藤主計頭、清正さま」

これをきいて、杉谷のお婆と島の道半が顔を見合せ、得体の知れぬうなり声を発したものである。

「すりゃ、まことか？」

お婆が、むしろ切りつけるような、するどい声でいった。

「まことじゃ」

「ふうむ……」

お婆が、凝と大介を見すえ、

「これは、まさに、割の合わぬ仕事じゃ」

と、つぶやいた。

「おれも、そうおもう」

「なぜ、そうおもう？」

「五年前の、関ヶ原の折もそうだったのだ。お婆。徳川方のためにはたらく忍びたちの人数はまことに多い。惜しみなく金をつかい、惜しみなく人をつかう。あらゆるところへ気長に網を張りめぐらし、水も洩らさぬかたちがととのえられている。関ヶ原のときも、こなたに、いくらすぐれた忍びがいて、あと一息のところまで敵の総大将・徳川家康を追いつめても、ついに仕とめられなかった……なにしろ、お婆。当の家康さえ知らぬ、おもいもかけぬ場所に敵の忍びがひそませてあるのだものな」

その慶長五年九月十四日の早朝。

前夜に岐阜へ入った徳川家康は、大垣城を中心に展開している石田三成の西軍との決戦にのぞむため、長良川をわたり、美濃・赤坂へ向った。

丹波大介が、長良川の水中にもぐって、これを待ちうけ、舟橋をわたる徳川家康の輿《こし》の眼前へ、はね上り、急襲をかけた。

そのとき、家康につき従っていた五人の侍女のうちの一人が、間髪を入れず大介へ飛びかかり、家康の眼の前で立ち向って来たものだ。

この女こそ、甲賀の山中屋敷の女忍び・お八重《やえ》というてだれの者であった。

丹波大介が、お八重へ〝飛苦無〟を撃ちこみ、これを川中へ蹴落すのに、さほどの時間を要したわけではないが……。

「その間一髪《かんいっぱつ》のおくれが、取り返しのつかぬものだった」

と、大介はお婆にいった。

たちまちに、家康を、徳川の将兵が重なり合うようにしてかばい、そのうちの数名が大介の飛苦無に殪《たお》れるうち、家康は舟橋をうしろへうしろへと逃げ、ついに、飛苦無を撃ちつくした大介は、ふたたび長良川のながれへ飛び込み、必死で逃げるよりほかに手段はなくなっていたのである。

「そのことじゃわえ」

と、杉谷のお婆が大きくうなずき、

「ここ数年のうちに、徳川方の忍びの網は、諸方へしっかりと根を下してしもうたらしい。これを相手に、二人や三人で闘うというのは……こりゃ、むずかしいことじゃ」

「いや、闘うというのではない」

と、大介は、加藤清正の意のあるところを、くわしくお婆に語った。

「なるほど。なるほどのう……」

お婆の眼が、きらきらと炉の炎をうけて光った。

いいかけるお婆へ、道半が、くしゃくしゃと笑みくずれながら、

「おもしろいのう、道半どのよ」

「おもしろい。おもしろい」

と、いった。

「どこが、おもしろい？」

と、大介。

「いや、何も彼もおもしろいわえ」

お婆が手を打って、

「加藤清正という大名もおもしろいが、それに手助けしようというおぬしもおもしろい」

「そうか、な……」

「こりゃ、丹波大介らしい仕事じゃわえ。のう、道半どの」

「ふむ、ふむ。伯母ごの笹江どのが生きてあったら、このようにばかばかしいつとめをするな、と、大介どのを叱りつけたにちがいないのう」

「ばかばかしいか、な……？」

すると、お婆が、

「ばかばかしいゆえに、おもしろい。こりゃ、杉谷忍びにうってつけの忍びばたらきじゃ」

「では、助けて下さるか？」

「まあ、待ちゃい」

「え……？」

「今夜ひと夜、とっくりと考えて見ねばなるまい。のう、道半どのよ」

「ふむ、ふむ……」

間もなく……。

丹波大介は、小人の道半老人がいた隣室へ寝かされてしまった。

ろばたでは、杉谷のお婆と道半老人が、いつまでもいつまでも、何事か語りかわしていたようである。

この二人の老人も声をたてず、読唇の術による会話をおこなっていたようだから、大介の耳へは何もきこえなかった。

翌朝も雨であった。

梅雨に入ったのやも知れぬ。

大介は、ぐっすりとねむった。

このところ数日。大介はろくにねむらずに、はたらきつづけていた。

そして、美濃の国・笠神の村外れにある木樵小屋へ、わが〝隠れ家〟をもうけることを得た。

考えに考えた末のことである。

関ヶ原戦争の前後に、真田忍びの奥村弥五兵衛や、丹波大介の隠れ家は、ほとんど徳川方の忍びたちの発見するところとなり、潰滅《かいめつ》してしまっている。すぐれた真田忍びが何人も死んだ。

そこを、もう一度つかうことは、むろん危険である。

だからといって、大介が山中俊房につかえていたころの隠れ家をつかうことは、なおさらにあぶない。

そこは今も尚、山中忍びが使用しているやも知れぬし、現在の山中忍びが徳川方のために忍びばたらきをしていることは、甲賀の者で知らぬものはない。

そこで、大介は笠神の木樵小屋をつかうことに決めた。

ここだけは、まだ、敵に発見されていない唯一の〝隠れ家〟であった。

難点は、あまりにも京や大坂へ遠いことである。

（なれど、取りあえず……）

であった。

この笠神の村には、大介が亡父と共に住んだ甲斐の丹波村で、幼な友だちだった領造の義理の従兄にあたる茂兵衛という百姓が住んでいる。

今度、五年ぶりに大介があらわれ、

「また木樵小屋に住みたい」

と、いうや、

「まだ五年前のままにしてありますゆえ、どうぞ、いつまでも……」

と、茂兵衛はいってくれた。

茂兵衛は、大介のことを単なる牢人だと信じきっているのだ。

「よく、ねむれたようじゃの」

と、ろばたへ出て来た大介へ、杉谷のお婆がいった。

炉にかかった鍋から、熱い汁のにおいがたちのぼっている。

島の道半のすがたは、どこにも見えない。

「道半どのは？」

「すぐに、もどるわえ」

「ところで、お婆……」

「お……昨夜のつづきのことじゃな」

「そうだ」

「よし」

「え……では……」

「手つどうてやろうよ」

「ま、まことか？」

「忍びばたらきに飽いて世を捨てたわしじゃが……なかなかに死んでくれぬのでのう。それでまた、世捨て人にも飽いてきたところじゃ。術《うで》もなまっていようが、そこは年の功じゃ。何やら役に立つこともあろうよ」

「ありがたい！」

大介は、おもわず叫んだ。

甲賀の忍びの中でも、それときこえた杉谷の婆――於蝶と共に忍びばたらきをすることができるのだ。これは大介のような、まだ若い忍びとして、名誉のことだともいえる。

こうした忍びの術者としての〝情熱〟は、いまの甲賀にはない。

すでに消え去った忍びの精神なのである。

金もいらず、名誉も欲せず、ただひたすらに、わが忍びの術の発揚へいのちをかけるという気風は、もはや古くさいものとなっているのだ。

「ま、加藤清正公へは、われらがさぐりとれるだけのものをおつたえしよう。どこまでやれるか、それはわからぬが……清正公は、ひたすらに天下の情勢《うごき》の裏がわにひそむものが知りたいと、かように申されたとのこと……」

「そのとおりだ」

「では、知ってどうする？」

「清正公は、何ともして、徳川と豊臣の間に戦さされぎがおこらぬよう……それのみをねがっておられる」

「だがのう、大介。清正公お一人のちからで、戦さが、ふせぎとめられようかの？」

「戦さがおこる、とおもわれてか、お婆は？」

「わしのみではない。そのようにおもわれればこそ、清正公がおぬしをたのまれたのではないか」

「ふうむ……」

「もっとも、よいことは……」

いいさして、お婆がくっくっと笑い出し、

「先ず、大坂城におわす豊臣秀頼公の御生母、淀の方に死んでもらうのが、いちばんよいことなのじゃが……」

と、おどろくべきことをいい出したものである。

「淀の方を……」

「殺すのよ」

「え……？」

「秀頼公は、まだ小さい。すべては淀の方が、亡き太閤殿下が生きてあることの御威勢をいまだに忘れかね、ただもう、徳川家康などにあたまを下げたくはない、ばかにされたくはないという一心から、どこまでも家康に楯《たて》をつく。これがいけないのじゃ」

「それは、わかる」

「なれば、ひそかに殺してしまうがよいのじゃよ」

お婆は事もなげにいったが、

「わけもないことじゃが、そこまでは、われらが手をつけるべきことではあるまい。もっとも、加藤清正公が、やれとおおせあるなら、一夜のうちに、やっても見せようがのう」

そこへ、ふらりと島の道半老人がもどって来た。

道半のうしろに、ひきしまった体軀の若者が立っていた。

美しい面《おもて》をした二十五、六歳の若者を、

「わしが孫よ」

と、道半老人が大介へ引きあわせた。

島の道半の孫は、小平太という。

杉谷のお婆が、

「退屈しのぎ」

に、この小平太へ、忍びの術を教えこんであるというのだ。

いまの小平太は、この家から少しはなれた堂山の山頂に近いところへ小屋を建て、一人で住み暮しているらしい。

「大介どの。おもうように、おれを使うて下され」

と、小平太がいった。

お婆が、大介へ、

「これで三人。すくない人数じゃが、かんべんして下され、頭領どの」

という。

「おれを頭領などとよぶのは、よして下され」

「いや、そうでない。こたびのつとめは、おぬしにわれらがやとわれたのじゃ」

「困る、そう申されては……」

「そのとおりではないか。われらは、おぬしの指図によってうごく。また、そうでなくては、忍びばたらきは出来ぬ。おのおのが勝手気ままにうごいたのでは、ちからが一つにかたまりはせぬ」

冗談ではない。

杉谷のお婆は、まじめそのものの顔つきで、大介にいった。

「さて、こうときまれば……あとは、ここで、ゆるりとこれからのことを談合しようではないかや。わしも道半どのも、意見だけは出す。それを採る採らぬは大介どののこころ一つじゃ」

と、お婆のことばづかいが急にあらたまり、かたちを正して、

「よろしゅう、おねがい申す」

大介へ、あいさつをした。

島の道半も、小平太も両手をつき、大介へ礼をする。

さすがに杉谷忍びの伝統が、この三人には残っていた。

決心をして、これぞとおもう人のためにはたらくとなれば、いのちをささげてもはたらこうという意志のあらわれといってよい。

こうなれば三人とも、絶対に大介を裏切ることはないのである。

「こちらこそ、たのみ申す」

と、大介もきちんと礼を返した。

朝の食事が、はじめられた。

大介がととのえた笠神の隠れ家のことをきくや、お婆は、

「隠れ家は多いほどよいが、この小人数では、あと二つほど、もそっと京大坂に近いところへ用意すれば間に合おう」

と、いい、

「それは、わしが引きうけよう」

「ありがたい、お婆」

「ところで大介どの。かくなる上は、同じ甲賀の山中忍びとも闘わねばならぬこと、覚悟していような」

「むろんのことだ」

「真田忍びの奥村弥五兵衛たちとは交わりを絶つがよい。九度山の真田昌幸・幸村の父子の立場は、加藤清正公のそれとはまったくにちがう。真田父子はの、大介。戦さあれかしとのぞんでいるにちがいないわえ」

中山峠

また、春が来た。

丹波大介が京都へあらわれてから一年の歳月が経過したことになる。

その日……。

朝から、霧のような雨がけむっていた。

江戸へ向う加藤主計頭清正の行列が東海道を東へ……遠江《とおとうみ》（静岡県）の日坂《にっさか》の村へさしかかったのは、未《ひつじ》の上刻《じょうこく》（午後二時）ごろであったろうか。

肥後、熊本五十四万石の大守である加藤清正の行列であるけれども、後年の大名行列のように派手やかなものではない。

いちおうは、徳川家康の天下統一が成ったとはいえ、

（いつ、また戦争《いくさ》がおきるか、知れたものではない）

という不安が、人びとの胸に絶えずあった。

戦国の世は、まだ完全に、

（終ってはいない）

という意識が、だれにもある。

したがって、大名の行列なども、半ば武装の兵がこれをかため、華美よりも威圧をほこった。

もっとも、加藤清正などの行列は質素なもので、

「駕籠はいらぬ」

清正みずから馬に打ち乗り、不必要な供まわりを廃し、戦陣そのままに、すべてを敏速に、能率的におこなう。

それでいて、加藤清正の旅行には武装がない。

主も家来も平服の旅装であって、それはいかにも、

「もはや、世に戦さは絶えた」

ことを、しめしているかのようであった。

清正は去年、領国の肥後へ帰ってからは、熊本城の完成を目ざし、寧日もない工事の監督に没頭していたが、今年の正月がすぎるころ、

「江戸城の修築を手つだってもらいたい」

と、徳川家康の命令がつたえられた。

このところ、家康は、ひんぴんとして、諸方の城の修築を諸大名へ命じてくる。

（天下をおさむる徳川家康の命をきけ！）

と、いわんばかりの課役であった。

これは、家康自身がみずからのちからのほどをためしているのだ、と見てもよいだろう。

（どれほどに、諸大名が徳川政権へ屈服をしているか……）

であった。

塗笠をかぶり、簑《みの》を着た加藤清正の騎乗姿は、とうてい五十四万石の大名には見えぬ。

清正はすでに、工事のための百名余の家臣たちを江戸へ送ってあり、一足おくれて東海道を江戸へすすむこの行列は、家来・小者を合せて、わずか四十名ほどであった。

「見よ」

清正が、日坂の村へかかって、

「桜が、ほころびかけておるぞ」

と、馬側につきしたがう小姓の城戸新助へ声をかけた。

「はい」

新助も、右手の山肌のすそのあたりへ眼をやり、にっこりとこたえる。

雨に、道がぬかるんでいる。

旅人のすがたは、ほとんど見えなかった。

だが加藤清正にとって、雨中の旅行などは物の数でない。

豊臣秀吉の朝鮮征討軍の先鋒《せんぽう》として海をこえ、朝鮮に激戦をくりかえしていたころ、日本からの補給が途絶えてしまい、清正は兵と共にねずみの肉をくらい、壁土の汁まですすったものだ。

(ともあれ、今日のうちに中山峠を越えたい)

というのが、清正の予定なのである。

老臣・飯田覚兵衛は清正にかわり、熊本に残って城の工事を急いでいる。

あの〝かまたさま〟の鎌田兵四郎は、依然、伏見の肥後屋敷にいて、留守をまもっている。

(あの、丹波大介と申す男、いま、どこにおるものか……?)

加藤清正は愛馬の手綱をかるくさばきつつ、大介の顔をおもいおこしていた。

掛川の宿を出てから、街道はしだいに山へ分け入って行く。

日坂を出れば、これが山道となって中山峠への上りとなる。

世にいう佐夜の中山越えである。

〝貞応海道記〟というむかしの書物に、

「佐夜の中山をしばらくのぼれば、左に深谷《しんこく》、一峰ながき道は塘《つつみ》のうへに似たり。両谷の梢を眼下に見て、群鳥のさへづりを足の下に聞く」

と、ある。

山道が急になった。

馬が、かすかにあえぎはじめる。

前駆の騎馬が五。徒士《かち》立ちの家来の次に清正がいて、次にまた騎馬が六。その次に足軽・小者が行き、しんがりは騎馬の士五名であった。

木々は、ようやくに芽吹きはじめている。

その細《こま》かい芽が、淡いみどりの靄のように山肌を樹林をけむらせていた。

去年の初夏……。

鎌田兵四郎にみちびかれ、伏見の屋敷へあらわれた丹波大介を引見して以来、清正はまだ大介を見ていない。

(兵四郎のところへも、顔を見せぬというが……)

その兵四郎も、このごろは不安になってきているらしい。

今度の旅にも、途中、伏見の屋敷へ五日ほど滞留した清正だが、そのときも兵四郎は、その不安の色を、清正の前ではかくさなかった。

加藤清正の行列が、屈曲しつつ峠へかかる山道をのぼりはじめてから間もなく、

「殿……」

小姓の城戸新助が、清正へ、

「いま、なにか……?」

と、いった。

清正が、うなずく。

この二人のみではなかった。

行列の人びとは、はっきりと、どこかでした女の悲鳴のような声をきいたのである。

「新助。見てまいれ」

「ははっ」

新助が馬腹を軽く蹴り、先へ出て行った。

行列は、清正を中心にして間合《まあい》をせばめ、ぴたりと停止した。

「や……?」

今度は、はっきりと女の叫び声が前方できこえた。

前駆の騎士が三人、列をはなれ、城戸新助の後を追って行った。

新助が、ゆだんなくあたりへ眼をくばりながら山道を右へ左へまがり、手綱をさばいてすすんで行くと、前方に人影が見えた。

たちこめている霧のような、雨の膜の中に、四人ほどの男がうごきまわっている。

その男たちのほかに、もう一つの人影が山道へころげ伏し、何か、もがいているようなのだ。

(女だ……)

と、新助は見て、

「これっ！」

大声をかけた。

ぎくりとしたように四人の男たちが、うごきまわるのをやめ、こちらを見た。

男たちの中に刀を手にしている者がある。

「なにをいたしておるか！」

よびかけつつ、新助が馬をすすめて行くと、男たちが、ぱっと逃げた。

「待てい！」

そこへ駈けのぼって来た前駆の騎士たちが、

「どうした、新助……」

「いま、あれに……」

「何と？」

男たちは、もう見えない。

あっという間に、崖の向うへ姿を消してしまっている。

「や、女ではないか？」

「倒れている」

四人が近寄って行き、

「これは……」

顔を見合せた。

まさに、女だ。それも、若い。

しかも、女は血みどろになっている。

旅仕度らしい着物もずたずたに引きさかれ、白い乳房が露出されてい、雨と泥にまみれつくしている上に、その、もりあがった乳房へも、肩口の傷口から鮮血が流れ出ていた。

「ああ……う、うう……」

腹這いに倒れ、両腕を必死にさしのべて苦痛のうめき声をあげてはいるが、もう、女に立ちあがるちからはない。

「しっかりいたせ！」

城戸新助が馬から降り、女を抱きおこした。

傷は肩口に一カ所と、右のこめかみのあたりから頰へかけて一カ所だけらしい。

血が、女の白い肌へふき出すと、それを雨がたたく。みる間に血が肌へ散り、なんともすさまじい。

新助は、

「これ。傷は浅い。しっかりせい！」

叫びながら、わが着物の袖を引きちぎって、女の肩口へあてがった。

女が、かっと眼をひらき、

「父《てて》が……父が……」

と、いった。

まるで、十五、六の小むすめのような若い女であった。

「父……お前のか？」

「き、斬られて……」

「なに……」

「早う、たすけて……」

「どこだ？」

「上……あの、上……」

女の眼が、崖の上を見上げた。

崖は低い。

崖の上は、木立だ。

三人の騎士が馬から飛び降り、

「新助。女をたのむ」

いいおいて、崖をのぼりはじめた。

女は、この崖の上から逃げようとして、山道へころげ落ちたものらしい。それを男たちが追って来て、なにか、けしからぬふるまいにおよぼうとしたものか……。

「あ……」

女が、気をうしなった。

新助は、女を馬へ乗せ、行列へ引き返して行った。

雨が強くなってきている。

新助が、女を乗せた馬と共にもどって来るのを見て、行列がいろめきたった。

「いかがいたした?」

加藤清正が、列の中から馬をすすめて来た。

「この女が、何やら賊らしきものどもに斬られて……」

「なんと……」

女が馬からおろされ、小者たちが駈けよって傷の手当にかかる。

清正が、新助の報告をきいているうちに、三人の騎士が老人の死体を抱え、もどって来た。

「崖の上の木立の中で、斬り殺されておりました」

「この女の、父親らしゅうございます」

清正は眉をひそめた。

旅姿の、小さな躰つきの老人は、ほとんど切断されんばかりの傷をくびに負っている。

そのほか、腹と胸に深い突き傷があって、

「むごいことを……」

加藤家の士たちが、いっせいに、怒りの声をあげた。

「たれぞ。早う、この老爺《ろうや》の死体を包んでやれい」

と、清正が命じた。

傷を負った女を馬の背に乗せ、老爺の死体を小者に担がせるや、

「ゆだんすな」

加藤清正の行列は、隊伍をととのえて、峠の坂道をのぼって行く。

と……。

行列が去った後の山道へ、白くけむる雨の膜の中からにじみ出るようにあらわれた人影が一つ……。

笠にかくれて顔は見えぬが、荷を背負った旅商人の風体《ふうてい》であった。

この男は、しばらく、そこに立ちつくして、考えにふけっている様子だったが、やがて歩み出した。

「待ちゃい」

崖の上の木立から、かすれた女の声が落ちてきた。

旅商人が立ちどまり、

「お婆か……？」

「大介……」

よびかけるや、崖の上からふわりと山道へ舞い下りたのは、杉谷の婆・於蝶である。

旅商人は、丹波大介だ。

「お婆。早かったな」

「浜松のあたりで、加藤清正公の行列を待ちうけ、それからひそかに、先ばらいをつと

めてきた」

「では、いまのさわぎを？」

「おお、見たとも」

「あの女、あやしいと、おれは見たが……」

「さすがは大介じゃ」

「あれだけの手傷を負うて、わざと気をうしのうたさまをしていながら、五体のかまえに寸分の隙がなかったものな」

「そのとおりじゃ」

崖の肌にぴたりと背を寄せ、大介とお婆は声もなく語り合っている。例の読唇の術による会話であった。

杉谷のお婆は、むぞうさな旅仕度で、笠をかぶってはいるが、簑もつけず、素足にわらじばきのまま雨にぬれつくしていて、平然たるものだ。

さすが、甲賀の女忍びの中でもそれと知られた杉谷のお婆だけに、六十をこえた老体だとは到底おもえぬ。

こうして、加藤清正の行列は、前に杉谷のお婆、うしろに丹波大介から見まもられつつ江戸へ向っているわけだが、むろん、これを清正も、家来たちも知ってはいない。

あれから一年を経たいま……。

大介は、お婆の協力によって五人の忍びを味方に得ている。

いずれも、むかしは、杉谷忍びだった男たちで、

「お婆どのがはたらかれるなら、いつにても死のう」

といい、お婆のよびかけにこたえてあつまった忍びたちだ。

彼らの大半は、いま、京・大坂の近くに散って、それぞれにうごいている。

加藤清正が江戸城・修築の命をうけ、熊本から出て来ると知ったとき、お婆が大介にこういった。

「もうそろそろ、われらの敵がたれか、それを知っておかねばなるまい」

この一年間、大介たちは、つとめて、目立つようなうごきをしていなかった。

大介自身も、今年になってからは、伏見の加藤屋敷内の〝かまたさま〟にさえ会うのをさけてきた。

印判師・仁兵衛の奥村弥五兵衛にも、あれ以来会わぬ。

「まず、三年は、こなたの姿もにおいも消してしまいたいところじゃが……」

と、杉谷のお婆は、大介に、

「そのように、ゆっくりと忍び仕度もしてはいられまい、なれど、できるかぎりは仕度に時をかけたいものよ」

「そのとおりだ、お婆」

新しい忍びばたらきをはじめる前の、これは鉄則であるといってよい。

忍びばたらきは、先ず、

〝無〟から、はじめなくてはならない。

大介が、奥村弥五兵衛と出会い、その引き合せによって伏見の肥後屋敷へおもむき、加藤清正に引見されるまで、弥五兵衛と大介は、じゅうぶんに気をつけていたけれども、

（だれかに見られた）

ような気が、いまも大介はしている。

清正の前へ出た夜。屋敷内の池の中にもぐっていた敵の忍びを仕とめたこともそうだが、弥五兵衛と久我の森を出て伏見へ向おうとしたとき、大介は、

（だれかに見張られている）

と感じ、弥五兵衛にいい、わかれわかれに伏見へ入ったことがある。

弥五兵衛は、

「おぬしの気のせいではないか……」

といったし、そのときは大介も、そうおもったが、月日がたてばたつほど、あのときの自分の忍びの直感がなまなましくおもい出されてくるのだ。

杉谷のお婆は、そのことをきいて、

「見られたと感じたときは……見られた、と、きめてしまうがよい。それが忍びの本道というものじゃ」

と、こたえた。

それに……。

大介は、彼を兄・小虎のかたきとねらう伊賀の平吾の襲撃をうけている。

いまの伊賀忍びは、先ず、徳川家のためにうごいていると見ておかねばなるまい。例外はあるにしても、だ。

「ともあれ、二月ほどは外へ出てならぬぞや」

と、去年の初夏のあの夜に、大介が甲賀・杉谷の里へお婆をたずね、協力をもとめたとき、お婆の於蝶が、

「おぬしが、ここにかくれている間、わしがさぐってみよう」

こういって、毎夜のように、家を出て行った。

むかし、織田信長によって焼きはらわれた杉谷屋敷ではあるが、お婆と島の道半老人だけが知っている抜け穴も抜け道もあって、ここから外へ出るときは、いかな忍びの眼にもとまらぬだけの用意がしてある。

二カ月がすぎるや、

「だいじょうぶじゃ。おぬしが、ここへ入ったことは、だれの眼にもとまってはいないぞや」

と、お婆がいった。

まことに、お婆のすることは慎重をきわめていた。

それから一年の間に、大介とお婆は、京を中心にして三カ所の〝隠れ家〟をもうけた。

大介、お婆、道半。それに道半の孫の小平太、さらに旧杉谷忍びの五名を加え、合せて九名。

これが、今度の丹波大介一党ということになる。

この一党は、加藤主計頭清正の人柄と立場に共感をおぼえて、忍びばたらきをすることになったわけだが、

「われわれは丹波大介どののために、はたらくことになったのじゃ。ゆえに、もはや杉谷忍びではないぞよ。よいか、丹波忍びじゃぞ」

お婆は一同に、はっきりと念を入れ、

「よろしゅう、おねがい申す」

と、折目正しく、他の七名と共に大介へあいさつをしたものだ。

ところで、はなしを遠江の中山峠へもどそう。

山道の雨にうたれつつ、大介とお婆の声なき会話は、まだつづいている。

「大介よ。これほどに早う、相手がうごき出そうとはおもわなんだぞや」

お婆が、にんまりとして、

「むかしは、よう用いた手段《て》じゃわえ」

「なんと……?」

「古い手段じゃが、近ごろはめったにやらぬことよ。おもいきって荒々しゅう仕てのけたわ」

「いったい、お婆は、なにを見たのだ？」

お婆は、あたりに眼をくばった。

雨の日だし、旅人の足はまったく絶えているが、

「来やい」

いうや、お婆が手にした竹の杖をとんと突き、わずかな反動《はずみ》を利用して宙に飛んだ。

大介は、これを見て瞠目した。

若い自分と同じような身軽さで、お婆は一丈余の崖の上の木立へ躍りあがったのである。

すぐに、大介もつづく。

「場所は、ここではない」

「え……？」

「行列が、この下へさしかかったとき、もう少し先の崖の上に、わしがひそんでいると……」

と、お婆が目撃したことを語りはじめた。

そのとき……。

お婆は、数人の人の気配を感じ、呼吸をととのえた。

整息の術は、忍びの術の第一歩といってよい。

人間は呼吸することによって生きている。

呼吸することによって、体息を発散し、気配をおこす。

ゆえに、その呼吸を最小限度にちぢめて、わが気配を消すのである。この術がたくみであればあるほど体力の消耗はすくなくてすむが、はじめのうちは失神するほどに強《きつ》い修行なのだ。体力も精神力も、よほどにすぐれていないと効果があげられぬ。

お婆が、まったく木立の精とも化して、凝と、しずかにうずくまったとき、その木立のうしろの草原へ、女ひとりをふくめた五人の者があらわれた。

そのうちの一人に、杉谷のお婆は見おぼえがあった。

年齢もお婆と同じほどの、この老爺は、伊賀の忍びで、〝千貝《ちがい》の重左〟という。

お婆が若いころには、同じ場所で忍びばたらきをしたり、敵味方となったり、それでいても重左も、なにかとお婆には一目おいていたようだ。

むろん、忍びとしての技量《ぎりょう》は、於蝶にくらべると数段は劣る千貝の重左であったそうな。

その重左と、若い女を三人の男が取りかこむようにして、

「では、よいな」

その中の一人が、重左と女にいった。

「よいとも」

と、重左がうす笑いをもらし、「もはや手足もきかなくなった、この重左じゃ。切りきざんで、役に立ててくれいよ」

事もなげにいう。

若い女は無表情だが、さすがに緊張で全身をかたくしている、と、木立の蔭からお婆は見ていた。

この女も、忍びにちがいない。

「よいか……」

と、女にも念を入れた。

「はい」

しっかりと、女はうなずく。

そこへ、別の一人が山道から駈けのぼって来て、

「いま、そこまで行列が……」

と、いった。

これは、加藤清正の行列が、ここへさしかかるのを見張っていたものと見える。

男たちは、いずれも旅商人の姿をしているが、重左と若い女をのぞき、いずれも脇差を腰にしていた。

「よし」

うなずくや、そのうちの一人が脇差を引きぬき、

「重左。ゆるせ」

「よいとも」

「では……」

いきなり、一突きで心ノ臓を刺し、倒れる重左をめった討ちに斬った。

別の一人が、これは注意ぶかく、女の肩先を斬る。

「むう……」

鮮血にまみれつつも、こらえる女へ、

「かまわぬ、わめけ。叫べ！」

と、別の一人がいう。

うなずいた女が、おもいきり悲鳴をあげて走り出した。

その後から、四人の男が脇差をぬき、追いかけて行った。

千貝の重左は、もう完全に息絶えていた。

老いて、じゅうぶんなはたらきができなくなった重左は〝おとり〟となるため、味方の手にかかったのである。

重左を、あの若い女の父親ということにして、これを惨殺し、女も相当の傷を負うわけだから、これを助けた加藤家の士《もの》たちも、また主の清正も、まさかにこれが仕くまれたたくらみだとは夢にもおもうまい。お婆のいうごとく、まさに、

「……荒々しく仕てのけた」

わけであった。

それからのことは、すでにのべた。

伊賀忍びの計画通り、若い女は加藤家の士にすくわれ、行列と共に去った。

女の父親として、味方に殺された千貝の重左の死体も発見され、ていねいにはこばれて行った。

女は、

「もはや、身よりたよりのない身の上になった」

と、加藤家の士に告げるであろう。

なさけぶかい加藤清正は、

「では、召し使うてやれ」

といい、きっと江戸か伏見の加藤屋敷へ引き取ってくれるにちがいない。

清正の、こうしたふるまいは、これまでに何度もある。

そこがつけ目であった。

女は、こうしてまんまと加藤家へ奉公することになる。

そして、それから、彼女の忍びばたらきがはじまるにちがいない。

「どうじゃ、大介」

と、杉谷のお婆が語り終えるのをきいて、

「ふむ……そうまでして、新手の忍びを送りこむというのは……いまの加藤家の内部に、徳川の忍びがあまりいない、ということになるのか……？」

「いや、いや」

お婆はくびをふって、

「そうでない、そうでない」

「と申されるのは？」

「あの女には、なにか別のはたらきがあるにちがいない。女でなくては出来ぬ、な……」

「すると……女の忍びは、まだ入っていないと？」

「と、見てよかろうのう」

「ふうむ……」

「ともあれ、清正公の行列を見張りつづけて来てよかったのう、大介」

「はあ」

「忍びは、どこまでも辛抱が本道よ。こたび、清正公が江戸城の工事に呼び出されたときいて……わしはな、きっと、何らかのかたちで徳川方の忍びの手が伸びてくると、おもうていたぞや」

「もしや……」

と、大介はいいかけ、声をのんだ。

「なんじゃ？」

「いや……」

「かまわぬ、いうて見やい」

「清正公のお命が……」

「あぶない、といやるか？」

「まさかに、とはおもうが……」

「いまのところ、清正公は、どこまでも徳川家康の天下に忠義をつくしておられる。なれど……なれどもまた、大坂の豊臣秀頼公にも同様の忠義をつくしておられよう。ここが、むずかしいのじゃ」

「うむ……」

「家康はな、自分の天下だけに忠義をつくしてもらいたい。もう、さっぱりと、清正公が大坂の秀頼公を見かぎってしまうことをのぞんでいる。待ちかねているのじゃぞえ」

徳川家康の決意は、杉谷のお婆がいうように、牢乎たるものとなってきている。

（徳川の天下に屈服せぬかぎり、たとえ、だれ人といえどもゆるさぬ）

つもりになっていた。

家康も、六十五歳。

自分の眼のくろいうちに、徳川の社稷《しゃしょく》を万全に打ちかためておきたい。

いささかでも、自分の命令にしたがわぬものは、

（討つ！）

の厳しさをもって、のぞもうとしている。

大坂の豊臣秀頼は、十四歳の少年にすぎぬし、家康の孫・千姫の夫ではあるけれども、

「上洛して、わしがもとへ来ていただきたい」

と、家康がまねいたにもかかわらず、それに応ぜぬとあれば、

(天下の見せしめにも、ゆるしてはおけぬ)

のである。

家康のいうことをきかぬのは、秀頼の意志ではないやも知れぬ。

だが……。

秀頼の生母・淀の方が豊臣家の主軸となってい、徳川の天下をみとめようとしないのなら、

「右大臣(秀頼)を、討ちほろぼさねばならぬ」

家康なのであった。

先ず、こうしたわけだから、諸国の大名も、すべて徳川の天下にしたがってもらわねばならぬ。

大名たちの中には、故・太閤秀吉以来、豊臣家の恩顧をうけたものが少なくない。

加藤清正などは、その中の筆頭といえよう。

なれば、なおさらに、

(清正も、もはや、豊臣の家のことなどにとらわれず、あくまでも徳川のためにのみ忠誠をつくすという態度になってほしい)

と、家康は考えている。

しかし……。

尚も清正が、自分と秀頼との双方の、どちらにもよいような態度をとりつづけて行くなら、

（わしも、考えねばなるまい）

きっと、家康はそうおもうであろう、と、杉谷のお婆は丹波大介へもらしたのである。

雨足は、いくらか弱まったようだが、中山峠に夕闇がただよいはじめている。

「さて、これからのことじゃが……」

と、お婆。

「うむ……？」

「大介どのの考えは？」

お婆が大介の名の呼びすてをやめた。

大介が相談をもちかけるときのお婆は、あくまでも若い大介を、頭領としておもくあつかう。

「お婆の考えは？」

「いや、おぬしから申されたい」

「そうだ、な……」

短い沈思の後に、

「やはり、お婆に江戸へ行っていただこう」

と、大介がいった。

「ふむ、やはり、な……」

「先刻、たくみに加藤家の行列に救われた、あの若い女のことだが……」

「ふむ、ふむ」

「あの女、どうするつもりか、お婆は……」

「大介どのは、え？」

「そのように、おれを試すようなことばかりいうてもろうては困る」

大介は苦笑した。

「試しているのではないぞや」

「あの女の正体をあばくことは、わけもないことだが……いまはそっとしておき、好きに泳がしておくことも、わるくはない」

「ふむ、ふむ……」

「なれど、あの女のなすことを、ひそかに傍で見張っていなくてはなるまい」

「いかさま」

「あの女を見張ることによって、あの女の背後《うしろ》に在る敵のうごきもつかめよう」

「そのとおりじゃ」

「お婆、あの女の見張りしてくれぬか？」

「そうじゃのう……」

「なれど……お婆とはなれてしもうては、おれも、こころ細い」

「なんの……どちらにしても人手が足りぬのじゃもの。仕方がないではないか」

「では、加藤屋敷へ入ってくれるか」

「忍び、でかや？」

「いや、ちがう。加藤家の奉公人として入ってもらおう」

「ふうむ……」

「おれは、これからすぐ伏見へ引き返し、鎌田兵四郎さまへおねがいをして、お婆が老女として屋敷内へ奉公するかたちをとってもらうよう、はかろうてまいる」

「ふむ、ふむ……」

うなずきつつ、お婆の於蝶は、かなり長い間、考えにふけっていた。

「どうであろう……」

「ふむ……」

「いかぬか？」

「いかぬこともないが……そうなると、このわしが多勢の人びとの前へ顔をさらすことになる。いうまでもなく、そうなれば顔も姿もつくり変えてしまうつもりじゃが……なれど、もしも、このお婆のむかしを見知っている敵方の忍びが、加藤家に入っているとすれば、これは隠しきれぬぞや」

うなずいたが大介が、にっこりとして、

「お婆。どうで人手が足りないのだ。あぶないことは覚悟の前ではないか」

あぶない……というのは、いのちがあぶないというのではない。こちらの顔を見知られたら今後の、忍びばたらきにさしつかえる、という意味である。

「そうじゃ、な……よし、おもいきって入りこんで見ようかえ」

お婆も、こころを決めたらしい。

二人は、それからもしばらく中山峠で打ち合せをしていたようだが、夜の闇が山道をつつんだとき、大介は西へ、お婆は東へと、峠から別れて行った。

岡崎城下

丹波大介と杉谷のお婆が、中山峠で別れた翌日。

午後から雨は、あがった。

昨日と同じ、旅商人の姿で荷物を背負った大介が、この日の夕暮れに、三河の岡崎城下へ入った。

中山峠からここまで、約二十五里余の道のりを一日で、しかも、じゅうぶんのゆとりをもって歩き通して来たのは、さすがに忍びの足であった。

岡崎城下へ入ろうとする道ばたに、ぼろぼろの衣類をまとい、垢と泥にまみれた乞食の老夫婦が物乞いをしている。

どこの町にも見られる風景であった。

関ヶ原戦争が終って六年の間に、日本国内の戦乱が絶えていることが、乞食の群れを諸方に生み出した。

乞食がふえるということは、人びとが乞食に物をあたえるだけの余裕が出てきた、ということにもなる。それもこれも、戦争のための生産が人びとの暮しへ、ふり向けられるようになったからだ。

春の夕闇がただよう中を、丹波大介は、この乞食の老夫婦の前を通りすぎ、岡山の城下へ入って行った。

と……。

「や……あれは……？」

ぼろくずのような乞食の老爺が、やぶれ笠の中から両眼を光らせ、

「まさに、丹波大介……」

と、つぶやいた。

「あれが、大介かえ？」

老婆の乞食が、そばへ寄りそってきて、

「あれが、お前の兄・小虎どのを討った……？」

「そうだとも」

老乞食が、つよくうなずく。

見たところは六十にも七十にも見える老いさらばえた老爺なのだが、これこそ、伊賀の平吾である。

平吾は三十をこえたばかりの年齢であるから、この乞食の老爺になりきった変装のみごとさは、いかな丹波大介でも見やぶることはできなかったほどのものだ。

忍びの変装について、杉谷のお婆・於蝶が、大介へこうもらしたことがある。

「おぬしも、よくよくわきまえていようけれど……老いた忍びが若く化け、若い忍びが老人に化ける。これはのう、着ているものを替え、髪を染め、顔をぬり、ただもう顔かたちを変えたのみにてはならぬぞよ。それのみにては、相手の忍びの眼をくらますこと、とうていできぬわえ」

と、いうのだ。

つまり、変装をした上で、その変装した人物になりきってしまわねばならぬのである。

これは高度の演技術ともいうべきやも知れぬ。

「すぐれた忍びの者が、そのこころになりきって化け変ったときは……そうじゃのう、このお婆とて気づくことはあるまい。ゆえに、腕のたつ忍びの……」

その忍びの変装術ほど、こわいものはない、と、お婆はいったのである。

このときの伊賀の平吾に気づかなかった大介の場合が、まさにそれであったといえよう。

……。

老乞食に化けた伊賀の平吾のそばにいる老婆も、もしやすると変装をしているのか
すっかり歯のぬけ落ちた口からは息がもれ、見るからに、むさ苦しい老婆の乞食なの

である。

「平吾よ」

と、この老婆が、

「どうするかよ？」

「うむ……」

笠をかぶった顔を伏せ、すこしの間、伊賀の平吾は考えていたが、

「於万喜《おまき》どのよ」

「なにかえ？」

「あの、丹波大介に討たれたおれの兄・伊賀の小虎は、おぬしにとっては……」

「私にとっては恋しいひと、可愛ゆいひとであった……」

「では於万喜どの……」

「私とて、丹波大介を憎んでいる……」

「そうか……」

「で……どうするえ？」

「いまは、大事の役目があるおれたちだが……」

「さりとて、このまま大介を見のがすことは残念！」

きっぱりと、老婆がいいきった。

「うむ。いかにも……」

と、平吾が、

「それにしても大介め。あれから一年間、どこにかくれひそんでいたものか……」

「それが、岡崎城下へ、とは？」

「それよ、そのことだ」

「もしや、大介めも、どこぞにやとわれて、忍びばたらきしておるのではあるまいか？」

「と、なれば……」

「いよいよ、見のがすことはならぬ」

「おれたち二人で大介めを襲い、兄のうらみをはらしてもよいのだが、もしも、きゃつめが、どこぞの忍びばたらきをしているというなら、それを突きとめてからでもおそくはあるまい」

「そうじゃ、平吾どの」

「大介めは、甲賀の頭領・中山大和守俊房を裏切り、関ヶ原の折には信州・上田の真田昌幸・幸村父子のために忍びばたらきをしたほどの男だ」

「それは……？」

「それは、つまり、いまのあの男が、徳川家のおんために忍びばたらきをするはずがない、と、いうことになる」

「では、九度山に押しこめられている真田父子のために……？」

「そうともいえる。だが、別に……」

「ふむ、ふむ……」

うなずいた老婆……於万喜が、

「よし。では、ともあれ私が、大介について見よう」

「そうしてくれるか？」

「ひきうけた」

「なれど早まるな、於万喜どの。大介を殺すのは、きゃつめの身のまわりを探りとってからでよいのだから、な」

「わかっている」

「ぬかるまいぞ」

それにしても面妖《めんよう》なことではある。

丹波大介が伊賀の小虎を討ったのは、六年前のことで、そのときの小虎は三十五、六歳であった。

その小虎の恋人というにしては、老婆の於万喜は、あまりにも老《ふ》けすぎている。

とすれば……、

この、伊賀の女忍び・於万喜も、平吾同様に変装をしている、と見てよかろう。

「では、行くぞえ」

於万喜が、よろよろと腰をもちあげ、杖にすがるようにして、とぼとぼと、大介の去った方向へ歩み出した。

夕闇が濃い。

街道に、人通りも絶えようとしている。

しかし、伊賀の平吾は尚も路傍にうずくまり、身うごきもしない。

老乞食が空腹のあまり、手も足もうごかなくなってしまった、かのように見える。

どれほどの時間《とき》がすぎたろう。

夕闇が夜の闇に変った。

そのとき……。

街道を東からやって来た、これも老いた乞食が一人、伊賀の平吾の前へさしかかると、

「おやおや、ここにいたのかえ」

親しげにことばをかけ、

「わしゃもう、くたびれてしもうて……」

平吾は、これに対して、

「わしもな、もう空き腹で、うごけぬのよ」

「わしも、今朝から何も口にしていない」

「ここへ来なされ」

「よいかや？」

「共に、ここで野宿すべえ」

「うむ、うむ……」

二人、そろって道端から少し外れた木立の中へ入って行った。

二人は莚《むしろ》をかぶり、土の上へ、ならんで身を横たえる。

そうしてから、二人の声は絶えた。

声は絶えたが、たがいのくちびるはうごきつづけている。

例の、忍びの読唇の術による会話がはじまったのだ。

二人の、くちびるのうごきを追って見たい。

平吾が、

「新紋よ。首尾は？」

と、問うや、新紋とよばれた老乞食が、

「うまく、はこびましたぞ」

と、こたえる。

この男も、伊賀の忍びらしい。

もしも、この場に杉谷のお婆がいて、伊賀の新紋の顔を凝と見たなら、

（昨日の、あのときの……）

と、感得をしたにちがいない。

昨日の中山峠で、おなじ伊賀の老忍者・千貝の重左の胸を、

「ゆるせ」

いいざまに突き刺した男が、この伊賀の新紋であった。

「一世《かずよ》どのは？」

と、平吾が問う。

「かねての計画どおり、加藤主計頭が家来たちの手にすくわれたかたちとなり、しゅび
よく、行列と共に……」

「そうか……で、千貝の重左どのは？」

伊賀の新紋は、こたえなかった。

「殺《や》ったのか……」

「平吾どの。それをいうてくれるな」

「仕方もない。重左どのも覚悟してのことゆえ……」

「おれが、殺《み》った……」

「そうか……」

「ただ一突きに……苦しみも痛みも、瞬時のことであったろうとおもう」

「そ、そうか……」

平吾が、うなだれた。

重苦しい沈黙の後に……。

「仕方もないことよ、平吾どの」

「うむ……」

「重左老が、みずから買って出たことだ」

「む……」

「それにしても……」

と、伊賀の新紋が、

「平吾どのには辛かろう」

「なんの……」

「重左老は、一世どのの父親ゆえ……もしも何事もなくゆけば、行末はおぬしの、岳父《しゅうと》になるお人だったゆえ……」

「それをいうな」

「うむ……いわぬ、ことにしよう」

「で、一世は？」

「あの様子なれば、うまく、加藤屋敷へ引きとられ、奉公することになろう」

「そうか」

「案ずるな、平吾どの。一世どのは女ながら、伊賀者でもきこえた忍びじゃ」

「くどいようだが……だれの眼にもとまらなかったろうな？」

「それは大丈夫だ、平吾どの。あの雨の中で、人も通らなんだゆえ、すべて、うまくはこび、加藤主計頭の行列を待ちうけることができた」

「それで？」

「おれは、おぬしへ報告《しらせ》に来たが……あとの三名は、行列の後を見えがくれに、江戸へ向った」

「それでよい」

「さて、これからは、いかに？」

「うむ……」

「ときに平吾どの。於万喜どのの姿が見えなんだが……？」

「そのことよ」

と、伊賀の平吾が、先刻のことを語るや、

「そうか、丹波大介めが、ここへ……」

と、新紋が昂奮の色をうかべ、

「ゆるしてはおけぬ」

「おぬし、大介の顔を見知っているか？」

「さ、それが……知らぬ」

「ま、よい。おれはともあれ、この岡崎からはなれることができぬ。伊賀の頭領さまのお指図を受くるまでは、な」

「いかにも……」

「ともあれ、今夜、二人して、ゆるりと考えよう。な、新紋よ」

この夜……。

丹波大介は、岡崎の城下町に泊った。

伏見の肥後屋敷にいる〝かまたさま〟へ、杉谷のお婆のことをたのむため、彼は東海道を京都へ向い、引き返しつつある。

一気に走るとなれば、雨もやんだことではあるし、なにも岡崎城下へ泊ることもなく、夜道をかけて走りぬいてもよいのだが、そこは大介も三十をこえたばかりの、しかも常人の何層倍かの体力をもつ忍びの者なのである。

このところ半年もの間……。

大介は、女の肌にふれていない。

甲斐の国・丹波の村に残してある妻のもよのもとへも、あれから一度も帰ってはいない大介であった。

去年のあのとき……。

大介が、いよいよ加藤清正のために忍びばたらきをすると決まったとき、真田忍びの奥村弥五兵衛は、

「大介。おぬしの足なれば、甲斐の丹波へ帰り、女房どのの顔を見ることなど、わけもない。三月に一度ほど帰ってやればよいではないか」

などと、いってくれた。

そのときは、そのつもりでいた大介なのである。

とりあえず、真田忍びの一人である向井佐助にたのみ、もよへあてた自分の手紙と京

みやげの品をとどけてもらったが、その後、大介は佐助にも会っていない。

佐助のことであるから、きちんと大介のたのみごとを仕てのけてくれたにちがいない。

(だが……もよは、なっとくしているのだろうか？)

であった。

時折、そうおもい、もよの新鮮な肌身や、いかにも山の女らしい素朴な声やことばつきなどを想起し、

(ああ……会いに行きたい)

飛び立つように、そのことのみを考えるのだが、翌日となって、忍びばたらきに入ると、丹波の村里のことも、もよのことも忘れきってしまう。

ことに、去年から杉谷のお婆たちと行を共にするようになってからは、自分ひとりがぬけ出して、妻の顔を見に、甲斐の国まで行って来る、というわけにも行かなくなった。

それはさておき……。

丹波大介とても〝男〟である。

女の肌身にふれず、半年も一年もすごすことは不可能だし、

(たまさかには……)

ついに、たまりかねて、岡崎城下の遊女町へ入った。

ここには、夜に入っても紅燈がなまめき、女たちの嬌声《きようせい》がわきたっている。

その遊女町の中の店の一つへ、

「一夜、泊る」

大介がいった。

遊女町といっても、そのころの城下町のそれは、わら屋根か板ぶきの粗末な店がならび、女たちの化粧も毒々しい。

大介がえらんだのは、丸顔の、むっちりと肥えた二十四、五歳の女であった。

どう見ても美しいとはいえぬ女ながら、肌も荒れていず、人の善さそうな、その遊女は、

「わたしでよいのかえ」

奥の部屋で大介と二人きりになると、恥じらいの色を見せた。

「よいとも」

「泊りじゃと?」

「そうだ」

「それなら、ゆるりと……」

「酒をすこし、もらおうか」

「あい」

酒をのみ、ねむり灯台を消して、闇の中に、大介は女と添い臥した。

女の肌には、日向《ひなた》くさい、香《こう》ばしさがあった。

「どうせ、わたしには客がつかぬ。もう、ここから出ぬでもよいのじゃ」

と、女は、ふとやかな双腕《もろうで》を大介のくびすじにからませ、

「わたしには、もったいないお客じゃ」

「おれがか？」

「あい……」

「お前、肥えているな」

「汗かきで困るえ」

「におうてきた」

「汗のにおい、いやかえ？」

「いやでない」

「ま……」

「おれが女房は山のむすめだったものな。香ばしい汗のにおいが、いつもしていた」

「あれ……そこはいや。こそばゆい」

「いいではないか」

「乳房《ちち》を吸うて……」

「よし、よし……」

しばらくして、闇の中に、大介と女の寝息がきこえた。

また、しばらくして……。

その遊女が小用にでも立つらしく、半身をおこし、寝ている大介の頬へくちびるをあ

てて、

「かわゆいひと……」

つぶやいて、部屋の外へ出て行った。

大介は、むろん、このことを知っている。

女が半身をおこしたとたんに、その気配を感じて目ざめている。そこは忍びの者のきびしい鍛練が身についてしまっている大介であった。

(女がもどってきたら、も一度、抱いてやろう)

と、大介はおもっていた。

間もなく……。

部屋の中へ、女が入ってきた。

(や……?)

眼をとじたままの大介の小鼻がぴくりとうごいた。

(あの女が、もどって来たのではない)

と、大介は直感をした。

女のにおいがちがっている。

汗のにおいではなく、官能的な何かの香料のにおいが、部屋の中へただよいはじめた。

女が、大介の横たわっている寝床へ近づいて来た。

大介は緊張した。

ゆだんはならぬ。

その女が、寝床へすべりこんできたとき、

「お前は、だれだ？」

仰向けになって、眼をとじたままの大介が、

「どこから来た？」

女が、かすかに笑った。

「目ざめていたのかえ？」

「どこから来た？」

「ここからじゃ」

「ここから……？」

「わたしは、この店《や》の女」

「ふむ……」

「於須野《おすの》どのの、かわりに来たのじゃ」

先刻、この部屋を出て行った女は、たしかに於須野と名のったことを、大介はおぼえている。

「そうか……」

「抱いて……」

女が、しなやかな腕を大介のくびへ巻きつけてきた。

大介は、それにこたえつつも、全身の感能をとぎすまし、

（この女、なにものか？）

と、さぐりはじめた。

女は、大介の男のちからにおぼれきっている。

全身を、ゆだねきっている。

以前に二度ほど、大介は共に添い臥した遊女から手ひどい仕うちをうけたことがあった。

二度とも、甲賀の女忍びが遊女に化け、甲賀の頭領・山中俊房を裏切った丹波大介を暗殺しようとかかったのだ。

女を抱いているときの男は、まったくの無防備となる。

男の忍びにしても、その注意力が相当に散漫となってしまう。

その隙を相手にとらえられたら、もう逃れようもない。

遊女に化けた女忍びが、口中に針をふくみ、男のくちびるの愛撫にこたえつつ、口中の針を男の口の中へ吹きつけたりする。

こうした場合、小さくてするどい数本の針は男の喉ふかく突き刺さり、たちまちにいのちをうばってしまう。

口うつしにのませてくれる水の中に毒がふくまれていることがある。

いうまでもなく、女も共に死ぬ覚悟で毒水や毒酒を口うつしにするのだから、たまっ

たものではないのだ。

女忍びの肉体というものは、まことに驚嘆すべきものがある。

たとえば……。

杉谷のお婆もよくいうことだが、

「五日もあれば、まったく、自分《おのれ》の躰つきを変えてしまうことができる」

そうな。

骨と皮ばかりの、やせこけた老婆に変装していた女忍びが、数日のうちに、むっちりと肥えた女ざかりの肉体となってしまうのだから、こうした女の生理を利用した〝術〟には、

「たまったものではない」

のである。

食べるものや、平常からの肉体の鍛練や休息を組み合せた変化によって、女忍びは自在に躰つきを変えてしまうのだ。

遊女・於須野にかわって、大介に抱かれている女には、そうした女忍びのにおいがみじんもなかった。

この女が、大介へもらしたところによると、

「於須野どのには、夜ふけになじみの客が急に来て、ぜひともというゆえ、その客の相手をしてもろうているのじゃ。それで、わたしが代りに来た」

のだという。

しばらくするうちに、大介も、或る程度は警戒を解いた。

女は、名をしぎのといった。

「於須野どのがいうていたけれど……お前さまは、ほんに女の躰を夢中にさせる。お前さまが好きじゃ好きじゃえ」

と、遊女らしくもなくしぎのはのぼせあがり、執拗に大介の愛撫をもとめてやまない。躰中にぬりこめているらしい香料のにおいと、ねばりつくような女の肌の感触とに、大介も情《こころ》をかきたてられた。

朝が来た。

今日は、またも雨であった。

出発の身仕度をして、廊下へあらわれた丹波大介へ、

「昨夜は、すみませなんだ」

はじめに大介の相手になった、肥えた遊女の於須野があらわれ、

「なじみ客ゆえ、ことわれなんだので……」

と、わびる。

大介は、まだいくらかのうたがいをのこしている後の遊女・しぎののことを、

(やはり、あのことばのとおりだったのだな)

と、おもい直し、

「いや、かまわぬ」

そこへ、しぎのが送って出て、

「江戸へかえ？」

「いや、岐阜へ行く」

「お名ごり惜しいこと」

「おれもだ」

と、大介も冗談をいい、この遊女屋を出て行った。

その後で、しぎのは、於須野の部屋へ入り、

「昨夜は、ありがとう」

と、於須野にいった。

「なんの……」

「あのお人は、わたしが、ずっと前に、京で抱かれたお人でな」

「遊女町でかえ？」

「そうじゃ」

「おぼえていたかえ？」

「忘れていた」

「まあ……」

「いまは、わたしも、さる人の女房なれど、昨日の夕暮れに、この岡崎の御城下へ入っ

て来たあの人を見かけ、おもわずなつかしく、あとをつけて来れば、なんと、この店へ入ったゆえ、おもいきって、ここの主人にたのみ、お前にかわってもらい、相手に出たが、かなしいこと……すこしも、おぼえていてはくれなんだ」

こういって、しぎのは於須野へ、かなりの金《かね》を、

「お礼じゃ。取っておいて下され」

と、わたした。

遊女屋では、しぎのと大介に名のった女を、

「風変りな、おもしろい女」

と、見ていたにすぎない。

丹波大介が出て行って間もなく、しぎのも遊女町から去った。

間もなく、しぎのは、城下の入口へあらわれた。

霧のようにけむる雨を笠にうけ、素足にわらじをはいたしぎのが、昨日、伊賀の平吾と於万喜が老乞食の夫婦に変装してうずくまっていた場所へ来て、立ちどまった。

平吾がうずくまっていたところに、別の乞食が莚をかぶってすわりこみ、しぎのを見るや、両手を合せ、しきりに物乞いのかたちをする。

しぎのが銭を取り出し、乞食の前へ近よって行った。

この乞食こそ、昨夜やって来て伊賀の平吾と語り合っていた、同じ伊賀忍びの新紋であった。

だからいま、伊賀の平吾の乞食姿は、ここに見えぬことになるわけだ。

しぎのから銭をうけ、あたまを何度も下げながら、乞食姿の新紋が、低く、

「於万喜どのよ」

と、よびかけたものだ。

「新紋か……」

と、しぎのがこたえる。

してみれば、遊女に化けて、昨夜の大介と愛撫をかわしたこの女は、女忍びの於万喜であったことになる。

それにしても、見事な変装ぶりではある。

あの、むさくるしい老婆が、濃艶な遊女となって、ついには丹波大介ほどの忍びの眼をくらましてしまったのだから……。

これは於万喜が、

(今夜は大介に害をあたえずともよい。この躰で丹波大介という男をさぐりとってくれよう)

とおもい、あくまでも遊女のこころになりきっていたからだ。

もしも、彼女が大介を殺そうとしたり、捕えようとしたなら、その気配を、

(あの男なら、たちどころにかぎつけたにちがいない)

と、於万喜はおもい、

（ゆだんならぬ忍びじゃ）

と、大介を見ていたのである。

そのくせ於万喜は、

（久しぶりに、男の肌のにおいをかぎ、気もはればれとした）

と、おもいもしている。

（あの大介。女をあつかう術《すべ》はまことに見事なものよ）

だが、それとは別に、於万喜は、かつての自分の恋人であった伊賀の小虎を討った大介を、

（いまにみよ。平吾と共に、屹《きっ》と、このわたしがお前の首を掻き切ってみせよう）

の決意で、見てもいるのだ。

「平吾どのは？」

於万喜のくちびるがうごくや、新紋も読唇の術をもって、

「今朝早う、江戸へ……」

と、こたえた。

「昨夜おそく、伊賀の頭領からの使者が来て、平吾どのは、江戸へ行けとの、お指図でござった」

と、新紋がいう。

「そうか……」

「於万喜どのは、丹波大介を追われたい」

「平吾どのが、そう申したのか？」

「いかにも」

「よし、わかった」

「昨夜、頭領さまが七人ほどさしむけてよこされたゆえ、そのうちの五人を、於万喜どのがつこうてよいとのことでござる」

「それはありがたい」

「先刻、遊女町から出て行った大介を、五人がそれぞれに、見えがくれにつけております」

「それなら、手数がはぶける。して、おぬしは？」

「これより、平吾どのの後から江戸へ……」

「加藤屋敷を見張るのじゃな？」

「と、おもわれます」

「いつ、いかなることが起るやも知れぬ。いのちがけにて行くがよい」

「心得た」

「では……」

於万喜は、新紋とはなれ、街道を、また岡崎の城下へ引き返して行った。

そして彼女は、まっすぐ岡崎の城下町を突きぬけ、東海道を西へ向ったのである。

一方……。

於万喜を見送った伊賀の新紋は、のろのろと身を起した。

街道の人通りが少ない。

雨が強くなってきている。

新紋は、その雨の中を、とぼとぼと江戸を目ざして歩み出した。

すると……。

いままで新紋がうずくまっていた道端のうしろの木立から、小さな人影がにじみ出すようにあらわれた。

笠を深くかぶっている七、八歳の子供である。

その子供が、木立の中へ向って片手をあげると、今度は若い旅商人が街道へ出て来た。

この男の顔を、大介が見たなら、

「小平太ではないか」

と、声をかけたにちがいない。

まさに、杉谷忍びの老忍者・島の道半の孫、小平太であった。

「小平太よ」

と、笠をかぶった子供が、しわがれた声でいい、すこし笠をあげて、顔を見せた。

姿は子供でも、その顔は老人のものであった。

いうまでもなく、これは小人《こびと》の島の道半なのである。

「お祖父《じじ》、どうする？」

と、小平太。

「そうじゃのう」

道半は、笠の内でしばらく考えていた。

道行く人びとから見ると、小平太が兄で、道半が弟のようにも見えるし、若い旅商人が近くの子供に道をたずねているようにも見えた。

「やはり、こちらへ出て来て、よかったのう」

と、道半老人が、

「お婆と大介どのなら、わしらが出て来るにもおよぶまいとおもうたが……それにしても二人きりでは、いざともいうときに手が足りぬとおもい、退屈しのぎに後を追うて来たのがよかったわい」

「それに、昨夜。あの木立の中で一夜をあかしたのが、ことさらによかったな、おじじ」

「そのことよ。わしらが木の上で鳥のようにねむっているその下へ、なんと、道端にいた乞食が二人、入って来た」

「その二人が、伊賀の忍び、と、おじじにはどうしてわかった？」

「むかしな、若いころのわしが忍びばたらきをしていたとき、仲ようしていた伊賀の忍びで馬子太郎というものがいた。もう十五年も前に死んでしもうたがな……」

「ふむ、ふむ」

「その馬子太郎の子に、小虎・平吾という二人がいた、ときいている」

「なるほど」

「今朝早く、江戸の方角へ去った乞食の顔は、その馬子太郎にそっくりじゃ。なに、うまく老爺《おやじ》に化けてはいたが、それだけに尚更、馬子太郎に似てしもうたわえ。あれこそまさに、馬子太郎の子じゃ」

くっくっと笑った島の道半は、

「ともあれ、こうしてはおられぬ」

「そうとも、おじじ」

「昨夜おそく、七人もの忍びたちが、やってきて、そのうちの二人は伊賀の平吾と共に江戸へ向ったらしい」

「なぜに、平吾とわかる」

「兄の小虎はな、丹波大介に討ち取られてしもうたのよ」

「そうだったのか……」

「よし、小平太。お前は、平吾の後から江戸へ向った、いまの乞食の忍びを追え」

「おじじは？」

「あの乞食と何やら語りあっていた女め、あやしい」

「うむ」

「わしは、あの女のあとをつける。それにのう、今朝早く、木立の中から出ていった五人の忍びが、どこかへ去った。それも気にかかる」

「大介どのは、どこにおられるのかな？」

「わからぬ。もう江戸についているやも知れぬが……ともかく、お前は急げ。平吾たちの居どころをつきとめたなら、それをお婆どのと大介どのへ知らせよ」

「よし」

「くれぐれもゆだんすなよ。何というても、こちらは手が足りぬゆえ、お前にむりなはたらきをさせねばならぬ」

すると小平太は素直に、

「じゅうぶんに気をつける」

と、こたえた。

この素直さは、若い忍者の冷静さをしめしている。血気にはやっていないことをあらわしている。

道半老人は、まんぞくげにうなずき、

「では、行けよ、小平太」

と、やさしくいった。

逆襲

岡崎城下を発した翌々日の午後に、早くも丹波大介は、伊勢の国へ入っていた。

別に急いで来たわけではないのだが、それにしても速い。

日中はゆるりと休息をとり、夜になると大介は獣《けもの》のごとく走りぬいた。

(久しぶりに、かまたさまにお目にかかれるな)

そうおもうと、あの温厚な鎌田兵四郎の風貌がむしょうになつかしくなってくる。

「大介も、すぐれた忍びになったけれど……只ひとつ、人なつかしげなこころがじゃまよ」

と、以前に大介の伯母・笹江がもらしたことがある。

大介は、東海道を近江の国へ入らずに〝千草越え〟をするつもりであった。

千草越えとは……。

伊勢の国の千草から、けわしい山地へわけ入り、近江・神崎郡の長光寺へぬける山道をさす。

三十余年前の永禄十二年の初夏のことだが……。

杉谷のお婆・於蝶が女忍びとしてつかえていた甲賀・杉谷の頭領、杉谷信正の弟で、善住坊《ぜんじゅぼう》光雲が、

「織田信長が千草越えをする」

との知らせをうけて、

「よし！」

得意の鉄砲をひっさげ、近江と伊勢との国境に近い杉峠の山林にかくれ、京都から伊勢の国へ入ろうとする織田信長を待ちかまえ、これを狙撃したことがあった。

このときの織田信長は、ようやく上洛ののぞみを果し、次々に諸国を切り従え、まさに旭日昇天のいきおいであった。

杉谷忍び一同は、近江・観音寺城主・六角家につかえてい、あくまでも織田信長に敵対していたわけだから、

「ときあらば、いつにても……」

信長を暗殺すべく機会をねらっていたのである。

「そのころのわしは、まだ三十前の女ざかりでのう。侍女に化けて、信長がいる岐阜の城へ入り、忍びばたらきをしたものじゃが……見つけられて、危うく、死にそこのうた

「こともあるわえ」

と、杉谷のお婆が、大介へ述懐したこともある。

(その折、善住坊が、信長公へ鉄砲を撃ちかけられたのは、どのあたりであったのか……?)

千草越えの山道へわけ入りつつ、大介は、まだ自分が生まれぬころの戦乱たけなわであった時代《ころ》を想って見た。

春の陽が、かたむきはじめていた。

大介は、この夜を山中ですごすつもりだ。

わざわざと、この千草越えをしたのは、中山峠で別れるとき、杉谷のお婆が、

「一度、通って見るがよい。もしやすると、近江側のどこかに、われらの隠れ家になる場所が見つかるやも知れぬ」

と、いってくれたからだ。

空が桔梗色《ききよう》に暮れなずむころとなって、大介は、岩くずれのひどい山道へさしかかった。

「ここだ。ここにちがいない」

と、大介はおもった。

善住坊光雲が、織田信長を狙撃した場所らしい。

杉谷のお婆からきいた、あたりの風景と一致している。

「光雲どのは、の……」

と、杉谷のお婆が善住坊のことを語るとき、その老眼が若々しい情熱にうるみ、声も熱してくるのが常であった。

善住坊光雲は、二十余歳も年下の於蝶を恋していたのだ、という。

しかし……。

そのころの甲賀の忍びたちは、それぞれに所属する頭領から、

〝仲間の男女が愛し合うことを、きびしく禁じられていた〟

のである。

ことに善住坊は、頭領・杉谷信正の実弟だけに、配下の女忍びの於蝶へ手をさしのべることを、みずからきびしくまもらねばならぬ立場にあった。

「わしはのう、善住坊どのに抱かれてもよいとおもうたのじゃが……向うさまが、どこまでも掟《おきて》にこだわられて、な……」

と、杉谷のお婆が残念そうに、

「一度、抱かれてみたいような、それはそれは男らしいお方であった」

往時をしのび、さびしげにくびを振って見せたこともある。

「まさに、ここだ」

大介は、山道に立ってあたりを見まわした。

右側は岩肌の露出した崖だ。

左側は、これも岩石のくずれた崖で、その上が深い樹林になっている。

その樹林の中にひそみかくれた善住坊光雲が、いま大介の立っている山道へさしかかった織田信長の軍列を迎え、発砲したのだそうである。

ところが……。

信長についていた二人の忍者（これも甲賀忍び）に、鉄砲の火縄のにおいを嗅ぎつかれ、間一髪のところで、仕損じてしまった。

弾丸は信長の腕の下をかすめて逸《そ》れたのであった。

そして善住坊は、信長の家来と忍びたちに追われ、ついに捕えられて、岐阜城下を護送されたのち〝火あぶり〟にかけられ、五十歳の生涯を終えたのだそうな。

大介は、山道から岩石のくずれ目へわけ入った。

夕闇がたちこめてきている。

（ここで、ねむるか……）

岩と岩の間の土へ腰をおろし、大介は腰のにぎりめしをひらいて食べはじめた。

桑名で用意してきたにぎりめしであった。

竹の水筒へ口をつけたとき、大介の顔色が、急に引きしまった。

背後の岩石の間に、大介は、人の気配を感じた。

（だれかに、つけられている……）

であった。

こうしたとき、すぐにうごいてはいけない。

あくまでも、知らぬふりをして相手の出方を待ち、その上でこれを処理するのが、すぐれた忍びのやり方である。

大介は、右手の水筒の水をのみつつ、しずかに左手を、ふところの〝飛苦無〟へすべりこませた。

そのとき……。

あくまでもかすかに、山上をわたる微風のような声が、岩の割れ目からもれてきた。

「だいすけ、どのよ……」

その声、まさに島の道半老人のものではないか。

「だまって、きかれよ」

と、道半の声が、忍びやかにつづく。

「敵の忍びに、おぬし、後をつけられておるぞや」

「……」

「そのまま、何気もなく、めしを食べて、そこにおねむりなされ」

大介は、いわれるままにふるまった。

「夜の闇が下りてから、わしは、おぬしのそばへまいる。それまでは、そっとしてござれ」

その通りに、大介はうごいた。

大介は、早くも、

（あの女、か……）

と、直感していた。

（それ以外にはない）

との確信があったからだ。

岡崎の遊女町で、はじめの女のかわりにあらわれたしぎのという遊女が、どこかの女忍びであったらしい。

ここへ来るまで、大介も、じゅうぶんに注意をして来た筈だが、

（うかつな……おれとしたことが……）

舌うちを鳴らしたいほど、大介はくやしかった。

（それにしも、道半老人が、どうしてここに……？）

である。

島の道半と孫の小平太は、杉谷屋敷に残しておいたからだ。

夜の闇にあたりがつつまれるのを、大介は待ちかねた。

闇が、すべてのものを塗りこめ、押しかくしてしまった。

すると……。

小さな影が、岩の割れ目からすべり出して来て、海老《えび》のように躰を折り曲げて横たわっている大介の腹のあたりへぴたりと密着し、うずくまった。

香ばしい老人の体臭がした。

島の道半が小犬のように、大介のふところへ横たわり、

「後をつけて来た者は、女をふくめて六人の忍びじゃ」

と、いった。

闇の中で、道半のくちびるがうごく。

読唇の術による会話が、大介との間にかわされた。

「道半どの。おれは、うかつだった……」

「なんの……手不足のときは、どうしてもこうなるものじゃよ」

「で……どういたそう？」

「女忍びに、わしはおぼえがある」

「そ、そうか……」

「むかし、伊賀の女忍びで於江《おこう》という手練《てだれ》のものがいてのう。さよう、杉谷《うち》のお婆どのもよう知っていたわえ」

「ふむ」

「この於江はな、小牧・長久手の戦さがあった折、徳川方のために忍びばたらきをしているうち、消息が絶えてしもうた」

「二十何年も前のことだな、道半どの」

「さよう。どこぞで殺されたにちがいあるまいわえ」

「で……？」

「そのとき、伊賀の於江には、於万喜というむすめがひとりあっての、これがたしか九つか十であった、と、おぼえている」

「ふむ、ふむ……」

「ここまで、おぬしの後をつけて来た女忍びが、その伊賀の於江にそっくりじゃ」

「では……むすめの於万喜という……」

「それよ、それじゃよ」

「ふうむ……」

「向うは、わしをおぼえていないゆえ、岡崎からここへ来るまでに何度も顔を見ることができた。あとの五人の男忍びは、いずれも三十前後。見おぼえはまったくなかったわい」

「そうか……実はな、道半どの」

と、大介が、岡崎の遊女屋で抱いた女のことを道半に語るや、

「ほっ、ほ、ほほ……」

と、道半老人は女の子供のような笑い声をたてた。いや、声はないが、大介は、すでに島の道半の笑い声になじんできているから、そう感じるのである。

「それでよいのじゃ、大介どの」

「なれど、ふかくだった……」

「いや、そうでない。あまりに気を張りつめ、あまりにもゆだんがなさすぎる忍びは、かならず、おのれの隙のないところへ却《かえ》って敵につけこまれるものじゃよ」

「それにしても……」

「いや、大介どのは、その遊女……おそらく於万喜であろうが、抱いて寝ても心配なしと見きわめてから、抱いたのじゃもの、それでよいのじゃ」

「む……」

「於万喜とても、真《まこと》の遊女に化けきって抱かれたのじゃ。おぬしに害をあたえるつもりはなかったゆえ、おぬしも見やぶれなかった。わしがもし、おぬしの立場にあったとしても、きっと安心をして於万喜の躰を抱いたことじゃろう」

大介が嘆息をもらし、

「女忍びは、おそろしいな」

「そうよ、そのとおりじゃよ」

道半が、こっくりとうなずき、

「女忍びは、おのが躰を武器《えもの》にする。こりゃどうも、男忍びのもっとも弱いところゆえ、仕様もないことだわえ」

「さて、道半どの、これからどういたそう？」

「そうじゃな……」

「於万喜が、わざとおれを生かしておいて、後をつけてくるのは、われらの行先をつきとめ、われらがだれのために忍びばたらきをしているか……それを、さぐり出そうというのだな」

「さようさ」

「どうする？」

「ふうむ……」

道半がにやりとして、

「久しぶりじゃ。やって見ようかの」

と、いった。

「え……？」

「相手が伊賀の於万喜とあれば、何も彼もわかった」

「うむ」

「江戸へ向った忍びたちを小平太がつけているゆえ、そうなれば、お婆の耳へもとどこう」

「いかにも」

「じゃからよ、大介どの。わしも久しぶりに、やって見たいのじゃ」

「なにをでござる？」

「於万喜ほどのてだれを生かしておいては、後々のためになるまいわえ」

童子のような島の道半の矮軀《わいく》から、すさまじい殺気が噴き出しはじめた。

大介は、息をのむおもいがしている。

(この、この小人の老人が……)

であった。

「大介どの。どうじゃ、このままにほうり捨てておいては、きゃつらども、どこまでも追いかけてくるぞよ」

「いかにも、な……」

「二人して、闘おうではないか」

「む……」

「みな殺しにしてしまおうぞ」

大丈夫か……? と、反問したいところだが、さすがにそれはひかえた。

大介は、

(道半どのが、むしろ足手まといになるのではないか……?)

と、おもったりしている。

「ほ、ほっ、ほっ……」

道半が、またも声なく笑い、

「案ずるな、大介どのよ。わしとても杉谷の忍びの中で、むかしはそれと知られた男じゃ。足手まといにはならぬわえ」

大介は苦笑した。

やはり、杉谷のお婆や島の道半は、

(おれよりは、ずっと上手だ)

と、おもわざるを得ない。

「よし!」

「やるか、大介どの」

「やりましょう」

「これで、きまったのう」

「いま、相手は、どのあたりに?」

「見よ」

と、道半が大介のふところから手をさしのべ、山道の向うの崖の上をゆび指して、

「あのあたりにひそみ、こちらを見張っておるわえ」

山中のうるしのような闇の中でも、きたえられた忍びの眼《まなこ》は相当に見通しもきくのである。

いうまでもなく、島の道半は、六人の伊賀忍びから見つけられてはいない。

岩石の割れ目からすべり出て、大介のふところへ小犬のようにもぐりこんでしまった道半の姿は、日中の光りの中でも彼らの眼にふれなかったであろう。

とすれば……。

敵は、あくまでも大介ひとりだとおもいこんでいるわけであった。

そこが、道半と大介のつけ目なのである。

「今夜のうちがよいか……それとも、明日の朝にいたそうか？」

と、大介がきいた。

「そうじゃな……」

道半は沈黙した。

大介の胸肌へ小さな老顔と鼻を埋めこむようにして考えにふけりはじめた。

大介は、道半を抱いたまま、あたりの気配に耳をすませた。

深沈たる山の夜気がたちこめ、物音ひとつせぬ。

風もない。

風のないことが、六人を相手に闘うために不利か有利か……？

空は曇っていた。

星も、月もない。

道半が、

「明日は雨じゃな」

と、つぶやいた。

「そうらしいな」

「明日がよかろう」

「さようか……」

すぐに、大介もなっとく出来た。

六対二の決闘であるからには、雨を利用して闘うことも必要であった。

「ま、きいて下され、大介どの」

「うむ」

「こういうふうにしては、いかが？」

そこで、道半と大介が決闘の作戦をねりはじめた。

このあたりの地理に、島の道半は精通している。

二人の打ち合せは、およそ一刻（二時間）もつづけられた。

大介も意見を出し、実に精密な計画をたてたのである。

決闘の仕方には、それほどにこみ入ったこともないのだが、とにかく〝六対二〟の決闘であるし、相手は於万喜をふくめてかなりの手練者と見てよい。

「では、よいな……」

と、島の道半が大介のふところからすべり出て、岩の割れ目へ吸いこまれつつ、

「たのむぞよ」

「心得た」

「ではな、わしは一足先へ行くぞよ」

「わかった」

道半老人の姿が闇に溶けてしまった。

大介は、凝とうごかない。

岩石の間に横たわり、ねむった。

完全にではなく、半ば、ねむっている。

明日の闘いにそなえて、大胆にも、敵を前にしてねむっている。

朝が来た。

道半老人が予言をしたように、

（雨か……）

顔に、冷たいものの落ちてくるのを知って、丹波大介は眼をひらいた。

岩石の間に横たわっている大介の気力は、充実していた。

乳白色の霧が風にながれ、昨夜、伊賀の忍びたちのかくれていた崖上の木立も霧にかくれている。

とすれば……。

彼らもまた、大介を見うしなうまいとして、身近にせまって来ているものと見てよい。

雨は、人の体臭を消す。

雨の音は、人の気配を消す。

雨は、忍びが目ざすところのものへ、接近するにもっともよいのだ。

大介は、まだ寝そべったまま、甲賀忍びが口にする携帯食糧を嚙んだ。

この食物は〝よくいにん〟や〝耳無草〟などの薬草へ〝山芋《やまいも》〟その他をまぜ合せ、ねりにねった上、梅の実ほどの大きさにまるめて乾かしたものである。これを口にするだけで、甲賀の忍びたちは一カ月を生きることができる。

やがて……。

大介が身を起し、小荷物を肩に背負って山道を歩き出した。一度も後をふりむかない。どこまでも知らぬげに歩む。

岩くずれのひどい山道が、なだらかな鞍部《あんぶ》に変った。

このあたりが、近江と伊勢の国境なのであろう。

間もなく、杉峠へかかる。

霧が、いくらかうすれてきた。

しかし、遠見はきかない。

遠見がきかぬから、後をつけて来る伊賀忍びたちは、どうしても一団となって大介へ接近せざるを得ないわけであった。

昨夜。島の道半が、

「明日は雨じゃな。明日がよかろう」

といったのは、このことなのだ。

山中の雨は、霧をともなう。

霧は、敵をいやでもこちらへ接近させることになる。

そこをねらって、逆襲しようというのである。

雨も、強くはない。

大介は杉峠を越えて、山道を下りはじめた。

三里ほどを下れば、完全に山道を下りきって、近江の国・神崎郡の和南《わなみ》という小さな村へ出るはずであった。

道半老人が、伊賀忍びたちを逆襲しようといった場所は、むろん、その村へ出てからのことではない。

山中で、決行する計画であった。

さり気なく足をはこびつつも、大介は全神経を眼と肌に集中している。

眼は足もとから先の山道を見て……肌は、背後からつけて来る伊賀忍びたちのうごきを感じとろうとしているのだ。

急な下りが杉木立の中へ入る。

前方に谷川のながれの音がしているのを、大介は耳にした。

(そろそろだな……)

大介の右手が、しずかに、背負っている荷物のひもへかかった。

杉木立をぬけた丹波大介が、谷川を飛び越えるようにしてわたり、また杉木立の中の山道へ入った。

入ったとき、大介は見た。

前方、約二間の先、山道からすこし逸れたところの土が、ぽっかりと口をあけている。

これこそ、昨夜のうちに先発した道半老人が掘っておいてくれた穴なのである。

穴のふちに細工がしてある。

ひものついた板が立てかけてあり、そのまわりに、土がうず高く盛られてあった。

つまり、穴へ飛びこんだ者が、飛びこみざまに板のひもをひけば、板は穴の口をふさぎ、その上へ土がくずれてきて、穴をかくしてしまうのである。

後年にいう〝土遁《どとん》の術〟のひとつといってよいが、当時、忍びたちは別に名称をつけていない。

大介が突風のごとく走りつつ、肩の荷を杉木立の中へ投げこみ、道半老人の掘った穴の中へ飛びこんだ。

板が倒れ、土が、穴へおおいかぶさる。

完全に、丹波大介の姿が山道から消えた。

その瞬間であった。

谷川の向うの杉木立の中から、霧の膜を割ってあらわれた人影が三つ。

いずれも旅商人の姿をしているが、まぎれもなく、岡崎の城下から大介をつけて来た伊賀者たちである。

「や……？」

「おらぬ……」

「見えぬな。気づかれたか……」

「そのはずはない」

三人のくちびるが声もなく、あわただしくうごく。

「二人、追え」

「よし」

二人が山道を走り下って行った。

残る一人が、山道へかがみこみ、あたりを見まわしているとき、またも霧の中から三人。

そのうちの一人が、伊賀の於万喜であった。

「どうした？」

と、於万喜。

「その丹波大介というやつ。走り出したらしい」

「なに……？」

「まさかに、気づかれたとはおもえぬが……」

「気づかれるはずはない」

と、於万喜はいいきった。

「いま、二人を先に……」

「よし」

うなずいた於万喜が先に立って、四人が山道を下って行く。

土をはねあげて、穴の中から大介が躍り出た。

杉木立の中へ駈けこんだ大介は、落ちていた荷物の中から脇差をつかみ出して腰に帯し、甲賀の手裏剣〝飛苦無〟の入った革袋も出して、ふところへ入れた。

こうして……。

大介と伊賀者たちの、立場が逆になった。

後をつけられていた大介が、今度は彼らの後をつけることになったのだ。

そして……。

行手には、島の道半が彼らを待ちかまえている。

六人の敵は、二人にはさみこまれたわけであった。

大介も、すぐさま彼らを追って山道を下りはじめる。

杉木立をぬけた。

両側が切り立った崖と山肌になる。

道半老人と打ち合せた逆襲の場所は、

(ここだ!)

と、おもったとき、丹波大介は右手に脇差をぬきはなち、左手に飛苦無をつかみ、猛然として、前方の六人へ肉薄した。

「ぎゃあっ……」

すさまじい絶叫が、さらに前方できこえたのは、このときである。

これは、先行していた二人の伊賀忍びを、道半老人が奇襲したものにちがいない。

絶叫は、

(道半どのの声ではない)

と、感じ、

(さすがだ)

勇気にみちみちてきた。

走る大介の前に、山道が折れまがった。

すぐそこに、於万喜をふくめた四人の伊賀者がいた。

彼らも前方の叫びをきき、このまますすむよりは、杉木立の中へ引き返し、様子を見ようとしたものらしく、全速力で山道を駈けのぼって来たところであった。

そこへ大介が出た。

「あっ……」

「おのれ……」

さすがに伊賀忍びだ。

ぱっと、せまい山道へ散開したが、そのとき早くも、一人は大介の投げ飛ばした飛苦無に喉を叩きやぶられて転倒し、別の一人は、声もなくなぎはらった大介の一刀に脇腹を斬られ、

「うわ、わ……」

山道の雨土へ、のめりこんだ。

血が雨と霧の中にけむり、辛うじて抜き合せた伊賀者へ、

「む!」

走りよって斬りつけざま、大介は左手の飛苦無を、於万喜へ投げ撃《う》った。

於万喜の躰が、宙へ舞いあがった。

彼女の左足が、大介の頭上を蹴ってうしろへ飛びぬけたが……。

転瞬……。

丹波大介はくびをすくめ、これをかわしている。

女忍びの足といえども、ばかにはならぬ。

まともに蹴りつけられたら、大介のあたまは叩きつぶされてしまう。

於万喜のたんげいすべからざる襲撃をかわした大介のすきを見て、体勢を立て直した伊賀者が、脇差をたたきつけてきた。

丹波大介の体軀が、伊賀者の一刀を危うくかわしつつ、ななめに空間を飛んだ。

「うぬ!」

その伊賀忍びは若かったが、手足のうごきは敏速をきわめている。

左がわの崖へ、ほとんど、われから躰を打ちあてるほどの勢いで、伊賀者の刀をかわし飛びぬけた大介へ、すかさず、

「やあ!」

気合声を発し、またも伊賀者が飛びかかって来た。

同時に……。

大介の頭上をおどりこえた於万喜が、地へ足をつけざま、

「む！」

身をひねって、手裏剣を投げつけて来た。

伊賀忍びがつかうそれは、甲賀の飛苦無よりも形状が大きい。

したがって、持ち歩く数量は限られているけれども、飛び散る距離も長く、攻撃力もつよい。

ぴゅっ……。

第一の手裏剣が、大介の頰をかすめた。

「あっ……」

かわすのを待ってでもいたように、

「おのれ！」

と、若い伊賀者が躰ごと脇差を突きこんで来る。

飛び退って、これをかわすと、またも於万喜の手裏剣が適確に大介の面上をねらって襲いかかる。

かわしかねて……。

とっさに、大介が脇差をふるい、於万喜の手裏剣をたたき落したとき、

「たあっ！」

伊賀者が地を蹴って、幅一間にもみたぬ山道の空間に飛び上り、大介の、ほとんど頭上から斬りつけて来た。

横ざまに、大介は山道へ身を投げこんで倒れ伏し、右手の脇差を左へ持ち替えた。

電光のような早わざであった。

大介の左手から、脇差が伊賀者へ投げつけられた。

若い伊賀者の背へ、脇差が深々と突き立ち、

「むうん……」

地についたばかりの足を踏み張ろうとして張りきれず、伊賀者がくずれるように両ひざを地についた。

そこまでが、丹波大介の精一杯の闘いであったといえよう。

手から脇差をはなした大介を、於万喜の手裏剣が見逃すはずがないのだ。

ところが……。

於万喜の姿は、消えていた。

（逃げたのか……？）

すぐに身を起し、倒れ伏した伊賀者の背中から脇差を引きぬいた大介へ、

「よう、仕てのけたのう」

頭上の崖上から、島の道半の声がきこえた。

「道半どのか……」

「いかにも」

怪鳥《けちょう》のごとく、道半老人が山道へ舞い下りて来た。

「二人とも、わしが殺した」

「それは……」

「うまくいったのう、大介どの」

いうや、道半は、

「女は、わしひとりで追う。そのほうがよい。わしはまだ女に顔を知られてはおらぬ。場合によったなら、女の行先をつきとめて見しょう」

一気にいいざま、仰向けに両手を地へつけ、その反動を利用した道半老人の子供のような矮軀が、またも宙に舞い上った。

大介は瞠目した。

ながい間、杉谷屋敷の奥にこもって忍び道具の製作にのみ打ちこんでいたという道半老人の、あまりにもすばらしい術技にである。

道半は、崖上の樹林を猿のようにつたわりながら、於万喜を追い、ふたたび杉峠の方向へ馳《は》せ向った。

気がつくと、於万喜が立っていたあたりの山道や崖の肌へ、数箇の飛苦無が突き立っていた。

大介が危急にのぞんだとき、島の道半が先行の二人を殪《たお》して崖の上へあらわれ、いまや大介へ手裏剣を投げ撃とうとした於万喜へ飛苦無を連射したものらしい。

それと知って、

(もはや、これまで……)

逃げるよりほかに道はないと感じて、於万喜は逃走にかかったものであろう。

(それにしても……)

と、大介は、山道に倒れ死んでいる三人の伊賀者を見下して、ためいきをついた。

はじめに殪した二人は、さほどの者とはおもえぬが、最後に、苦闘の末、打ち殪すことを得た若い忍びの手練は、相当なものである。

たとえ於万喜の助勢があったにしても、

(あれほどのうごきが出来る忍びは、甲賀の山中忍びにもまれであった……)

のである。

若い伊賀者の死顔は、少女のようなあどけなさをただよわせていた。

(二十そこそこか……?)

右の目じりに小さな切傷の痕があった。

(どこかで見たような……?)

と、大介はおもった。

おもって、すぐに、

（この男の顔、あの於万喜にそっくりではないか……）

と、感じた。

もっとも、大介が見た於万喜は、岡崎城下の遊女に化けていた彼女の顔であって、いま、この山道での息もつかせぬ決闘の場では、半ば笠にかくれた於万喜の顔をたしかめたとはいえぬ。

やがて……。

三人の伊賀忍びを山中の土に埋めこんだ丹波大介は、山を下って近江の国へ入って行った。

甲賀の杉谷屋敷で、島の道半の帰りを待つつもりなのである。

江戸と熊本

この年……。

江戸の肥後屋敷へ到着した加藤清正は、多忙をきわめた。

家康から命じられた江戸城修築と並行して、清正のむすめ・古屋姫の結婚のことがすすめられたからである。

古屋姫は、清正の正夫人が生んだ子ではない。

日常は謹直に見える加藤清正にも、側室が一人ある。

この側室の名は、清正亡きのちに本覚院とよばれたが、いまは、於佐以《おさい》の方とよばれ、本国の熊本で、正夫人と共に暮している。

於佐以の方は、肥後の菊池武宗のむすめで、古屋姫のほかに熊之助という男子を生んでいる。

ちなみにいうと……。

正夫人の名はおりよという。

この人《ひと》も、肥後の国・南郷の住人で、玉目丹波守のむすめだ。

清正は、正夫人との間にも、二人の子をもうけた。

男子が、すなわち後年の加藤忠広であって、清正亡きのちの当主となる。

女子は於あまといい、これは三年前に、徳川家康が、

「行く行くは、長福丸の嫁にいただきたい」

と、清正へ申し入れ、婚約のことがととのえられてあったが、いま〝於あま〟は五歳の幼女にすぎぬ。

長福丸というのは、家康の十番目の男子で、後年に、徳川御三家の一として、紀州・和歌山五十五万五千石の城主となる徳川頼宣そのひとである。

このように……。

徳川家康は、関ヶ原大戦の後に、加藤清正との婚姻関係をふかめ、たがいに親類どうしとなることによって清正をそばへ引きつけておくことに神経をくばってきている。

今度の古屋姫の結婚も、その一つだ。

古屋姫が嫁入る先は、上州・館林十万石の城主・榊原康政の嫡子・康勝である。

榊原家が、徳川家康と切っても切れぬ譜代《ふだい》の家柄であることは、だれの眼にもあきらかであった。

これもまた、家康の意志から出たもので、一時も早く、

「加藤主計頭が豊臣家からはなれ、徳川の傘下になりきってもらいたい」

からなのである。

そればかりではない。

家康は、正夫人がいる加藤清正へ、

「それはそれとして、いま一人、妻を迎えられたい」

といい、自分の伯父（水野忠重）のむすめ於喜世《おきよ》を、なんと清正へ押しつけてしまったものだ。

俗にいう〝押しつけ女房〟のようなものである。

だからといって側室ではない。あくまでも正夫人としての格式で加藤清正へ押しつけたのだ。

「主計頭殿も、それほどまでに、徳川へ気をつかわずともよいではないか……」

と、大坂城内の豊臣家の臣《もの》たちは、うわさし合っている。

むろん、淀の方も、それをきいて、

「主計頭どのは、もはや豊臣のものではないとおもわれたがよい」

ヒステリックにののしっている。

いわば正夫人が二人いるわけで、於喜世の方は、徳川家康公認の夫人ということになる。

この夫人は、いま、江戸の加藤屋敷にいる。於喜世の方を、清正が妻？　にしたのは七年も前のことだが、二人の間には子が生まれていない。

清正は、この夫人と寝所を共にすることはめったになかったといわれる。

こんなはなしもつたわっている。

清正は、於喜世の方と同じ部屋にいるときは絶えず緊張を解かず、

（いささかも、ゆだんはならぬ）

というので刀を引きつけてはなさなかった。

また、於喜世の方のすすめる茶や菓子にも決して手をつけなかったというのだが、その真偽はわからぬ。

家康から押しつけられた女房をいやいやながらもらったのであるから、夫婦としての情愛がわいてこず、また、ゆだんをしなかったことは事実であろう。

こうした場合……。

徳川家から加藤家へ嫁ぐ於喜世の方には、何十人もの家来や侍女が、徳川家からつきそって来るのである。

つまり、徳川の家来が於喜世の方のつきそいとして加藤屋敷の中に住み暮すことになるのだ。

これは、ゆだんができぬ。

げんに……。

大坂城の豊臣秀頼へは、徳川家康の孫女《まごむすめ》にあたる千姫が嫁いでいる。このときも多勢の家来や女官たちが千姫につきしたがい、大坂城へ入って来ているのだ。

身内の女を嫁がせると共に、家康はこうして、自分の多勢の家来たちまでも相手の本拠へ入りこませてしまう。

丹波大介や、杉谷のお婆にいわせれば、そのつきそいの家来や女官の中に、(何人の忍びの者がいるか、知れたものではない)

ということになるのだ。

これでは、大坂方の動静《うごき》が徳川家康の耳へ、

(つつぬけ)

になってしまう。

大介たちから見ると、

(これでは、人手不足のわれらが、いかに忍びばたらきをしても、徳川方に太刀打ちはできぬ)

と、おもわざるを得ない。

もっとも、それを承知の上で、大介もお婆も、加藤清正のためにはたらく決意をかためたのではあるが……。

しかし、加藤清正は於喜世の方を江戸屋敷へとどめおいたままにしてある。

伏見の肥後屋敷へも移さぬし、むろん本国の熊本へも移そうとはせぬ。

したがって、於喜世の方につきそって来た徳川の家臣たちも、みな、江戸屋敷にいるわけだ。

清正は、公用あるときにのみ、江戸屋敷へあらわれる。

本国は九州・熊本ゆえ、めったに江戸へ来ることもないし、来るとなれば、熊本や伏見から侍臣たちをしたがえてあらわれ、用事がすめば、すぐさま帰ってしまうのであった。

だから、まるで江戸の加藤屋敷は、於喜世の方と、それを取り巻く徳川方の家来が留守居番をしているようなものなのである。

これではたとえ、彼らの中に間諜がいたとしても、手も足も出ない。

清正は、彼らと我が家来の間に、画然と一線を仕切ってしまっている。

いつであったか、徳川家康が伏見へ来たとき、清正にこういったことがある。

「於喜世にも、そこもとの国を見せてやって下さらぬか」

つまり、清正の妻として、清正の本国である熊本を見物させてやってはくれぬか、と、もちかけたのである。

清正はそのとき、

「いずれ、熊本の城が出来あがりましたるときは……」

と、こたえている。

いいのがれをしているようにも見えるけれども、これはまた退き引きできぬ口実を家康にあたえてしまったことにもなる。

熊本城完成のあかつきには、於喜世の方とつきそいの家来たちを、一度は熊本へ迎え入れることを家康に約束してしまったことにもなる。

そして、その城は、間もなく出来あがろうとしているのであった。

六年前に……。

加藤清正が、熊本城の築城をねがい出たとき、徳川家康は上きげんで、

「よいとも。見事な城ができるのをたのしみにしておる」

と、ゆるしてくれたものである。

だが、そのときの家康の胸のうちと、六年後のいまのそれとは大分にちがう。

どこがちがうのか、といえば……。

関ヶ原戦争に大勝したばかりの六年前には、

(これで、天下は自分のものになる。だれもが、こたびの戦勝を見て、そのことをみとめてくれている。ゆえに、大坂方=豊臣家=も、これをみとめざるを得まい)

という自信があった。

家康自身が、これまでに何度も、織田信長や豊臣秀吉の実力をみとめるがゆえに、おとなしくあたまを下げつづけてきたのである。

ところが、いまの家康は、

（このままでは、とうてい、大坂方は自分に屈服をせぬ）

と、おもいきわめている。

いまの家康であったら、清正の熊本築城に、許可をあたえなかったろう。

さて……。

加藤清正の江戸屋敷は、現在《いま》の国会議事堂の北東面、皇居の濠端に向い合せた〝尾崎記念館〟のあたり一帯にあった。

江戸時代になって、この清正の屋敷あとが、かの近江・彦根の城主・井伊家の江戸藩邸となり、幕末のころ、大老・井伊直弼《なおすけ》が、この屋敷を出て桜田門から江戸城へ出仕をする途中を勤王浪士に襲撃され、ついに殺害されたのである。

さて、江戸城・桜田の濠に面したこの土地を、

「ぜひにもたまわりたし」

と、清正がのぞんだとき、徳川の重臣たちは、

「あまりにも、御城に近すぎる」

と、反対の声が多かった。

清正は、徳川譜代の家臣ではない。

もともと豊臣秀吉に取りたてられた大名で、しかも亡き秀吉とは親類すじも同様の間がらである。

こうした大名の屋敷を、家康の居城のすぐ近くへかまえさせるのは、どうかとおもう、

というわけだ。

そのとき、家康は笑って、

「なにを申すやら。主計頭が、あの地をのぞんだのは、徳川家へ異心なきことをしめしたようなものではないか」

と、いった。

家康の城のすぐ近くへ屋敷をかまえて、

「じゅうぶんに、自分を見張っていただきたい」

と、清正はいっているのも同じだ、というのである。

当時、清正がのぞんだ桜田の土地は江戸城よりも高く丘のようになっていた。

そこで清正は、この丘を切りくずし、うしろの深い谷間を埋めたててしまったのだが、これは大工事で、清正みずから、その指揮にあたった。

屋敷がまえは、伏見のそれよりも小さかったが、建築そのものはくらべようもないほどに豪華をきわめたもので、表門の柱の幅が約一メートルもあり、冠木《かぶき》の、波に犀《さい》をあしらった金彫物が、江戸城の桜田門からながめても光りかがやいて見えたという。

また外塀の丸瓦には、すべて金の定紋をはめこんだので、夜になっても、清正屋敷の塀がきらきら光って見えるというので、大評判になった。

ぜいたくな屋敷をたてたものだが、これは清正が、暗に、

「これほどの費用を屋敷にかけておりましては、もはや戦さをするゆとりもありませ

ぬ」

と、徳川家康へ声明していることにもなるのであった。

この年、慶長十一年に、徳川家康が諸大名へ命じた〝江戸城・増築〟の工事は、実に大がかりなものであった。

加藤清正の受けもちは、自邸付近の桜田から日比谷へかけての、石垣や濠などの工事である。

ほかに、江戸城の、外郭工事を分担して受けもったのは、細川、前田、福島など二十名ほどの諸侯だが、城内の本丸・二の丸・三の丸から天守台にかけては藤堂、黒田、吉川、毛利などの大名たちが分担して引きうけた。

家康が命じる工事には、いつも、徳川家にとっては外様《とざま》の大名たちが動員される。

〝外様〟とは……。

むかしからの徳川の家臣ではなく、家康が天下をとってから臣従してきた大名たちをさす。

この反対が〝譜代〟の大名だ。

〝譜代〟とは……徳川家に代々つかえてきた家臣たちのことで、いわば家康にとっては〝身内〟も同然ということになる。

だから、自分の城の工事をさせるときには〝譜代〟をつかわず、〝外様〟をつかうのが家康のやり方といえよう。

工事を命ぜられた大名たちは、その労力と費用を、無償で提供するのだから、たまったものではない。

関ヶ原以来……。

外様の諸大名が、家康から命じられた工事は多い。

ほとんど毎年のように、命じられる。

江戸城だけでも、今度で三度目の修築工事であった。

「たまらぬな、どうも……」

「われらに、金の成る木でもあると、おもわれてか」

などと、外様大名たちもかげではこぼしぬいているのだ。

たとえば……。

城の石垣につかうような石が江戸の近くにはないし、むやみに他の大名の領地へふみこんで、石を切りとってくるわけにも行かぬ。

加藤清正は、遠く、九州の領国から石を切り出し、これを舟にのせて江戸湾まではこびいれたのだから、大へんなことなのである。

石垣工事をうけもつ、他の大名たちも同様で、たとえば加賀の前田家などは北陸の領国から石をはこぶのであるから、なみなみの苦労ではない。

それもこれも、

「これからは、とうてい徳川の天下に立ち向うことはできぬ」

と、みながあきらめ、家康の命を拒んだときのおそろしさをおもえばこそ、かげ口をいいながらも、命令にしたがわざるを得ないのである。

すでに、去年の暮から、加藤清正の重臣で、飯田覚兵衛と肩《こぼ》をならべる森本儀太夫が江戸屋敷へ来て、工事の仕度にかかっていた。

清正は、

「こたびは、おぬしにまかす」

といい、儀太夫を工事の総奉行に任命してあった。

今年は清正、工事が終るまで江戸にいるわけにゆかぬのである。

こんな、はなしもある。

加藤家の受けもち地域に、大きな沼が、いくつもあった。

このあたりは、むかし、江戸湾の海の岸辺だったところだから、当然である。現代の日比谷公園のあたりまで海であったのを、徳川家康が江戸へ入国してから埋めたてさせたのだ。

総奉行・森本儀太夫は、この沼をかためるために、先ず、

「萱《かや》をあつめよ」

と、命じた。

そこで、萱や枯れすすきが、武蔵野の山野から毎日のように切りとられ、工事現場へはこばれてくる。

「いったい、なにをしようというのだ？」

加藤家の受けもち地区のとなりは、紀州三十七万四千石の大名・浅野幸長の受けもちで、このほうは早くも、どしどし石垣にする石をはこびこんでいる。

加藤家では、萱がはこびこまれると、これを沼の中へ投げこみ、近くの子供たちや人夫をもふくめて、

「あそべや、あそべ」

笛、太鼓を鳴らし、朝から夕ぐれまで、踊りをおどったり、唄ったり、どうも大へんなさわぎだ。

「いったい、あのさまは何事じゃ？」

浅野のほうでは、あきれ返っていたし、徳川家のものも、これを見て、

「けしからぬではないか！」

「たいせつなる御用を何と心得ておるぞ」

いろいろと、うるさい。

浅野の方は、もう石垣をきずきはじめている。

加藤の方は、次から次へと大量の萱を沼へ投げこみ、相変らず、笛や太鼓で、

「あそべ、あそべ」

であった。

子供たちにはまんじゅうが出る。

百姓たちには日当が出る。

みんな、よろこんで萱の上をとびまわって、あそぶ。あそんで日当やまんじゅうがもらえるのだから、みんな、よろこんでやる。

そのうちに、

「もう、よろしい」

と、森本儀太夫があそびの萱ふみをやめさせた。

そして、ふみかためられた土と萱の上へ、いよいよ石垣をきずきはじめたのである。

土台は、じゅうぶんにかためつくされている。

しかし、工事の進行が大分おくれた。

諸大名の石垣がほとんど完成したというのに、加藤家のほうはその半分も進行していない。

「あのように、あそび暮していたのでは、工事がおくれるのも当然であろう」

と、浅野家の士たちはいい合っていたところが、或る夜、すさまじい嵐が江戸を襲ったとき、浅野をはじめ、諸大名受けもちの石垣の諸方が雨と風にくずれ落ちてしまったものだ。

だが、加藤家の石垣は、いささかの損傷もない。

「なるほど……」

一同は、はじめて感嘆をした。

そのとき森本儀太夫は、にこりともせず、こういった。

「沼地をかためるのに、急ぎあわてて何になろうか」

加藤清正は、故太閤秀吉の下で、いくつもの名城の建築にたずさわっている。

日本一の〝土木建築の大家〟とよんでさしつかえない。

当時、この点において加藤清正に匹敵するほどの人物は先ずいなかった。

その清正の下で、同じように築城や土木工事の経験をしつくしてきた森本儀太夫である。

〝萱〟ふみのことなど、当然というべきであろう。

加藤清正は、初夏のころまで江戸に滞在し、工事の進行を見たり、むすめ・古屋と榊原康勝との婚礼をすませたりしたが、

「では、後をたのむ」

と、森本儀太夫にいい、江戸へ来たときと同じような供まわりで、伏見へ向った。

この後、江戸城の工事が完了したのは秋になってからだ。

清正が伏見へ去ったのは、八月に、亡き母・伊都の七回忌の法事を、京都の本圀寺でいとなむためであった。

孝心のあつい清正のことであるから、これはないがしろにすることのできぬ重大事である。

ところで……。

江戸へ来るときは、女ひとりも加わっていなかった加藤清正の行列に、十人ほどの侍女がまじっている。

これは、江戸屋敷にいた侍女たちだが、今度の亡母法要についても女の手がいろいろと必要であり、伏見の屋敷にいる侍女の数もすくないので、

「伏見へつれてまいろう」

と、いうことになったのだ。

この侍女たちは、いずれも於喜世の方につきそってきた女たちではない。

しかし、新たにやとい入れたものもある。

十人の中のひとりに、きわだって若く、きわだって美しい女がいた。

この女こそ、中山峠で加藤清正に助けられた、と見せかけた伊賀の女忍び・一世《かずよ》である。

あれから彼女は、所期のもくろみどおり、

「身よりもなき女」

と、いい、そのまま加藤屋敷へ居ついてしまったのだ。

その身の上ばなしも、まことしやかなもので、老父も以前は越前・北ノ庄（福井）にいて、刀鍛冶をしていたが、母を亡くしてからは、一世をつれて諸方をながれ歩き、ようやく京都へ落ちついたが、このごろの江戸の発展をきき、

「おもいきって、江戸へ行って見よう」

父娘して東海道を下る途中、中山峠で、あの危難にあい、盗賊どもに金をうばわれた上、父を殺されてしまった、と、一世はものがたった。

あのとき、杉谷のお婆は、旧知の千貝の重左に、まさか一世というむすめがあるとは知らなかったので、

「父娘に見せかけて……」

と、丹波大介へ語っていたが、重左と一世はまことの父娘であったのだ。

杉谷のお婆は、いまも、一世の父が〝千貝の重左〟だとおもっていない。

毎日のように、お婆は加藤屋敷で一世の顔を見ている。

それでいて気づかぬのは、一世の顔だちが母親に生きうつしで、千貝の重左にはまったく似ていなかったからでもある。

杉谷のお婆も、名を〝千代《ちよ》〟と変え、いまは加藤清正に奉公をしていた。

いうまでもなく、あれから丹波大介が伏見の屋敷にいる鎌田兵四郎と久しぶりに会い、二人して相談の結果、お婆を、

「もとは武田家の臣にて、林大膳元景が妻」

という名目で、

「その後は亡父と二人の子のあとをとむらいつつ、京の片隅にひっそりと暮しおりましたが、まことにこころききたる女性にござれば、お手もとの侍女《おんな》たちをたばねるにもよろしかろうかと存じまして……」

と、鎌田兵四郎がわざわざ、江戸へやって来て、大介と打ち合せた上で出迎えた杉谷のお婆をつれ、加藤清正へ引き合せたのである。

武田家がほろびたのは、天正十年のことだから、すでに二十年余が経過している。

杉谷のお婆は、五十そこそこの年齢に見せかけ、品のよい服装《みなり》をして、清正の前へあらわれた。

ことばづかいも、甲州なまりの、いかにも武家の女らしいものだったし、おどろいたことには、ふっくらとした躰つきだったお婆の肉体が細く、しなやかに痩せてしまい、黒く大きな双眸はまぶたに押えられて細められ、くちびるのかたちまでも変ってしまっている。

お婆が精魂こめた扮装の術であった。

大介が見ても、おそらく気づくまい。

こうして、すぐれた女忍びは、おのれの肉体のみか顔つきまで変えてしまう。それも自然にである。

食物を変えたり、独特の体操のようなものをしたりして、根本から躰つきを変え、髪のかたちを変え、辛抱づよく、大きな眼を細めて、いつもそのままでいるという訓練を短い日時の間にやってのけてしまう。

女忍びが、もっとも得意とする術であった。

大介といえども、みごと、於万喜の一夜づけの扮演にさえ、だまされている。

加藤清正は、鎌田兵四郎のことばに、いちいちうなずき、杉谷のお婆を見て、

「よろしゅう、たのむ」

と、いった。

鎌田は、大介の指示によって、お婆の本性を清正へは明かさなかったけれども、清正は何やら感づいているらしい。

そして……。

杉谷のお婆も老女・千代として、一世をふくめた九人の侍女たちを指図しながら、清正の行列に加わり、いま京へ、伏見へもどりつつあるのだ。

侍女たちは、お婆のことを、

「やさしゅうて、慕わしいお方」

だと、うわさをしている。

高台院

秋が来ていた。

三方を山なみにかこまれた京都の夏の暑さはたまらぬものであったが、その苦しい数カ月が、昨夜見た夢のように感じられる。

いつの間にか、空は高く澄みわたって、微風も冷たく、

(間もなく、この一年も暮れるというのか……)

加藤清正は、中庭に面した二間つづきの部屋の〝ひかえの間〟にすわり、しずかに茶を喫しつつ、庭の東隅にある椎の大木のあたりをぼんやりとながめている。

ここは、豊臣秀吉の正夫人であった北政所《きたのまんどころ》の屋敷であった。

北政所は、名をねねといい、秀吉が、まだ織田信長につかえてごく身分のかるい武士であったときに結婚し、共に苦労を分け合って来た、いわゆる糟糠《そうこう》の妻だ。

秀吉が十七年ほど前に、小田原の北条氏を攻めたとき、長かった滞陣中に、

「先ず、なにごともゆるりといたそう」

といい、小田原城攻略のために、わざわざきずいた石垣山城内で、茶の湯の会をもよおしたり、また近辺から遊女をあつめ、将兵の労をねぎらったりしたものだが、秀吉自身も、

「淀をよべ」

と、愛妾にしたばかりの、若かった淀の方を関東へよびよせたりしたものである。

このときも秀吉は、正夫人であるねねに対して、こういう手紙を書き送っている。

「淀をよびよせたいとおもうのじゃが、ひとつ、そなたから申しつかわせて、よろしゅう、こちらへ送りとどけるようにしてもらいたいのじゃが、どうであろう。わしは、そなたの次に淀の方が気にかなっているので、そうしてもらいたい。なんと申しても、わしは、そなたをもっとも好ましゅうおもっているのだから、安心をしてもらいたい。よろしゅう、たのむぞよ」

十七年前の豊臣秀吉は、いまや名実ともに天下人になりかけていたところで、まさに朝陽が天に駈けのぼって行くほどの威勢をふるっていたのであるが、正妻のねねへは、これほどにこまかく神経をつかっている。

「よろしゅうございます」

というので、このとき正夫人が淀の方を関東へ送ってよこすと、秀吉は、もうよいき

げんになってしまい、

「あれもよべ。これもよべ」

と、淀の方のほかに三人もの側妾を、関東へよびよせたそうな。なにしろそのときは、威勢と金にまかせ、包囲した敵城（小田原城）を眼下に見る石垣山へ、三カ月もかかって築きあげた本格的な城の中に、いくつもの御殿や茶室までこしらえ、秀吉は、

「淀の化粧水をとるための、井戸を掘れ」

などと命じ、その井戸のためにもうけた曲輪《くるわ》を〝井戸曲輪〟と名づけてよろこんだりしていたものだ。

その小田原攻めの折、加藤清正は秀吉から、

「九州の地をまもれ」

と命ぜられ、熊本の城にいたから、従軍をしてはいない。

この小田原攻めで、秀吉は九州の大名たちをわざと出陣させていなかったのである。だから、九州は清正にまかせておきたい、また清正でなくてはならぬ、と考えていたものであろう。

豊臣秀吉が、何故に、九州の諸大名を小田原攻めに参加させなかったかといえば、おそらく、小田原を落し、東北を平定し、日本全国をわがものとする日の近きを知り、

（その次は、いよいよ朝鮮国から明《みん》の国を平定せねばならぬ）

と、考えていたからにちがいない。

そうなれば、朝鮮にもっとも近い九州の地に〝本陣〟をもうけねばならぬ。

九州の大名たちをまっ先に出陣させねばならぬ。

ゆえに、

(こたびは出陣をさせず、ちからをたくわえさせておきたい)

こう考えていたのではあるまいか……。

秀吉は、小田原の陣中から、みずから筆をとってしたためたものをふくめ、六通もの手紙を、熊本の加藤清正へ送り、いろいろとこまかに戦況や、滞陣の様子などを知らせている。

この手紙をよむと、清正にかけていた秀吉の信頼がどれほどに大きかったか、それがよくわかるような気がする。

(あれから、十七年も経ってしもうたか……)

いま、未亡人となったねね……いや、これからはねねとか北政所とかよばずに、このひとを高台院《こうだいいん》とよぶことにしよう。

なぜなら、彼女は夫の秀吉が亡くなったのち、大坂城の西の丸を自分の居住区として暮していたが、

(亡き夫や、親しき人びとのめいふくをいのりたい)

との希望をもってい、それを知った徳川家康が、

「では、それがしが……」

乗り出して来て、京都の地に適当な場所をさがした。

そして……。

むかしは桓武天皇の菩提《ぼだい》をとむらうために創建され、宏大な寺域をもっていた雲居寺《うんごじ》の址へ、未亡人の住む屋敷と、彼女が亡夫・秀吉や、生母・朝日局の菩提をとむらうための寺院を建ててくれたのである。

徳川家康は、

(自分は、こうして、亡き秀吉公のため、高台院どののためにちからをつくしているのだ)

ということを天下に知らしめるためにも、この寺の造営にはおもいきって財力を投入し、宏大な寺域に、いくつもの堂宇をもうけ、

「あの、悋《しわ》い関東(家康のこと)が、ようも……」

と、瞠目せしめたものであった。

寺の名を〝高台寺〟という。

開山堂には、高台院の希望で、内部の天井の一部に、秀吉が使用した御座船の天井と、高台院が乗っていた御所車の遺材を用いた。

この寺が、かたちをととのえ、どうやら完成したのは、いま加藤清正が高台院の屋敷をおとずれている慶長十一年の春のことであった。

そのころ清正は、江戸へ向う途上にあったわけである。

一昨年の秋。寺の建設がたけなわのころ、加藤清正を伏見城へまねいた徳川家康が、

「肥後どのよ。高台寺の表門のことじゃが……」

と、いい出したことがある。

「は……？」

「この伏見の城の薬医門をはこび、表門にしたらいかがなものであろう。そのほうが高台院さまもおよろこびになられよう」

そこで清正が伏見城の門の一つをはこび、表門にしたことがあった。

この門は、現代も残っている。

いまは、高台寺の門というよりも、下河原町の通りに面したところに、

「ここが、むかしは高台寺の表門であった」

ことをしめして健在である。

当時、よほどにひろい寺域を有していたことが、この門を見るとき私たちにも想像できるのだ。

この門の向う、左手の台上に、高台寺があるわけだが、その前の広場の東側に、東山の山なみを背景にして、

〝霊山観音〟

の新しい、朱ぬりの、何やら社殿めいた建築がある。

これは、第二次大戦で戦死をした二百万の人びとをとむらうため、昭和三十年六月、

ある一篤志家によって建造されたものだというが、この霊山観音のある地域一帯が、むかしは高台院の屋敷があったところらしい。

さて……。

井坂孫左衛門といって、高台院が秀吉夫人であったころからそばにつき従っている老臣が、みずからたててくれた茶を、清正が喫し終えたとき、廊下にひかえていた孫左衛門が、

「肥後さま」

と、よぶ。

「む……？」

「おこしにございます」

「さようか」

清正は居ずまいを正した。

衣《きぬ》ずれの音が、ひそかに畳廊下をつたわって来て、

「肥後どのか……」

なつかしげな、高台院の声がきこえた。

清正が、眼をあげて見ると、法体《ほったい》の老女が、まるめたあたまへ白いねり絹の頭巾をかぶり、小柄な躰をゆったりとはこび、居間の上段の間へ入って来た。

高台院であった。

清正は、両手をつかえ平伏をした。

このとき、高台院は五十九歳であった。

むかし彼女が、亡き秀吉が木下藤吉郎と名のっていたころに結婚したとき、織田信長が秀吉のことを、

「はげねずみ」

とよび、高台院のことを、

「ねねは白うさぎじゃ」

と、たわむれにいったことがある。

はげねずみと白うさぎ……。

どちらも小動物ではあるが、白うさぎのほうが、ふっくらと白い。

高台院は、信長がつけた異名のように、小柄ではあるがふくよかな躰つきの女で、その体格は四十年後のいまも変ってはいない。

ということは、高台院が非常に健康な女性であったことになる。

それなのに、秀吉との間に一人も子が生まれなかった。

「はげねずみには子種がないのか?」

と、主人の織田信長にいわれたこともあって、そのとき木下藤吉郎は、

「そのようなはずはござりませぬ。あれは家ノ内《うち》(妻)がわるいのでござりましょう」

こうこたえるや、

「だまれ！」

信長が怒り出し、

「ねねは、おのれにすぎたる女房じゃ。これからは二度と、わしの前でねねの悪口を申すな」

たしなめたとか……。

信長は、ねねの女房ぶりを大へんに好もしくおもっていたらしくいつのことであったか、次のような手紙を、ねねにあたえている。

「……先日は、わざわざ、いろいろなみやげものを持って来てくれてありがたくおもっている。

しばらく見ぬうち、そなたが、まことに美しゅうなり、また立派な女ごになられたので、わしはおどろいている。

品格も武士の妻として恥ずかしくない、美しいそなたのことを藤吉郎（秀吉）は、しきりに物足りぬ、などと申しているそうであるが、これはまことにもってけしからぬことだ。

どこをたずね、さがし歩いても、そなたのような妻は見つけられるものではないのに、あのはげねずみは、まことにわがまま勝手なことを申しておる。

ま、いろいろと骨も折れようが、はげねずみは、あれでもそなたの夫ゆえ、よくめんどうを見てやるがよい。

もしも、これから先、はげねずみが文句なぞを申したときは、この信長の手紙を見せてやるがよい」

自筆で、こうしたためてある。

実によい手紙だ。

あの猛烈果敢な、人を人ともおもわぬほどの大英雄・織田信長の思いもかけぬ性格の一面を、この手紙ほどはっきりとつたえてくれるものはない。

高台院が、この手紙を信長からもらったのは、もう三十年も前のことになる。

そのころから秀吉は、こまめに、女中たちへ手をつけたりして、浮気ごころがやまなかった。

加藤清正も、すこしはねねのことも考えてみたらいかがですか……と、秀吉をいさめたこともある。

「申すなよ、虎」

と、秀吉はそのたびに苦笑をうかべ、

「なにも、ねねをきろうてのことではない」

「ならば、なにゆえに……？」

「女房どのがだれであろうと、これは病いじゃ。わしの持病じゃもの、仕様もないではないか」

「他の女ごに手をつけられますのが、持病とは、虎之助まったくもって……」

「よいわ、もうやめい」

ま、およそ、こうしたぐあいで、その当時は、上も下も一丸となって戦いぬき、戦場から戦場への明け暮れがつづく、いそがしくもすさまじい戦国武士の生活《くらし》の中で、主人も家来も、一つの〝家族〟のように生きていて、なにごとにも、胸と胸とがすぐさま通じ合い、めんどうな事件《こと》も即座に解決されたものであった。

「国もとのみなみな、お変りもないか？」

と、高台院がやさしくいった。

この屋敷の侍女たちも、みな、高台院にならってあたまをまるめ、尼の姿になっている。

その尼たちも、井坂孫左衛門も、高台院の居間から出て行ったあと、

「虎どのよ」

高台院が、よびかけてきた。

いまは肥後・熊本五十四万石の大守となり、天下人の徳川家康でさえもしきりに気をつかっているほどの名望高い加藤清正であるが、少年のころ、虎之助と名のって秀吉の家来になった当時、手もつけられぬ〝あばれもの〟で、彼の親類すじにあたる高台院としては、「みなみなと仲ようせねばならぬ。お前のように、すぐ腹を立てて、そのたびごとに喧嘩さわぎをおこしていたら、困るのは、このわたしじゃ」

加藤虎之助をさとし、なだめ、叱りつけ、ずいぶん苦労をさせられたものだ。

清正の虎之助は両親とも亡くなっていたし、身のまわりのことといっさいに、高台院がこころをくばり、秀吉が着古した衣類なぞも、高台院がみずからぬい直して、

「さ、これを着たらよい。泥なぞをつけぬように、な」

母親がわりに、めんどうを見てきたものである。

信長の一部将であった秀吉夫婦と家来たちとの間は、およそこうしたものであって、いざ、出陣ともなれば、高台院が女中たちを指揮し、みずから台所へ出て、にぎりめしの炊出しにかかる。

「さ、虎よ。於市よ。もっともっと食べなされ。戦場ではあたたかいものも口へ入らぬようになるゆえ、腹いっぱい食べて行くのじゃ」

と、高台院が、清正にも、当時は市松といっていた福島正則などへ声をかけつつ、にぎりめしを手わたしてくれたものである。

その福島市松も、いまは安芸の国・広島（現広島市）の城主で四十九万石の大名となり〝参議〟に任官している。

だが、いまの正則は、清正ほどに高台院のもとへはあらわれぬようだ。

ここで、場面をもどそう。

加藤清正は、八月に京都でおこなった生母・伊都の法事に、わざわざ高台院が参列してくれたことへの礼をのべた。

むろん、その直後にも一度、清正は御礼言上に来ているのだが、今日は、

「近きうち、熊本へ帰国いたしますゆえ……」

別れのあいさつをかねて、高台院をおとずれたのである。

「さようか……」

高台院は、さびしそうな眼の色になり、

「して……明年は、いつごろに上洛なさる？」

「そのことにござります」

「なんと……？」

「明年は、上洛できかねようか、とおもわれます」

「ふむ、ふむ……そこもとも大変なことじゃ。遠い九州の地から、なにごとにつけ、いちいち京や江戸へ出てまいられることは……」

いいさして、高台院が急に口をつぐみ、清正の顔を凝視した。

その眼に、何やら万感のおもいがこもっている。

清正も、高台院の眼へ、ひたと自分の眼を合せた。

主人の夫人と家来でありながら、高台院と清正とは母子のような愛情が通いあってもいる。

その四十余年の歳月は、くだくだとことばをかわさぬでも、たがいに、たがいの胸の内が手にとるようにわかってしまうのである。

いま、高台院と清正が眼と眼をもって語り合い、感じ合っていることは、

「豊臣家の安泰」

と、

「ふたたび、戦乱をおこしてはならぬ」

この二事であった。

そのためには、高台院も加藤清正も、同じような態度と行動をもって生きつつある。

努力をしつつあるのである。

高台院は、

「いちいち、京や江戸へ出てまいられることは……」

といいさし、口をつぐんだあとを、ややあって、

「さだめし、難儀なことであろ」

いたわりをこめていう。

「おそれいりたてまつる」

「なれど……なれど……」

「は……？」

「わたくしから申せば、いまは虎どの一人がたよりと申すものじゃ」

清正は、あたまをたれた。

中庭の、秋の日の午後の陽ざしがあかるくみちわたっていた。

どこかで、鵯《ひよどり》が鳴いている。

そのとき……。

高台寺の表門の前へさしかかった二人づれがあった。

先に立つのは、伏見の肥後屋敷へつめている鎌田兵四郎で、これは笠もかぶらず、相変らずふっくらとした温顔に微笑をたたえ、こだわるところもなく表門を入って行く。で……。

その後につきしたがっている小者なのだが、こやつ、主人の鎌田が笠をかぶってもいないのに、塗笠をま深にかぶり、何やら荷物を背負ったまま、これも鎌田のうしろから門内へ歩み入った。

「や……?」

「鎌田さまではないか……」

「その、うしろから来る者はだれだ?」

表門から入って左手の台上に、高台院・屋敷の門がある。

その内と外に、加藤清正の供をしてきた家臣たちが待機していた。

門外には、足軽や小者たちが十五名ほど控えてい、門内・供待ちの腰掛には、清正の乗馬と共に、家臣二十名ほどが、主の出て来るのを待っている。

この中に、小姓・城戸新助もいた。

門外の足軽たちが、鎌田兵四郎へあたまを下げると、

「うむ、うむ……」

きげんよく、鎌田は会釈を返しつつ、屋敷門の内へ入った。

つづいて、小者も入る。まだ彼は笠をぬがない。

「や、鎌田殿……」

と、城戸新助が、

「何ぞ、急な御用事でも？」

すすみ出て、問うた。

鎌田兵四郎が小者一人をつれて、後から清正のいる場所へあらわれる、なぞということは、かつてないことだ。

「いや、別に……」

と、鎌田は平然として、

「殿に、いいつかった品物をとどけにまいったのじゃ」

「さようで」

「さ、これ……」

と、鎌田が小者に、

「何をいたしておる。早うまいれ」

いいすてて、さっさと供待ち傍の木戸を明け、裏手の方へ消えた。

小者も笠をかぶったまま、鎌田のうしろへぴたりとつきそい、内塀の向うへ去った。

「なんじゃ、あの小者は？」

家来の一人が、城戸新助へ、

「おぬし。知っておるのか？」

「いや、存じませぬ」

「何やら、品物を、というておられたな、鎌田さまは……」

「はい」

「それにしてもけしからぬ小者じゃ。この御屋敷内へ入って笠もとらぬとは……」

家来たちも、その小者については、

「妙な男」

と、感じたのだが、肝心の鎌田兵四郎が小者の無礼をとがめぬのだから、どうしようもない。

なにしろ、主・清正の信望もあつい〝かまたさま〟のことなのである。

そのころ……。

屋敷の奥庭に面した高台院の居室では、

「なにゆえ、明年は上洛がなりませぬのか？」

と、高台院が、来年は清正の顔を見られぬときいて、さびしげな表情をはっきりと顔にあらわし、

「虎どの。なにゆえに……？」

かさねて問うた。

二人きりのときは、親しげに、清正の若いころの名をよぶ高台院であるが、他人が同席の場は、かならず、

「主計頭殿」

とか、

「肥後どの」

とか、清正の身分と地位をあらしていることばでよぶ。

このところ数年、加藤清正はほとんど毎年のように九州から上洛し、いろいろといそがしくうごいて来ているので、来年は上洛出来ぬというのが、高台院にとってはさびしくもあり、何か特別の理由があるにちがいない、とおもったのである。

清正が、こたえた。

「熊本の城が、明年は出来あがりますので……」

「おお……」

高台院も、ようやくに気づいて、

「さようであったか……」

「いつごろになりまするか……しかとはわかりかねまする。なれど、明年中には、どうやら……」

「めでたいのう」

「かたじけのうござります」

「それでは、上洛の事もなるまい」

「今年は、飯田覚兵衛に築城のことをまかせ、出てまいりましたなれど、これからは自分にて、いちいち眼を通さねばなりますまいかと」

「いかさまのう」

「なれど、事がすみ次第、かならず上洛いたしまする」

「虎どのが、そばにいてくれぬと、なにやら、行先のことがおそろしゅうてならぬ」

「と、申されますのは？」

高台院は何かいいかけてやめ、清正をしばらく凝視したのちに、押しころしたような低い声になって、

「戦さじゃ」

と、いってよこしたものである。

「戦さ……と、おおせられまするか」

「いかにも」

「いずことい ずことの戦さが起るのでござります？」

「これ、虎どの」

たまりかねたように、高台院がひざをすすめてきた。

「大坂がことじゃ。申すまでもなく、そこもとは承知のはず」

これは、大坂城の豊臣秀頼と生母・淀の方が、事ごとに関東（徳川家康）と協調をせ

ず、このままでは、

(関東も、だまってはおらぬ)

と、高台院は考えている。

夫の秀吉が亡くなって以来、高台院の身の上については、徳川家康が大きな庇護をあたえてきている。

この屋敷や、高台寺を建てるについても、あの打算的な家康が惜しみもなく金銀を投じてくれた。

秀吉の未亡人たる自分に対して、

(関東が、これほどにめんどうを見てくれているのに、何故、大坂はあたまを下げぬのか……)

であった。

高台院は、戦国の世の、しかも、豊臣秀吉という人物の妻として、四十年も世のうつりかわりを、ながめてきている。

だから、徳川家康が、むかしは織田信長に屈し、夫の秀吉にも凝と耐えて天下をゆだねてきたことを見てきているのだ。

ことに、小田原の北条氏を秀吉が討ちほろぼしてのち、

「これからの関東は、ぜひにも、おことにおさめてもらわねばなるまい」

などといい、家康を父祖代々の領国(三河はじめ、駿河・遠江)から追いのけ、江戸城

主として関東へ封じこめたときは、家康も、

（どのように、くやしかったことであろう）

と、いまにして高台院はなっとくがゆくのである。

これは亡き夫をせめているのではない。天下人なればだれでもがしたことだし、しても当然のことなのだ。家康のような強大な勢力をもつ大名はなるべく中央から遠去け、物資源の豊富な国から未開発の国へ追いやってしまい、そのちからを殺《そ》ぐのである。

この秀吉の下命に対して、家康は一言も不満をもらさず、黙々として関東へ去った。

それほどまでに、秀吉の天下人としての実力を重んじていたわけである。

いまは、家康が秀吉にかわっている。

天下人としての実力に不足はない。

ゆえにこそ、

（大坂方も関東方にしたごうたがよい）

と、高台院は思うのである。

むやみにさからって、戦争でも起ったら、これほどに無益《むやく》なことはないし、そうなれば、清正をはじめ、福島も前田も浅野も……亡き秀吉の家臣だった大名たちが困惑するばかりであろう。

家康にさからうわけにはゆかぬ。

かといって、大恩ある豊臣家を捨ててもおけぬ。

加藤清正がこころをくだき、何とか今の情勢を平和のうちにおさめて行きたいと活動をしつづけているのを、

（ほんに、ありがたいことじゃ）

高台院は、感謝の念を絶やしたことがない。

こうした自分の心配や清正の苦心が、大坂城の秀頼と淀の方には、まったく通じていない、と、高台院は信じている。

事実、そうなのだ。

加藤清正は、関東の気もちを怒らせまいとして、家康の下命にしたがって、いつも遠い九州から出て来ては城つくりや城直しの手つだいをしたり、正妻がいるのに、家康からたのまれ、その養女をもう一人の正妻として迎えたりしているのだ。

それを大坂方では、

「関東にこびへつらう肥後どの」

とか、

「むかしの武名が泣いておるわ」

とか、きくにたえぬことをいう。

淀の方に至っては、

「肥後どのがまいっても、右府さま（秀頼）へお会わせしてはならぬ」

と、侍臣たちに厳命を下している。

だから、近年の清正は、大坂城へ出向いて秀頼にあいさつをしても、それは侍臣を通じてのことが多いのだ。

ともあれ……。

高台院は、感情の起伏のはげしい淀の方の、

（女にあるまじき……）

政治向きへの介入を、いまは憎んでいる。

憎んではいるが、清正のような相手でなくては、その憎しみの匂いさえもあらわしたことがない。

後世にも、大坂と関東のあらそいには、高台院と淀の方の、女と女のあらそいが潜在している、などと評されるほどだから、当時も、淀の方という側妾が後つぎの秀頼を生み、正夫人の高台院には子が生まれなかったという一事だけをもってしても、誤解をうけやすかったのである。

故・秀吉の女好きは、手のつけられぬもので、側妾といったら、おびただしい数にのぼる。

高台院が淀の方へかけている憎しみは、秀吉を中にした女の嫉妬ではなかった。

「のう、虎どのよ」

またも、たまりかねたように高台院がいいかけたとき、彼方の畳廊下へ人影がさした。

井坂孫左衛門である。

「肥後さまへ申しあげまする」

「うむ？」

「ただいま、鎌田兵四郎殿が裏手よりまいられましてござりまするが……」

「お……」

うなずいた加藤清正が、

「供の者も、共に御庭へ通して下され」

と、いった。

「御庭へ？」

井坂も、不審げに、

「かまいませぬので？」

「よろしい。さ、すぐさま」

「心得まいた」

井坂が去って、高台院が、

「何事……？」

「いえ、いささか、顔をお見知りおきねがいたき者のござりまして」

そのとき、奥庭へ、鎌田兵四郎が小腰をかがめつつ入って来た。

そのうしろに、つきしたがっているのは先刻の小者である。

肩の荷物はどこかへおろしてきたらしいが、まだ笠を外していない。

上段の間から、これを見た高台院が怪訝《けげん》そうな面持となった。

鎌田が庭先へ両手をつき、高台院へ頭をたれた。

「兵四郎か。今日はまた何故に、そのようなところから……」

と、高台院が声をかけるのへ、

「しばらく」

加藤清正が一礼し、

「ごめん下されましょう」

するすると、高台院の間近まで接近し、

「あれに、笠をかぶった男がおりまする」

高台院は、不審げにうなずく。

男は、まだ笠をとらぬまま、平伏をしているのであった。

「あれなる男を、私めが使者に立てることもありましょうか、と存じまする」

「主計頭どの……？」

「先にも申しあげましたるごとく、明年は、国もとの城も出来上り、それにつづいて、いろいろと領内をととのえねばなりませぬ」

と、清正がいったのは、熊本城完成の後に、領内の土木工事をすすめ、領主も領民もちからを合せ、

「肥後の国を住みよい国にしたい」

という、かねてからの念願を、清正は実行にうつすつもりなのだ。

このことは、前々から高台院にもつたえてある。

「もしやすると……」

清正は、いいよどんだ。

来年一杯で、いま自分が計画している土木工事が完成するわけはない。

おそらく明後年一杯は熊本にいて、清正みずからが陣頭に立ち、工事の指揮にあたらねばなるまい。

そのようなことは飯田覚兵衛や森本儀太夫にまかせておけばよさそうなものだが、そうでない。

なぜ、領主たる加藤清正自身が土まみれになって、工事の指揮にあたらねばならぬのか……。

それは、これからの清正自身の行動によって、判然とすることであろう。

「もしも……」

清正がいいさして、凝と高台院を見た。

清正の両眼が、深い水底のような色をたたえ、胸のうちのおもいを、その双眸にこめて、言外の意味を語りかけているようだ。

必然、高台院の表情も引きしまってくる。

「もしも……」

またも加藤清正が低い声で、ささやくがごとくに、いった。

「もしも、何やら急なることの起りましたるとき、かの男に、何事もお申しつけ下されまするよう。また、私めより急ぎ、お知らせ申すことのあれば、その折もあの男をつかわしますゆえ……」

「すりゃ……」

と、高台院が瞠目し、

「かの男は、肥後と京とを何度も往復するといやるのか？」

「それはさておき……」

清正は話題を転じ、

「いま、笠をとらせまするゆえ、よくよく、かの男の面体《めんてい》をごらんあそばされまいて、よっく、お見おぼえ下さりまするよう」

といい、鎌田兵四郎へうなずいて見せた。

鎌田が、こちらへ背を向けて立ちあがり、あたりへ眼をくばりはじめる。

（あの男、隠密の者にちがいない）

高台院も、さすがに気づいた。

しかし、加藤清正は、かつてこのような所業《まね》をしたことのない人物である。

それだけに高台院は、

（これから何やら、おそろしいことが起きるということなのであろうか……）

不安に、胸がさわいだ。

秋の午後の陽ざしが、やや、かたむきかけているが、庭先にひれ伏している男が顔を上げれば、上段の間にいる高台院に、はっきりとその顔貌をさらすことになる。

加藤清正が白扇をとって、ぽんと畳を打った。

男が、す早く笠の緒を外し、ゆっくりとあたまを上げて行きながら、笠をぬぎ、真正面から高台院を見上げた。

凜々《りり》しげな、そして、いかにも快活そうな生気にみちている若者である。

丹波大介であった。

大介は、この慶長十一年で三十一歳になったはずだが、高台院は、

(二十五、六にもなろうか……?)

そう感じたほどである。

高台院にとっては、若き日の清正……加藤虎之助をさえ想わせるほどに、今日の大介は若々しく、たくましげに見える。

高台院は、瞬きもせず、大介の顔を見まもった。

大介が、にっこりと笑って見せた。

人なつかしげな微笑である。

その微笑にさそわれ、おもわず高台院も微笑をうかべ、

「うむ……」

わずかに、うなずいて見せた。

「お見おぼえ、下されまいたか？」

と、清正。

「おぼえました」

高台院がこたえた瞬間、眼にもとまらぬ速さで大介が、またも笠をかぶり、平伏をした。

「忍びの者か？」

高台院の問いに、加藤清正はかぶりをふって、

「わが家来にござります」

と、いったものである。

さらに清正は、

「場合によりましては……かの男が夜中ひそかに、御寝所へ入り、私めの書状を持参いたすようなことも、ないとは申されませぬが……いかがにござりましょうや？」

と、ささやく。

高台院の胸は、尚もさわいだ。

「そのためにもとおもい、かくは、ひそかに御目通りいたさせまいたので……」

「わかりました」

「このことはいっさい、御他言あそばされませぬよう」

「心得た」

「かたじけのうござります」

「主計《かずえ》どの……」

「はい？」

「そこもとは、なにゆえ、このようなことを……」

「申しますまい、おきき下されますな！」

「なんと……？」

「このことは、高台院さまも虎之助同様、おこころにおかけあそばしておらるることにて……」

「え……？」

「何事も、これよりは、この日本の諸国に戦さわぎなど、起してはなるまい、と申すことでござります」

「それは、まさに……」

「もしも……」

と、清正の眼にちからがこもり、

「もしも、戦さの起らむとおもうとき、戦さのなきようにいたさねばなりませぬし……また、戦さなど起らぬとおもうときは、尚更に、戦さなきことを世に知らしめ、みずからもそのためにはたらかねばなりますまい」

「そのとおりじゃ、主計頭どの」

「かの男も、それがためにはたらきくれまする」

これ以上に、高台院もくだくだと問いかけるわけにはゆかぬ。

信頼しきっている加藤清正に、

(なにごとも、まかせておけばよい)

と、おもいきわめた。

「それで……あの男の名は？」

名前だけは、きいておかねばなるまい。

だが、清正はうすく笑って、

「名のることもいりませぬ」

「なれど……？」

「顔のみをお見おぼえ下さいますなら、それでじゅうぶんかと……」

「さようか……」

「もしも、私めに急ぎの御用のありまするときは、伏見屋敷におりまする鎌田兵四郎をおよびつけ下さいますよう。さすれば、すぐにもあの男の耳へ入りまするゆえ……」

高台院が大きくうなずいたのを見て、清正が、鎌田と大介へ合図をした。

二人は一礼をし、立ちあがって奥庭を去った。

いや、去りかけたそのとき、一瞬、丹波大介の足がとまった。

笠の内の大介の眼が、するどく奥庭の一角に向けられている。

大介が立ちどまったのも、五を数えるほどわずかな間で、すぐに彼の足は〝かまたさま〟について歩み出している。

二人は、庭の南面の一隅にかけわたされた橋廊下の下をくぐって去った。

橋廊下の向うは、左手が内露路の中にある浴堂や料理の間へ……右手が玄関口の側面への通路となっている。

城や大名屋敷とはちがい、現在の高台院は世を捨てて仏門に入ったのと同様なので、警備の人数もほとんどいない。

通路から、書院に面したひろい庭へ出た。

庭の南側が垣根になってい、そのうしろの木立の中を歩みつつ、鎌田兵四郎が、

「これより、いかがする？」

と、大介に問うた。

大介が、また笠をかぶりながら、

「さて……」

しばらく沈黙し、やがて、

「この御屋敷も、ゆだんはなりますまい」

ささやいた。

「なに？」

鎌田が、

「なんのことじゃ？」

「声が高うござる」

「む……」

「ここにまで、どこかの忍びの者が入りこんでおります」

「なんと……？」

「高台院さまと肥後さまとの御語らいを、ぬすみぎいていたものがござる」

「なんと……」

「そのことのみを肥後さまへおつたえ下されますよう」

「む……心得た」

「私も、お供して外へ……」

「出るか？」

「はい」

「で……？」

「後のことは、おまかせ下さい」

「よし」

「このことは、肥後さまとあなたさまのお二人のみが、お心得おき下さればよろしいのでござる」

「相わかった」

「杉谷のお婆は、伏見屋敷にて相つとめおりますか？」

「うむ。さすがじゃ。奥向きの老女になりきっておるぞよ」

「さようで……」

「殿さまは、千代どの（杉谷の婆）を熊本へつれて行きたい、かようにおおせあるのだが……」

千代の本体を知らぬ加藤清正は、すっかり杉谷のお婆が気に入ってしまったようなのである。

「なれど、鎌田さま。あの一世という女中は、熊本へ……？」

「いや、江戸屋敷からつれてまいった女中たちは、みな伏見の屋敷へとどめておくことになった」

「では、千代どのも、伏見へとどめおき下さい」

探　索

この日の夜……。

丹波大介が、近江の国・甲賀、杉谷の里へあらわれている。

京都から約十四里。五十キロメートルに近い道のりを、大介は二刻(四時間)で走破した。

杉谷の里の堂山にある杉谷屋敷には、いま、島の道半老人と孫の小平太が留守居をしている。

というよりも……。

いまの杉谷屋敷は、大介たちの〝隠れ家〟の一つとなっているのだ。

堀をめぐらした杉谷屋敷の門も塀も打ちこわされ、その中の木と草が密生した一角に、杉谷のお婆の家がある。

だが大介は、正面から杉谷屋敷へはふみこまない。

屋敷の堀をすぎ、堂山の東がわの密林へ入った。

ふかい密林である。

山の獣たちが通るのみで、甲賀の人たちでさえ、この森の中へは入っては来ぬし、また入る用もない。

星も月もない暗夜であった。

森の中をすすむ大介の姿が、突然、地に呑みこまれた。

転瞬……。

大介は、地中にいる。

これが、杉谷のお婆の〝かくれ道〟であった。

森の中に、土と板と石をもって巧妙につくられた出入口へ入り、中からふたをすると、日中に、その傍を通っても見わけがつかぬ。

中に〝ぬけ穴〟が通じている。

これも石と木材によって通路が固められ、お婆の家の床下へ通じているのだ。

ぬけ穴の中を大介は這うようにしてすすむ。

腰と腕と脚をつかい、蛇のようにうねりながら、おそるべき速度ですすむ。

お婆の家の炉が切ってある板じきの間の次の間……すなわち島の道半老人がねむっている部屋の床下へ到達した大介が、ぬけ穴の中から床を叩くと、

「たれじゃな？」

道半老人の声が、頭上できこえた。

「道半どの。おれじゃ」

「あ……大介どのか。わしはまた、お婆がもどられたのかとおもうた」

と、道半老人がいうところを見ると、伏見の肥後屋敷に老女として奉公している杉谷のお婆も、とき折には、伏見からここまで十七里の道を走りぬけて、ひそかにあらわれることがあるらしい。

床板が上から開き、道半老人の小さな顔がのぞいて、

「お……」

「ごめん」

大介が部屋の中へ躍りあがった。

「小平太は？」

「炉端で、ようねむっておるわえ」

「しばらくでござった」

「はい、はい。大介どのも、お変りがないらしいのう」

小平太を起さぬため、大介と道半は、例の読唇の術をもって会話をはじめた。

「実はな、道半どの……」

「ふむ？」

「本日、高台院さまへお目にかかった」

「ほほう」

大介は、つぶさに今日のことを物語った。

これから九州の領国へ帰る加藤清正は、事態がむずかしくなってきつつあることをはっきりと知ったらしく、

「なによりも、これからの世に戦さ騒ぎをおこしてはならぬ。そのためには、豊臣と徳川との間が、なごやかに、うまくはこんでもらわなくては……」

そのことのみを考えつづけているらしい。

それには、故太閤夫人であり、徳川家康の庇護をうけている高台院と、清正みずからが両者の間に立って、うまく事をはこばねばならぬ。

清正も高台院も、

「これ以上、大坂が関東（家康）のきげんを損ずれば、かならず関東もだまってはいまい」

と、見きわめをつけている。

それだけに、いま一年以上の歳月を九州にすごすことを、加藤清正はこころもとなくおもっている。

だからといって、完成間近い熊本城の最後の仕上げには、ぜひにも領主たる清正自身が、指揮をとらねばならぬのである。

ぜひにもであった。

この仕上げの工程において、清正がぜひにもしておかねばならぬことがあるのだ。

それは、なにか……?

それは、清正ひとりの胸にたたみこまれている。

清正はこのことを老臣の飯田覚兵衛や森本儀太夫にも語ってはいないし、高台院へも、もちろん打ち明けてはいない。

鎌田兵四郎にも洩らしてはいないから、必然、大介の耳へも入ってはいない。

それは、熊本城へ〝眼〟を入れることであった。

その〝眼〟とはなにか……？

熊本城の工事に、もっともたいせつな設計を実現化することなのである。

だから、清正は、これからの一年余を何としても熊本にいて築城工事の指揮に当らねばならぬ。

しかし、こころもとない。

自分の声が、そのまま、しっかりと、しかも早く、高台院の耳へとどき、高台院のこころの中が熊本にいてもつかめるようにしたい。

それには、信頼がおけて、しかも九州・京都間を短時日往復する密使が必要になってくる。

「これはひとつ丹波大介にやってもらおう」

ついに、加藤清正は決意をした。

そこで、今日の高台院訪問となったわけである。

大介が後から笠をかぶり〝かまたさま〟と共にあらわれたのも、大介の思案によるものであった。

熊本・京都間を往復する密使をなにも丹波大介自身がつとめるわけではない。

大介は、密使の役目を、道半の孫・小平太につとめさせるつもりであった。

「よかろう」

道半がうなずいた。

「それほどのことなれば、小平太にて大丈夫じゃ」

炉端へ立って行こうとする道半へ、大介が、

「しばらく……」

「いや、小平太をゆり起して、このことをおぬしからつたえて下されたがよい」

「その前に……」

「え……？」

「いささか、老人へ語っておきたいことがござる。ま、ここへおすわり下さい」

「いったい、なんのことじゃ」

「今日、高台院さまへお目にかかり、鎌田さまと共に奥庭から出て行きかけたとき……」

「ふむ?」

「ふっと、気づきまいた」

「なにを、な?」

「奥庭の東の方に椎の木が一つ、ござる」

「なるほど」

「そのまわりは、姫黄楊《ひめつげ》の植込みで、うしろは塩部屋のようでした」

〃塩部屋〃というのは、一種の納屋のようなもので、不用器物などがしまいこまれている。

その塩部屋の外面が、高台院の居間に面した奥庭の東がわに当っているのだ。

塩部屋の外面は白壁で、裾が石組みになっていた。

大介が奥庭を出かけて、一瞬、はっと足をとめたのは、塩部屋の外壁と石組みの境のところ一ヵ所が黒く口を開けているのを発見したからであった。

「なんと……?」

きいて道半老人が、ひざをのり出したのへ、

「しかも、私が見たとき、その黒い口が、すっと閉じられ、もとの白壁になってしもうたのでござる」

「ふうむ……」

黒い口といっても、およそ目立たぬもので、そばへ寄って見たとしても手の平の半分

ほどの小さなものであったろうが、

(おや……?)

と、そこは忍びの丹波大介、

(あの黒いところは何だろう。外壁に、あのようなものが……?)

一瞬、ふしぎにおもって足をとめたのと同時に、なんと、その黒い穴がすっと白い壁になってしまったのだ。

これは、その穴の向うにだれか人がいて、高台院の居間をのぞき見ていた、ということになる。

「ふうむ……」

島の道半はうなり声を発し、

「大介どのが気づいたことを、相手も知っておろうかの」

「さて……」

大介は瞑目《めいもく》をした。

いま一度、今日のあのときの状況をおもい起しているらしい。

あのとき、大介は塗笠をま深にかぶっていたから、塩部屋のどこかに潜んでいた者から顔を見られたわけではない。

笠をぬぎ、高台院へ顔を見せたときも、あの黒い穴からでは大介の顔を見ることはできぬ。

しかし、見るからに荷物担ぎの小者といった風体の大介が、奥庭まで塗笠のまま入って来て、さらに、その笠をぬぎ、その顔を高台院が凝視したことは、かくしようもないことであった。

もしも塩部屋の曲者《くせもの》が敵の忍びであったなら、かならずや大介を、あやしむにちがいあるまい。

その大介が、また笠をかぶり、奥庭を出て行くとき、ふっと足をとめた。

曲者は、それと気づき、あわてて穴の口を閉めた……そう見てもよい。

だが、

（おれが眼を向けるのと同時に、穴が閉まったよう、にもおもえる）

のである。

そこが微妙なところだ。

そうだとしたら、大介と〝かまたさま〟が奥庭を去りかけたのを見て、曲者は、いったん穴を閉ざしたことになり、大介の視線には気がつかなかったことになる。

「なれど、大介どのよ……」

と、道半老人が、

「おぬしたちが去った後にも、まだ肥後さまは御居間に残られたのであろう？」

「いかにも」

「と、なれば……こりゃ、おかしい」

「おれたちが去った後も、高台院さまと肥後さまの御様子を見とどけるはずゆえ、穴の口を閉ざすことはない、と、いわれるのか?」

「いかさま」

「さ、そこだ、道半どの」

大介が立って、

「おれが、そのとき、ここに立っていたとすると、塩部屋の穴の口は、あのあたりに見えた。何しろ小さな穴でござる。その穴の口から、ここへ眼がとどきましょうか?」

「中で、鏡を使うていたのやも?」

「さて……」

相手が、忍びの者だとすると、どのような手段をもって、こちらを見まもっていたか、知れたものではないのだ。

「それゆえ、おれも、まだ高台院さま御館へは手をつけず、すぐに、ここへ走って来たのだ」

と、大介。

「これは……」

道半老人が、両眼に青白い光りをたたえ、

「よういならぬことじゃの」

「さよう」

高台寺も、それにつながる高台院の屋敷も、徳川家康が建ててくれたものである。

したがって、工事はいっさい、徳川家の士が指揮にあたり、大工の人足も、京都のものでは不足だというので、遠く、関東からよびよせたと、大介も道半も耳にしたことがある。

なればこそ徳川の手によって、高台院・屋敷内に、どのような秘密工事がなされたか、知れたものではないのだ。

もっとも、高台院そのものは、あくまでも、

(天下は、関東にまかせたがよい)

との意向である。

徳川家康も、だからあくまでも高台院をまもり、たすける態度をくずさぬ。

(わしは、これほどに……)

亡き太閤秀吉の未亡人のめんどうを見ているのだぞ、と、天下に知らしめるためにも、高台院は家康にとって、またとないたいせつな人であるはずだ。

となれば、かの塩部屋の〝見張り穴〟も、高台院そのものを見張るというより、高台院を訪問して来る人びとの言動を見張るためのもの、といってよい。

「どちらにせよ、当分は、ほうり捨てておくことじゃな」

と、道半がいった。

「やはり、な」

「高台院さまへ害がおよぶことはない、とわかっているのじゃから、あとは、こちらで気をつければよい」

「いちおう、鎌田兵四郎さまへのみ、それとなく、つたえておきまいたが……」

「それでよいじゃろ」

と、いってから道半老人が、

「ほい、しもうた」

「え……?」

「わしも、お婆も丹波大介どのを頭にいただく忍びじゃ。なにごとも大介どのが決めたらよい」

「また、そのようなことを……」

大介は苦笑した。

この春に……。

杉峠を下った山道で、大介と道半は、伊賀の女忍び・於万喜をふくめた六人の忍びを相手に闘った。

あのとき、只ひとり生き残った於万喜は、隙を見て杉峠へ向い、必死に逃げたが、木の枝を山猿のような早さでつたわりながら島の道半があらわれ、大介へ、

「女は、わしひとりで追う。場合によったら、あの女忍びの行先をつきとめて見しょう」

と、いいのこし、後を追って行ったものだ。

そこで大介が、杉谷屋敷跡のお婆の家へ来て、道半の帰りを待っていると、翌日の夜ふけに、

「しもうたわえ」

道半が苦笑をもらしつつ、帰って来た。

「杉峠をこえて……ほれ、おぬしがあの夜をあかした岩くずれのひどい場所、な……」

「ふむ」

「あのあたりで、雨と霧がひどくなってのう。あたりいちめんまっ白になり、一寸先も見えなくなってしもうた。いますこし、あの女忍びの傍についていたならばともかく、ああなっては、いかに忍びの眼といえども利かぬわえ」

ついに於万喜を見うしなったのであった。

夜の黒い闇には強い忍びの眼力も、山霧の白い闇には弱いのである。

「ともあれ……こうも人手が少のうては……」

と、島の道半がためいきをもらした。

まったく、いささかも気がゆるせぬ。

徳川方の間諜網は、六年前の関ヶ原戦争の前から完備しており、世を捨てて平和をねがう高台院の屋敷にまで、忍びの眼が光っているとすれば、大介たち数名の忍びが、いかにはたらいて見ても、手がつくしきれないのではないか……。

「よし……」

道半老人の小さな躰が、何やらの決意にぴくぴくとふるえた。

「わしが、探ってみよう」

「え……?」

「高台院さま御屋敷をじゃ」

「そうして下されるか?」

「わしのほうがよい。大介どのの顔は、相手に見られておるやも知れぬゆえ……」

「いかさま」

「ともあれ、相手の忍びの組織《しくみ》のうち、一つでも二つでもつきとめておかねば……いざというときに、こちらがうまく応じきれぬ」

舌うちをして、

「ああ、おのれ……あのとき、あの女忍びを見うしのうたのは、いかにも残念じゃ」

道半が、くやしげに、おのれのひざをたたいた。

「もし……」

炉端のほうから、小平太の声がした。

「おお、起きていたのか……」

「いま、目ざめました。そこにおられるのは丹波大介どのですね」

「孫よ。ここへまいれ」

小平太が、のっそりと入って来た。

「小平太。これからはいそがしくなるぞ」

と、大介が九州・京都間の密使の役目を、

「おぬしにきめた」

告げるや小平太が眼をかがやかせ、

「かならず、仕てのけます」

「たのむ」

そのとき、道半が大介へ、

「いまのうちに、甲斐の丹波へ、ひょいと行って来たらどうなのじゃ？」

「さて……」

「おぬしの足ならば、わけもないことではないか。女房どのに一夜、会うてきなされ」

大介は微笑した。

(それも、よいな)

と、おもう。

加藤清正は近いうちに熊本へ帰ることだし、天下の情勢もいまのところは、それほど逼迫《ひっぱく》をしていない。

(行くなら、いまのうちだ)

なのである。

丹波村の家に待っているはずの新妻のもよは、

（いったい、おれのことを、なんとおもっていることか……？）

まる一年半も、大介はもよの顔を見ていない。

向井佐助へたのんだ手紙を読んで、いちおうはもよも安心をしてくれたろうけれども、その後はまったくたよりの絶えた大介を、彼女は、どのようなおもいで待ちかねていることか……。

朝の光りが、甲賀・杉谷の里へ射しこんできたとき、大介・道半・小平太の三人の姿は、この家から消えていた。

京の町へ入る前に、

「では、ここで別れるぞよ」

道半老人が、どこかへ去った。

島の道半は、たった一人で高台院の屋敷へ潜入して、敵の忍びの本体を探ろうというのだ。

大介が小平太をともない、伏見の肥後屋敷内にいる鎌田兵四郎の長屋へ、煙のようにながれこんだのは、この日の夜ふけのことであった。

「あ……」

いつの間にか、まくらもとにすわりこんでいる大介に気づいて、〝かまたさま〟が、

「いつの間にやら……」

「申しわけもありませぬ」

「いやいや……いつもながらみごとなものじゃ。して、その若者は？」

「これは、杉谷忍びにて小平太と申す者にござります」

「ほう……」

「小平太が、熊本とこちらをつなぐ役目をいたします」

「さようか……」

すわり直した〃かまたさま〃が、小平太へあたまを下げて、

「よろしゅうたのむ」

と、いった。

小平太の面に血がのぼった。

一介の忍びが、雇い主の側から、こうしたあつかいをうけるなどとは、彼も、まったく考えてみなかったことにちがいない。去年、大介も、加藤家のこうした気風に、ひどく感動したものであった。

この夜は〃かまたさま〃へ、小平太の顔をおぼえてもらうことが目的であった。

「私は、数日の間、京をはなれます」

「大介。どこへまいるのじゃ？」

「いささか……」

はっきりとはいえぬ。

まさか、遠い甲斐の国へまで、妻の顔を見に行くともいえぬではないか。

「よし、よし」

すぐにうなずいて鎌田が、

「おぬしのなすことに、口を入れてはならぬ約束であったな」

「おそれ入りまする」

「それよりも……」

声をひそめて鎌田が、

「高台院さま御屋敷のことじゃが……」

「あ……そのことは、かたく口外なされぬよう、ねがいあげます」

「それはよいのじゃが……なにやら、こころもとなくなってのう」

「高台院さまに害がおよぶことは、先ず、ございますまい。むしろ、敵の忍びが見張っていて、高台院さまや肥後さまの、まことのこころを、そのまま関東（家康）へ通じてくれたほうが、よろしいのではございませぬか。御二方とも、どこまでも戦さささわぎをおこしたくないという、おぼしめしなのですから……」

「なるほど……」

こちらが手不足ならば、

（むしろ、相手の忍びたちを……）

利用してくれよう、と、大介は肚《はら》をきめていたのである。

だからむしろ、高台院の中に関東の忍びの眼が光っているなら、その前で、加藤清正や高台院が、徳川家康に他意なきことをしめしてやったほうがよいのだ。関東の耳へとどくようにしたいことがあったときは、高台院屋敷を、こちらでも利用すべきなのである。

「なるほど、なるほど……」

と、鎌田兵四郎は何度もひざをたたいてうなずく。

「おわかりでございますか」

「わかる、わかる」

「なれば、このことを肥後さまへのみは打ちあけておいたほうが、よろしいか、と……」

「なれど、大介」

「はい」

「いったい、相手は、高台院さま御館のどこで見張っておるのじゃ」

「それを、いま、さぐっております」

「そ、そうか。ふむ……ふむ、ふむ……」

「あくまでも、相手にさとられぬようにさぐりとらねばなりませぬゆえ……」

「だれが、さぐっておる？」

「これなる小平太の祖父にござります」

「ほほう……大丈夫か？」

「先ず、私などよりはたしかなもので」

「ほほう……」

鎌田兵四郎は、昂奮してきたらしい。

「いや、なるほど。おぬしたち……いや、丹波大介来てくれて、まことによかった。殿さまも、おぬしをたよりにしておられるぞ」

「かたじけのうござります」

「さっそく明日、殿へ申しあげよう」

「このことは、くれぐれも、あなたさまと殿さまのお二人のみにて……」

「わかっておるとも」

「殿さまは、いつ、御帰国でござります？」

「十日ほど後のことじゃ」

「その前に一度、私がまいりまして、殿さまへお目通りを……」

「心得た」

「では、これにて」

「もどるか、もはや……」

「いずれ、くわしくお知らせにまいります」

「たのむ」

大介と小平太が、すっと退《さが》った。

と、おもう間もなく、廊下の闇に消えた。

衣ずれの音さえもおこらずに、消えていた。

鎌田兵四郎は、夢を見ているような気もちであった。

この長屋には、鎌田の家来や小者も住んでいる。

それらの者が、まったく気づかぬうちに、大介は入って来て、去る。

翌朝、長屋の戸じまりをしらべて見ても、みな、内側から戸じまりがしてあるのだ。

翌朝……。

鎌田兵四郎は、主の加藤清正に目通りをし、昨夜、丹波大介がやってきたことを告げ、高台院屋敷の件もひそかに報告をした。

「ふうむ……」

加藤清正は、かすかにうなって、

「よくも、見とどけたものじゃ」

「忍びの眼は、するどいものにござりますな」

「うむ……」

「まこと、ゆだんのならぬ世の中になったものでござります」

「いかにも……」

清正は深沈とした面持になり、

「こうなると、熊本もゆだんはならぬな」

「まさかに……」

「いや、そうでない」

関東の間諜網が遠い九州の地までのびているとは、鎌田兵四郎も考えて見ぬことであった。

「高台院さま御館にまで、関東の眼がひそかに光っているとなれば……わが領国とて、ゆだんはならぬ」

清正が屹《きっ》と、鎌田を見て、

「近うよれ」

「はっ……」

「大介は、千代をこちらへ残しておくがよい、と申したのだな」

「はい。千代どのは江戸よりつれてまいった侍女たちでござりますゆえ……もしも、千代どののみを熊本へおつれになりましては、家中のものが不審におもう、と、かように丹波大介は申しておりまいたが……」

うっかりと主人のことばにこたえてしまってから、

（あっ……）

鎌田兵四郎は愕然となった。

老女の千代……すなわち杉谷のお婆が、大介の忍びであることを、鎌田は一言も清正へもらしたことがない。

しかし、加藤清正はいま、千代を熊本へつれて行きたくなったらしい。それはつまり、この老女が忍びであると見ぬき、熊本の領国にまで関東の眼が光っているかいないか、を、さぐらせようとおもいついたことになる。

(殿は、知っておわしたのか……?)

これであった。

加藤清正が、うすく笑って、いかにも、自分は知っていたぞ……と、いうかのようにうなずいて見せた。

「ははっ……」

鎌田はひれ伏した。いままで、主人に嘘をついていたことになるからだ。

「よい、よい……あの老女、ただものではないと、おもうていた」

「おそれいりたてまつる」

「ともあれ、帰国の前に、大介がたずねてくれるとか……その折に、とくと談合いたそう」

丹波大介は、この日夜ふけに京都を発し、甲斐の丹波へ向った。

しかし、丹波の村には、すでにもよの姿はなかったのである。むろん、大介はそれを知らぬ。

危急

丹波大介が京都を発ってから、五日がすぎた。

京都から甲斐の丹波村まで、百六、七十里はあろうか。

常人ならば、急いでも往復に一ヵ月余はかかろう。

だが大介は、往復を十日ですますつもりだし、ことによれば二夜を、丹波村のもよの許ですごしてくるつもりなのだ。

京を発って五日目といえば、すでに大介は丹波村に走りついているはずであった。

ところがもよは、ちょうどそのころ、東海道をのぼり、尾張の国から美濃へ入り、岐阜の城下へ入っていたのである。

もよは、たまりかねていた。

夫の大介が京都からよこした手紙と土産の品は、たしか、

「佐助」

と、名のる男から受けとっている。

「大介さまは、大へんお元気でおられますゆえ、どうか安心を……かならず、おもどりになります」

と、その男はいい、すぐに帰って行った。

その手紙で、

「よんどころなき用事あるため、すぐにはもどれなくなった」

といい、

「おそくも半年たたぬうち、かならず帰る」

と、書いてよこしてきた。

その半年が、一年半も経過してしまった。

もよでなくとも、若い妻が居たたまれなくなるのは当然であったろう。

もよは、丹波村の猟師・源左のむすめである。

父親の源左は、

「大介さまのことじゃ。きっと、うそはつかぬゆえ、いつまでも待っていろ」

と、いうのだが、もよにとってはそれだけですむものではない。

大介の父・柏木甚十郎が、武田信玄につかえていた甲賀忍びだということを、丹波の村人の中で知っているものはいない。

けれども、

「もとは、どこかのりっぱな武士であった、にちがいない」

と、村びとたちは、うわさし合っていたものだ。

甚十郎が亡くなってのち、大介が甲賀へ去り、関ヶ原戦争に忍びばたらきをしたことも、村びとたちは知らぬ。

戦後……。

大介が、ふらりと丹波村へもどって来たとき、丹波村では、

「よう、もどって来なされた」

大よろこびで迎えてくれた。

亡父と共に暮していた小さな家も、そのままに残されてあったほどなのだ。

だから、いま、

「大介どのを、さがしに行きたい」

と、もよにいわれても、

「では、どこへさがしに行くつもりなのだ？」

源左には見当もつかぬ。

もよは、

（ああ……これでは、どれほど父《てて》にいうても、むだじゃ）

と、おもった。

大介が京見物に出かけたことは、たしからしい。

だからといって、

「京にいるわけはないぞや。何やら別に用事ができたのじゃわい」

と、父親はいう。

しかし、いつのことであったか、大介が、

「近江の国の佐和山の城下に近い村に、領造が住んでいた」

と、もよに語ったことがある。

領造は、丹波村の出身で、はるばると他国へ出てはたらくうち、佐和山領内の百姓・でんえもんに見込まれ、その娘のふさの聟《むこ》になったものである。

大介が、関ヶ原の折に忍びばたらきをしたとき、この領造と出会い、佐和山の彼の家にも泊ったし、領造の妻・ふさの引き合せで、美濃の笠神にいる百姓・茂兵衛の山小屋を〝隠れ家〟につかったこともある。

この笠神の木樵小屋を、今度も大介はつかうことにし、茂兵衛と再会をしたことは、すでにのべた。

といっても……。

いまのところ、笠神の小屋を隠れ家にはしていない。

なんといっても京や大坂に遠いことだし、

「いざというときの用意に……」

借りうけているまでのことである。

さて……。

もよは、

（もしやすると……大介どのは、領造どのの家へ立ちよったのではないか……？）

と、おもいついた。

（その、近江の佐和山というところは京にも近いそうな……そうじゃ。きっと、領造どののところへ行けば……）

大介の居どころも、わかるにちがいない。

そうおもうと、もよは、居てもたってもいられなくなった。

（行ってみよう……）

ついに、彼女は決意をした。

その当時にあって、十九歳の女が一人きりで旅をするなぞということは、危険きわまりないことであったが、

（行く。どうしても行く！）

だれにもいわず、もよは旅仕度をととのえ、ひそかに丹波村を出て行ったのである。

さいわいに、大介が残しておいたいくばくかの金もあったので、それを肌身につけ、もよは先ず、国境を武蔵の国へぬけ、江戸へ出た。

山ふかい中山道を木曾から美濃へぬけることは、女ひとりであぶないと感じたもので

あろう。

事実、どこにも危険は待っていた。

諸国をながれ歩いている牢人どもをはじめとして、旅をして歩いている男どもには、まったく気をゆるせぬ。

後年に、徳川家康の江戸幕府が、さらに、政治機構をととのえるにつれ、諸国をつなぐ街道にはきびしい監視の眼が光るようになって、女ひとりの旅なぞは、とうてい出来ぬことになったが、そのころは、まだまだ旅人は〝自由〟であった。

もよは、考えた。

(旅をしている女に見えぬほうがよい)

そこで、手づくりの籠を背負い、この中へ旅の荷物を入れ、素足にわら草履をはき、笠をかぶっただけの……いわば、どこの道、どこの村でも見かけるような百姓女の姿で旅をすることにしたのである。

それでも、あぶないおもいを何度かした。

人気もない道を歩いている女を見かければ、たちまちに乱暴な男が飛びかかってくる。

だが、もよはそのたびに切りぬけてきた。

もよは、山のむすめとして育った。

栗鼠《りす》や、熊までも、親しい友だちだったのである。

躰もしっかりしてい、足もつよい。

なまなかな男に追いかけられても、彼女が懸命に走ったら、つかまえられるものではないのだ。

岐阜城下をぬけたもよは、いま大垣をすぎ、関ヶ原の山峡へかかろうとしていた。

(山道はあぶない)

そこで垂井《たるい》の町外れの木立の中に一夜を明かすことにしたのである。

食事は、昼間のうちに、旅籠《はたご》やら茶店やらでととのえておく。代金をはらって米を買い、自分でこれを炊いてにぎりめしにし、翌朝のぶんまで背中の籠の中へ入れておく。道を問うときも、そのときにきき質しておくのである。

翌朝……。

すっかり空が明るくなってから、もよは垂井を出発し、関ヶ原の山峡へ入って行った。

関ヶ原で、いわゆる〝天下分け目〟の大戦がおこなわれたことは、さすがに丹波の山里へもきこえていた。

だが、夫の丹波大介が西軍の真田忍びとして、東軍の総大将・徳川家康の身辺にまで肉薄したことなど、いうまでもなく、もよは考えても見ない。

街道の両側に、山なみがせまってきはじめた。

垂井では、朝の陽ざしがみなぎっていたのに、山峡へ入るにつれて冷気がたちこめ、空を灰色の雲がおおいはじめた。だが、もよは少しもおどろかぬ。

山峡の空模様の変化には馴れつくしている。

「女だ……」

もよが去った後の街道へ、三人の男があらわれ、

「若いのう」

「このあたりの女か……」

「そうらしい」

するどい眼を見合せ、三人が、うなずき合った。

三人とも、旅の牢人である。

そのうちの一人は、鞘《さや》のはげた槍を持っている。

戦乱が絶えてのち、こうした牢人たちのはたらく場所が無くなり、彼らの生態はしだいに殺伐なものと変りつつあった。

山の中で女に乱暴をはたらくことなど、こうした牢人どもにとっては、一杯の茶をのむにひとしい。

山峡の彼方に、空がわずかにひろがりはじめた。

(あの空の下が……)

合戦のあった〝関ヶ原〟なのだろう、と、もよはおもった。

そのときである。

「おい、おい……」

うしろで、声がした。

ふり向いたもよの眼に、笠をかぶった二人の牢人の姿が飛びこんできた。

「待てよ、おい……」

両腕をさしのべつつ、牢人二人が駈け寄って来たので、もよは、必死に逃げた。

「おのれ！」

「待たぬか、これ……早い女だ」

走るもよの横合から、いきなり、何かが突き出された。

もう一人の牢人が先まわりをしてい、木立の蔭から槍を突き出し、もよの足をすくいあげたのである。

「あっ……」

もよは、悲鳴をあげた。

「引きずりこめい」

「木立の中がよいぞ」

うしろから飛びかかった二人の牢人がもよの手足を押えつけた。

「は、はなして下され……」

もがいたけれども、そこは牢人だけにちからが強い。

たちまちに、もよの躰が宙に浮きあがった。

もよの背にあった籠が草むらへ、ほうりこまれた。

「早くせい」

するにちがいない。この牢人どもは、何度も、このような所業をしてきている。

暗い木立の中で、もよは〝猿ぐつわ〟をかまされた。汗のにおいがする汚い布を口の中へ押しこまれたのだ。

「う、うう……」

もがくうちに、もよは、

（もう、だめだ……）

絶望に、気が遠くなった。

ふとい牢人の腕が、もよの胸へさしこまれ、別の牢人がもよのむき出しになった脚へひげだらけの顔を押しつけた。

「ぎゃっ……」

そのとき、絶叫がおこった。

にやにやと笑いながら、立って見ていたもう一人の牢人が叫んだのである。

ふり向いた二人の牢人が、

「あっ……」

「ど、どうした？」

おどろいて、もよの躰からはなれて立ちあがった。

「あ、う、うわ、わわ……」

その牢人は両手で顔を押えている。

顔が血まみれになっていた。

「どうした、おい……？」

「だ、だれか、見ている……」

あえぎつつ、牢人がいい、夢中で手をうごかしている。右の眼に突き立っている手裏剣のような鋭利な刃物をぬきとろうとしているのであった。

「だ、だれだっ！」

牢人二人が大刀を引きぬいて叫んだ。

「ふ、ふふ……」

木立のどこかで、女のふくみ笑いが、たしかにきこえた。

牢人たちは、ぎょっとなった。

「あっ、あっ、あっ、あ……」

眼に刃物を突き刺された牢人が、草の上をころげまわっていた。よほどに深く突きえぐられたものらしく、なかなかに引きぬけないのである。

もよは、横たわったままだ。完全に気をうしなっているらしい。

「で、出て来い！」

「な、何者じゃ？」

「女じゃ」

と、声がした。

「私も、そこのむすめのようにしてくれるかえ？」

声がなまめいている。

「うぬ！」

声がした木立の中へ、牢人が突進した。

「ふ、ふふ……」

まったく、ちがうところで女のふくみ笑いがきこえた。

「あっ！」

「おのれめが……」

「さ、いまひとつ、まいるぞ」

と、女の声が、

「うけて見たがよい」

その声が終るか終らぬかに、木立のどこからか、風を切って飛んできたものが、大刀をかまえている牢人の左眼へ音をたてて突き立った。

「うわァ……」

たまったものではない。

刀をほうり捨てて、その牢人が両ひざをがくりとついたほどの、すさまじい手裏剣の打ちこみであった。

「くそ!」

最後に残った牢人が刀を小脇にかまえ、手裏剣の飛んで来たあたりを目がけて走った。

「ここじゃ」

女の声が、別のところできこえた。

「あっ……」

ふり向いた牢人の前へ、音もなく疾《はし》って来た人影が身を沈めざまに、腰にあった牢人の脇差を抜きうばった。

「うぬ!」

あわてて飛び退り、その人影をめがけて、

「えい!」

猛然と打ちおろした牢人の刀が、土を、草を切った。

「ふ、ふふ……」

三間も向うに、女が立っている。

もよと同じような、このあたりの百姓らしい風体で、笠をかぶっている。

顔はよく見えない。

牢人は、呆気《あっけ》にとられていた。

このような百姓女がなすべき業ではない。

(な、何者か、こやつめ……)

向うで、二人の牢人が、まだ眼に突き立った刃物をぬけず、半狂乱のうめき声を発している。

「さ、どうする?」

百姓女が、脇差を右手にひっさげたままで、

「逃げるなら、早うお逃げ」

「く、くそ……」

「それとも……?」

牢人は、逃げなかった。

木々の向うに見える百姓女へ、じりじりとせまって行く。

女は、うごかぬ。

牢人は、注意ぶかく刀をかまえ、尚もせまった。

女は、すぐ眼の前にいる。

うなだれたように笠をかたむけ、刀をだらりと下げたままだ。

(こいつ、立ちすくんだな)

と、牢人はおもった。

(もう、こちらのものだ!)

と、感じ、そこで一歩ふみこんで大刀をふりかぶるや、

「たあっ！」

必殺の一刀を打ちこんだ。

転瞬……。

女の躰が宙に舞いあがった。

女の足が、牢人の頭を蹴って、背後へ飛びぬけたのである。

「うぬ！」

ふり向いた牢人の顔から、血がしぶいた。

「うわァ……」

鼻を切り落されたのだ。

次に、牢人の右腕が刀の柄《つか》をにぎったまま、切断されて飛んだ。

さらに左脚がひざの下から切りはらわれた。

百姓女の躰のうごきは魔物のように、おそろしかった。

これを見ていた牢人二人、

「に、逃げろ……」

眼に刃物を突き立てたまま、槍も捨て、這《は》うようにして街道の方向へ逃げて行くのを見て、

「こやつども、生かしておいては何をするか知れたものではない」

百姓女がいい、追いかけた。

とても逃げきれるものではなかった。

「あ、あっ、あ……」

「た、助けてくれ」

「うるさい！」

男の悲鳴が哀しげに、二度きこえた。

百姓女に刺殺された二人の牢人が、倒れ伏した。

「これでよい」

うなずいた女が、まだ気をうしなっているもよの傍へ来た。

「これ、これ……」

よびかけたが返事もない。

すると、百姓女は軽がるともよを抱き起し、背に負って、木立の中を奥へ奥へと歩き出している。

手を切られ、足を切られ、鼻を切り落された牢人も、かすかなうなり声をたてているのみで、もはや、もがき苦しむだけのちからもないらしかった。

もよが気づいたとき、彼女は、森の中の小さな草地に横たわっていた。

傍に、焚火が燃えている。

「あ……」

本能的にはね起きて逃げようとするもよの肩口が、やわらかくつかまれた。

「安心したがよい」

「あ……」

陽に灼《や》けた百姓女の顔が、もよの眼前にあった。

年齢は三十がらみにおもえる。

いかにも健康そうな百姓女そのものになりきっているが、この女、伊賀の女忍び・於万喜なのである。

「あぶないところだったね」

「あの……？」

「だいじょうぶ。あの乱暴な狼どもは、もう追いかけてはこない」

「お助け下されたので？」

「ま、そんなところ」

「あ、ありがとうございました」

「ことばのようすでは、このあたりのむすめとも、おもえぬが……？」

「はい」

「どこから、おいでだえ？」

「あの、甲斐の国から……」

「ま、そのように遠くから……」

「はい」

「一人でかえ？」

「はい」

「どこへおじゃる？」

「あの……近江の佐和山というところへ……」

「佐和山なら、ここから六里ほどじゃが……佐和山のどこへ行く？」

「佐和山の近くの村に住む、領造どのというお人をたずねて……」

「それなら、わけもないこと。私がそこまでつれて行ってあげよう」

「まことでござりますか？」

「ああ、よいとも」

「では……」

「ま、ゆるりとしたがよい。あの狼どものうちのだれかが、お前のひ腹を撲ったらしい。痛みはせぬかや？」

「え……すこし……」

「それ見や。ま。しばらくは火にあたたまり、やすんでからでよい」

「はい」

「私がついているからには、もう安心じゃ」

於万喜が、にっこりと笑って見せたので、もよもうれしげに笑い返した。

むろん、於万喜は、この女が丹波大介の妻だとは、おもっても見ない。

（それにしても、甲斐の国から、女ひとりで……とは、よほどの事情《わけ》があるにちがいない）

於万喜はいま、別に急いでいることもない。

もよを佐和山まで送ってやり、百姓・領造の家を見つけてやるほどのことなら、わけもないのだ。

於万喜は、ふところから何やら丸薬のようなものを出し、竹の水筒の水をわが口へふくんだ。

「さ、これをのみなされ」

いいつつ、於万喜が丸薬と水をふくんだ口を近づけ、半身を起したもよの肩を抱き、口うつしに丸薬をのませた。

「あ……」

もよは、おどろいた。

女からこのようなまねをされたのは、生まれてはじめてのことであった。

しっとりとやわらかい於万喜のくちびるの感触が、もよのくちびるへ異常な戦慄《せんりつ》をつたえた。

「ふ、ふふ……」

於万喜がうすく笑い、

「可愛ゆい……」

つぶやいた。

もよの肩を抱いた於万喜の腕に、わずかにちからが加わった。

「いくつ？」

「十九、になります」

「可愛ゆいこと……」

と、また於万喜がいい、顔を近づけてきた。

もよは顔をそむけようとし、そむけ得られなかった。

凝とこちらを見つめてくる於万喜の眸《ひとみ》にこもっている、ふしぎなちからにひきこまれると、もよは身じろぎもできなくなってしまう。

なまあたたかい於万喜のくちびるが、またしても強く、もよのそれを吸った。

「ああ……」

もよが、放心したように於万喜の腕の中へもたれこんできた。

「よい、よい。しばらくは、こうしていなされ」

於万喜が、もよの耳へささやいた。

「ところで、お名は？」

「もよ、と申します」

「よい名じゃ。それで、どうしたわけあって、はるばる甲斐の国から出て来られたのじゃ？」

「あい……」

もよは、もう於万喜を信じきってしまったようだ。

それは、当然というべきであろう。

於万喜は、こころからもよを可愛らしくおもい、ちからになってやろうと考えていたのだから、そのおもいがつたわらぬはずはないのである。

「あの、夫をさがしにまいりました」

と、もよは素直にいった。

「あれ……」

於万喜は瞠目した。

於万喜ほどの女忍びでも、この、いかにも初々しく素朴な山のむすめが人妻であることを、看破できなかったと見える。

「夫《あるじ》どのがいるとは、おもわなんだ……」

「まあ……」

「ふうむ……それで、佐和山の領造どのというお人は？」

「はい。もとは私どもと同じ村のお人にて、ずっと前から村をはなれ、いまは佐和山へ……」

「ふむ。それで、お前の村というのは？」

「甲斐の、丹波村という山里でございます」

と、もよがこたえたとき、於万喜の眼が微《かす》かに光った。

於万喜は、丹波大介が甲斐の丹波村に住み暮していたことを知ってはいない。

しかし、大介の父が柏木甚十郎といい、もとは甲賀の山中俊房・配下の忍びであったことを於万喜ほどのものが知らぬわけはない。

柏木甚十郎の子なら〝柏木大介〟と名のるべきなのに〝丹波大介〟を名のっているわけだから、当然、その丹波の姓には何かの意味がふくまれているはずである。

日本の諸方に、丹波という地名がいくつかあるけれども、もよの口から、

「甲斐の丹波村」

と、きいたときの於万喜の脳裡にひらめいたのは、

（大介の亡父・柏木甚十郎は、むかし、甲斐の武田信玄につかえて忍びばたらきをしていた）

このことであった。

武田家がほろびてのち、柏木甚十郎が消息を絶った、ということは、甲賀ばかりではなく、伊賀の忍びたちもうわさにきいていた。

それほど、忍者・柏木甚十郎の名は忍びの世界にきこえていたものだったのである。

その甚十郎の遺子・大介が丹波大介と名のり、六年前の関ヶ原戦争の折に真田家の忍びとして活躍をし、徳川方のためにはたらく伊賀忍びと闘い、伊賀の平吾の兄・小虎を討ち取ったことは、すでにのべた。

また小虎は、於万喜の恋人でもあった。

だから、いま、於万喜の胸の中で、於万喜の問うままにこたえているもよは、

(亡き小虎どのの敵《かたき》の女房やも知れぬ……?)

のであった。

やがて……。

於万喜が、

「さ、そろそろ出かけようか」

と、もよをうながした。

「御恩は、決して忘れませぬ」

「なんの……」

笑ったが、於万喜は少し前までの彼女ではない。

(もしも、この女が大介の女房ならば……)

どうあつかったらよいか、と、それのみを考えている。

恋人の敵でもあり、現在も、どうやら大坂(豊臣方)の忍びをつとめているらしい丹波大介を討つため、もよを、どのように利用したらよいか……そのことを考えているのであった。

関ヶ原をぬけ、醒《さめ》ヶ井《い》の村へ入るまでに、於万喜は、巧妙にさそいのことばをかけ、もよの夫の顔かたちが、まぎれもなく、丹波大介であることをつきとめてしまった。

丹波村へ住みついたときの大介の父親というのも、

（どうやら、甲賀の柏木甚十郎らしい）

のである。

（なれど、この女は、大介が忍びだということを、まったく知らぬ）

らしい。

「お前は、足が達者じゃこと」

於万喜は、もよの健康な体力をほめた。

もよは、うれしそうである。

二人は、日暮までに、佐和山へ入った。

佐和山は、かつて石田三成の居城があったところである。

石田三成が佐和山城主として十八万石を領したのは天正十八年のことで、以来、三成は父・正継と共にすばらしい政治力を発揮し、佐和山の城と城下町をきずきあげ、つくりととのえた。

佐和山は、現・彦根市の東面に横たわる山で、その細長い山容の峰々にいくつもの曲《くる》輪《わ》がもうけられ、海抜二百三十二メートルの山頂（本丸）には五重の天守閣がそびえ立ち、

「空に雲が多いときは、天守閣の頂点が見えなかった」

ほどの偉容をほこっていたものだ。

だが、石田三成が西軍の総帥《そうすい》として関ヶ原の戦争にやぶれ、徳川家康に捕えられ、首をはねられたとき、佐和山も落城し、城郭は戦火に焼きつくされた。

戦後に、徳川家康は、譜代の臣・井伊直政をもって佐和山の城主とした。

井伊直政は佐和山へ移って来た翌年に病死してしまったが、

「居城を、佐和山ではなく、別のところへ新しくきずき直したい」といい、移築の場所をさがしているうちに亡くなったのである。

そこで、老臣たちが直政の遺志をうけつぎ、まだ幼少だった直政の子・直勝をまもりつつ、新しい城を近くの金亀《こんき》山へきずくことになった。

金亀山は、琵琶湖の入江と平地をへだてて、佐和山の西方約半里のところにのぞまれる丘陵である。

これが現在の彦根山で、於万喜ともよが佐和山の町へ入ったときは、山上に天守閣が完成して間もなくのときであった。

城下町も、佐和山から彦根山のすそへかけて、大きくひろがり、移りつつある。

町には活気がみなぎっていた。

ようやく〝殿さま〟の井伊直勝も、佐和山から彦根の新城へ引き移ったばかりであった。

佐和山の町に〝菜飯や〟をひらいている長次郎という老爺がいる。

この菜飯やは、町の入口、街道すじに面したところにあって、旅人に飯や酒、魚などを売り、なかなかに繁昌をしていた。

「さ、まず腹ごしらえをしてからのことじゃ」

と、於万喜が〝菜飯や〟へ、もよをつれこんだ。

冷たい夕闇があたりにただよいはじめている。

彦根城の工事は、まだつづけられていると見え、人夫たちが列をなして、街道を帰って来るのが見えた。いずれも、このあたりの百姓が動員されているらしい。

「おお、久しぶりじゃな」

菜飯やの主・長次郎が、入って来た於万喜へ声をかけた。

「お久しゅう」

と、於万喜がうけて、

「このひとに、何か食べさせてやって下され」

「よいとも。さ、奥がよかろ。こちらへおじゃれ」

街道に面したひろい土間では、城の工事場からもどった人足や大工たちがあふれかえり、にごり酒をのみ、魚を食べている。

土間の奥に小さな部屋があって、ここが長次郎の居室らしい。

三人の若者が酒をはこんだり、魚を焼いたりしてきびきびと立ちはたらいている。

「お城普請で、また大もうけやな」

と、於万喜が長次郎にいう。

「まあまあ、な……」

「けっこうなことや」

「まあまあ、な……」

熱い汁とめし。それに焼魚がはこばれて来て、於万喜も箸をつけた。

もよは朝から何も食べていないので、むさぼるように食べはじめている。

それを横眼でちらと見た於万喜の視線が、長次郎の眼へ移った。

長次郎のしょぼしょぼとした老眼が、於万喜の眼に何やらこたえたようだ。

「ま、ゆるりと食べていなされ」

於万喜が、もよに声をかけておいて、裏手へ出た。

長次郎が、その後へつづく。

もよは無心に箸をうごかしている。

裏の石井戸の前で、於万喜と長次郎のくちびるがうごきはじめた。

声のない会話だ。例の忍びがつかう、読唇の術によって二人は語り合っている。となれば、この菜飯や長次郎もどこかの忍者の一人、ということになる。

その通りであった。

もっとも長次郎は伊賀の忍びではない。甲賀の頭領・山中俊房につかえる忍びなのである。

「あの女は、丹波大介の女房じゃ。大介をさがしに、はるばる甲斐の丹波の里から……」

と、於万喜のくちびるが、今日の出来事を長次郎の眼へつたえる。

「あれが、大介の、か……」

「さよう」

「たしかにおるぞや、その領造という百姓は……」

「どこに？」

「新しい城がきずかれた彦根山の向うの……琵琶の湖《うみ》のほとりに長曾根という小さな村がある。そこに、たしか領造という百姓がいたわえ」

「そうか」

於万喜の眼が光った。

さすがに長次郎である。この老人が、佐和山城下で菜飯やの店を出したのは、もう十年も前のことだ。

まだ関ヶ原の戦争もなく、この町が石田三成の城下町であったころから、長次郎は佐和山に住み暮している。

というのは、甲賀の山中俊房はそのころから徳川家康のために忍びばたらきをしていたので、

（佐和山の城下にも、さぐりの眼をとどかせておかねばならぬ）

と、考え、忍びの基地（隠れ家）として、配下の長次郎をさしむけ、菜飯やの亭主と

して住みつかせたのである。

だから、以前は山中俊房の配下であった丹波大介の顔を、長次郎老人はよく見知っているし、大介もまた長次郎を知っている。

しかし、大介はのちに頭領・山中俊房にそむき、石田三成の西軍のために活動をした。

ゆえに、山中俊房にとっても、長次郎老人にとっても、丹波大介は、

「裏切り者」

なのであった。

「やはり、そうじゃったのか……大介めが、またもあらわれたらしいということを、わしもきいている」

と、長次郎が、

「於万喜どの。これはひとつ、わしにまかせてもらえぬかの？」

「どうなさる？」

「いうまでもない。甲賀の頭領さまへ申しあげ、あの女を捕える」

「捕えてどうする？」

「あの女は、大介の女房じゃ、というではないかや」

「いかにも」

「では、女房をおとりにし、大介をおびき出す」

「おびき出して、どうなさる？」

「いうまでもないわえ。甲賀を裏切った丹波大介、生かしておけぬ」

「そうか。それで私と気が合うた」

於万喜が、うなずいた。

どうやら、伊賀の忍者の一部のものたちと、甲賀の山中忍びたちは、徳川方のためにはたらくという意味で、協力して事にあたることもあるらしい。

「それにしても、大介の居どころがわからぬのでは……」

と、長次郎がくびをかしげた。

もよが箸を置き、白湯《さゆ》を飲んでいるとき、裏口から於万喜と長次郎がもどって来た。

土間では、まだ人足たちの酔った唄声がきこえている。

「いま、ここのあるじどのから、いろいろと、このあたりの町のうわさをきいた」

於万喜がいうと、もよは飛び立つように、

「すぐに、まいります」

「ま、待ちなされ」

「でも……」

「もう夜になる。ともあれ、私がひとりで、その領造どのとやらいうお人の家をさがしてみよう」

「では、いっしょに……」

「いや、ここにいたがよい。そのほうが安心ゆえ……それに、今夜のうちには、とても領造どのの家を見つけることもなるまい。私も夜ふけまでにはもどる。ここにいて旅のつかれをやすめていたがよい」

「そうじゃ。そうしなされ」

と、長次郎もしきりにすすめるので、もよも、

「では……」

於万喜のことばにしたがうことにした。

すぐに、於万喜は外へ出て行った。

於万喜が、菜飯やへもどって来たのは翌朝になってからである。

「おそかった……」

と、於万喜が嘆息をして見せた。

「えっ……?」

もよは、異変を感じ、青ざめた。

「もよどの。十日ほどおそかった」

「ど、どうして……?」

「十日ほど前に、領造どのは、家を引きはらい、どこぞへ出て行ったそうな」

「では……」

「この先の村にいたことを、ようやく、今朝になってつきとめ、これはよし、と、駈けつけて見たが、もう家の中にはだれもおらぬ」

「ここへは、もう帰って来ぬのでしょうか？」

「女房どのや子たちもつれ、荷物を牛車にひかせて出て行ったそうな」

「行先も、わかりませぬのか？」

「近くの村人たちにきいても、わからぬ」

「ああ……」

もよは、くずれ折れるようにして、泣き出した。

於万喜と長次郎が冷たい眼で、それを見下している。

だが、すぐに、於万喜が笑顔をつくり、

「心配せぬでもよい。私がついている。きっと、領造どのや、お前の夫《あるじ》の行方をさがしてあげよう」

いたわりをこめていい、そっと、もよの肩を抱いた。

そのころ……。

丹波大介は、甲斐・丹波村からひた走りに引き返して来つつあった。

丹波村へついた大介を待ちうけていたものは、妻のもよの失踪《しっそう》と、それを追って村を出たもよの父・源左の〝行方不明〟であった。

耳

その日の朝。

京都の四条・室町にある〝印判師・仁兵衛〟宅へ、一人の老人があらわれた。

頭巾をかぶり、白いあごひげをたらした六十がらみの、どこぞの商家の主とも見える。

ふっくらと人品のよい老人であった。

店先を、仁兵衛宅の若者が掃ききよめている。

この若者が、真田忍びの向井佐助であることはいうをまたぬ。

「ごめんなされ」

と、老人が佐助へ、

「印形《いんぎょう》をひとつ、たのみたいのじゃが……」

声をかけつつ、先に、店の中へ入って行った。

「はい、はい……」

こたえた佐助が、つづいて入って行くのへ、ふり向いた老人が、

「久しぶりだな、佐助」

と、若い声でいった。

佐助は、瞠目をした。

老人は、丹波大介なのである。

「いつもながら、おみごとな……」

「いやいや……それよりも、弥五兵衛どのは？」

声が消え、大介のくちびるのみがうごく。

例の読唇の術であった。

同じように声を消し、向井佐助が、

「いま、九度山へ……」

印判師・仁兵衛こと真田忍びの奥村弥五兵衛は、折しも紀州・九度山に押しこめられている旧主・真田父子のもとへ出かけてい、留守であった。

「さようか……」

「ま、ともあれおあがり下され」

「うむ……」

「先ず、先ず……」

「では、そうさせてもらおうか……」

大介が、店先へつづく奥の部屋へ上った。

佐助は、またも戸外へ出て、店の前の道の掃除をしながら、さり気なく、あたりへ眼をくばった。

いま丹波大介が、店の中へ入ったのを注視しているものはないようである。

大介の後をつけて来たものも、いないらしい。

佐助が店の中へもどり、通りに面した店先の仕事場へすわりこんだ。

そして、印判を彫りはじめる。

板戸一枚をへだてた向うにいる大介と、佐助はごく低い声で語り合いはじめた。

「何か、火急の用事でも？」

「それがな、佐助……」

「なんでござる」

「甲斐の丹波へ行ってまいった」

「それは、それは……」

「あれから、はじめてだ」

向井佐助は、一寸おどろいたようである。

去年から一度も、大介が丹波の里へ帰っていない、とは、おもってもみなかったらしい。

「もよが、おれをさがしに旅立ったらしい」

「え……」

「もよの父親がそれと知って、これもまた心配のあまり、丹波を出た」

「では一度も手紙を……？」

「つい、出しそびれてな」

「それは、心配するが当然でしょう、大介どの。あなたが忍びの者だということを、丹波の人びとは、知っていないのですから……」

「そうなのだ」

「困りましたな、それは……」

「実は、前に……関ヶ原の折に、おれがいろいろと世話になった……ほれ、幼な友だちの、丹波村からこちらへ出て来ている……」

「あ……佐和山の百姓、領造どの」

「よく、おぼえていたな」

「前に一度、あなたと共に、領造どのの家で一夜、泊ったことがありました」

「そうか……そうだったな」

「で……？」

「うむ。その領造のことは、もよにも語りきかせたことがある。同じ村のものゆえ、もよも、領造のことを知っている」

「はあ」

「もよは、領造のところへ、おれをたずねて行ったやも知れぬ……と、こう考え、すぐさま丹波村を出て、佐和山まで駈けもどり、領造の家をたずねて見ると……」

「どうなされた？」

「もよも、もよの父親も、まったく姿を見せぬ、と、領造がいうのだ」

「それは……」

「若い女のひとり旅が、どのようにあぶないものか……もよは知らぬ」

「困りましたな、それは……」

「佐助」

「は……？」

「おぬし、さいわいにもよの顔を知っている」

「はあ。こころにかけ、私もさがしてみましょう」

「たのむ」

「なんの……」

「いまのおれは、加藤清正さまにつかえる忍び。おぬしも弥五兵衛殿も真田の大殿のために忍びばたらきする身だ。それぞれに立場がちがうと、弥五兵衛殿からも念をおされているおれだが……こうなってみると、佐助。おぬしにもたのまねばならぬ」

「心得た」

「そちらの役目にさわりのないように、もよのことをおぼえておいてくれ」

「弥五兵衛殿にも、つたえておきましょう」

「たのむ」

「それはさておき……大介どの」

と、向井佐助がいいさしたとき、

「叱《し》っ……」

大介が、これを制した。

おもわず、佐助がふり向くと、板戸の蔭から丹波大介が変装の老顔をのぞかせた。

大介の両眼は、異様な光りをたたえていた。

（……？）

佐助が、息をのんだ。

大介が、しずかにかぶりをふって見せた。

（……？）

大介の右手のゆびが、下を指している。

部屋の下は、床である。

つまり……。

大介は、

（この家の床下に、だれかがひそみかくれていて、われら二人のはなしを盗み聞いてい

る)

と、佐助へしめしているのだ。

(まさか……?)

佐助は、おどろいた。

この家が、だれかに見張られているはずはない。

弥五兵衛と二人で、いつもいつも用心の上に用心をかさねてきているのである。

佐助の疑問の視線にこたえ、尚も大介はかぶりをふりつづける。

(うそではない)

と、いっているのだ。

大介と佐助は、眼と眼で語り合った。

佐助が、うなずいた。

そして、急に、声を出した。

「やれやれ、これで片がついた。さて、これからゆるりと酒でもくみましょうか……」

いいつつ、佐助は戸外へ眼をくばり、大介のいる部屋へ入って来て、後手に板戸をしめた。

大介が、凝《じっ》と、床を見まわしている。

「さかなは何にいたそう。さぞ、腹がへっておられような」

などと、しゃべりながら向井佐助は長押《なげし》と壁の間へ腕をさしのべた。

佐助が、かくしてあった手槍をつかみ出した。

これは尋常の手槍ではない。

忍びの者がつかう武器で、長さ一尺ほどの柄へ、さらに約四尺の鉄製の柄がはめこまれてい、その尖端がするどく研ぎすまされている。

小さく細いが、実に鋭利な武器であって、これなら投げ槍にしても、相当な効果を発揮するにちがいなかった。

大介が、

「酒よりも、ひとねむりさせてもらえぬかな」

いいつつ、ちらと佐助を見やり、人さしゆびで床の一点を指し、しめした。

「さようでござるか。では、すぐさま、仕度をいたそう」

丹波大介の声にこたえつつ、向井佐助が手槍を音もなくかまえた。

「ああ……ねむい、ねむい」

いいながら、大介がうなずいた。

佐助がうなずき返し、

「む！」

手槍を、大介が指した床の一点へ突き通した。

「う、うう……」

床下で、人のうなり声がきこえたとき、早くも佐助と大介が床板をはね上げている。

佐助が、異名の〝猿〟のごとき素早さで、床下へ飛びこむ。

同時に大介は、部屋を走りぬけ、裏手の戸を引き開け、戸外をうかがった。

いつの間にか、秋の雨がけむっていた。

裏手は細い路をへだてて、寺院の土塀がのびている。

戸の蔭から外を見つめている大介の眼は、この家の床下から外へ逃げて行く人影を見出さなかった。

と……。

「大介……大介どの……」

向井佐助の声が、しのびやかにきこえた。

大介は裏手の戸をしめ、部屋へもどった。

床下から佐助があらわれている。

佐助は、一人の男を床下から引きあげていた。

大介が手を貸した。

平凡な町人姿の男なのである。

大介にも、佐助にも見おぼえはなかった。

男は、すでに息絶えていた。

床下にかくれ、二人の声を盗み聞いていたこの男は、その気配を丹波大介に気づかれた。

そして、大介の指示によって佐助が突き入れた鉄の手槍を頭上にうけた。

致命的な重傷である。

それでも尚、彼は床下を這って逃げようとしたが、すぐに飛びこんで来た向井佐助に追いつかれ、

（とても、逃げきれぬ）

と、さとったのであろう。

男は、最後のちからをふりしぼり、ふところから引きぬいた短刀で、わが心ノ臓を一突きにして、自殺をとげたのであった。

佐助が、かすかにうなった。

大介が目顔で、

（この男を二階へ……）

と、いった。

中二階の部屋へ、男の死体をはこび、あらためて、その顔を見直したが、二人とも見おぼえはない。

いずれ、徳川方の忍びの者にちがいあるまい。

「伊賀の忍びらしい」

と、大介がつぶやいた。

「佐助……」

「はあ」

「おぬし、そ知らぬ顔で店先へ出て、印形を彫っていろ。おれが、床下をしらべて見る」

「では……」

佐助が、階下へ降りて行った。

そのあとで、大介は死体の男のふところをさぐって見た。なにも出て来ない。

大介は、死体を中二階の戸棚の中へかくした。

それから、ゆっくりと階下へ降りた。床下への口が、まだ開いている。

大介が、床下へ入った。

床下の土が浅く掘られている。

そこをつたわって行くと、ちょうど、この家の裏手へあたるところに、ぽっかりと穴が開いているではないか……。

人ひとりが、もぐれるほどの穴であった。そこへもぐりこむと、今度は〝横穴〟が掘られている。

(いつの間に、このようなことを……)

おどろきもしたが、敵に、これほどの細工をされながら、奥村弥五兵衛と向井佐助が、すこしも気づかなかったというのは、

(まさに、ゆだんだ)

と、おもわざるを得ない。

横穴を、大介は這ってすすむ。

横穴が突き当たった。

今度は頭上に穴がのびていて、足をかける板が二つほど、つけられていた。

大介は、のぼった。

頭上に、木のふたがある。

押した。

ふたがひらいた。

戸外の闇の中へ、大介はあたまを突き出していた。

草むらへ、大介がのぼりきった。

この草むらの穴から、印判師・仁兵衛の家の床下まで〝ぬけ穴〟が通じていたわけであった。

ところで、この草むらはどこか、というと……。

印判師の裏手の寺の、こんもりとした木立の中なのである。

敵は、寺の中から穴を掘り、土塀の下を印判師の家まで通じさせていたのである。

大介は、ふといためいきをもらした。他人事《ひとごと》ではないのである。

そのとき……。

印判師・仁兵衛のとなりに住む足袋や才六の家では、主の才六老人と、むすめの小たいまが食膳をかこみながら、くちびるをうごかし、声なき会話をかわしている。

忍びの読唇術であった。

この父娘が、甲賀の頭領・山中大和守俊房につかえる忍びの者であることは、すでにのべた。

「どうやら、失敗《しくじ》ったらしいのう」

足袋や才六が、むすめの小たまにいった。

「あい……」

小たまは、ゆっくりと箸をうごかしながら、隣家の気配に耳をすませ、

「殺されたらしい……」

「阿太蔵も気の毒なことをしたのう」

阿太蔵というのは――先程、印判師・仁兵衛の床下へ、ぬけ穴から忍びこみ、佐助の鉄槍に突き刺され、自殺をとげた忍びの者のことらしい。

「阿太蔵では、やはりむりだったよう……」

と、小たまがいまいましげに、

「私が忍んでみれば、よかったやも知れぬ」

「むすめよ。それはならぬ。もし万が一にも、お前が見つけられたとき、たとえ逃げ終《おお》せても……そうなれば、この足袋やの店をたたみ、どこぞへ姿をかくさねばなるまい」

「いいえ、父さま。私ならそれとさとられはせぬ」

「それにしても……」

と、足袋や才六こと、甲賀山中忍びの下田才六が、

「むすめよ……」

「あい？」

「阿太蔵が、となりの床下に忍び入ったということは……？」

「そのことじゃ、父さま……」

「印判師・仁兵衛——いや、奥村弥五兵衛はいま、九度山の真田父子のもとへ出かけ、まだ帰っては来ぬ」

「あの佐助という若者がひとりで留守をしていたところへ、きっと、だれかがたずねて来たにちがいありませぬ」

「ふうむ……だれじゃろ？」

「うっかりと見すごしてしまいました」

「と、すると……？」

「あい。弥五兵衛と佐助にならこれまでも、阿太蔵とて気づかれずに……」

「では、いま、となりに来た客に気づかれたというのか？」

「と見ても、よいかとおもいまする」

「だれが来ておるのじゃろ？」

「さて……同じ真田忍びのだれかが……？」

「あの床下のぬけ穴に気づくほどの男ゆえ、ゆだんはならぬ」

「はい」

大介も佐助も、なるべく音をたてぬように、床下の忍者を始末したのだが、なんといっても人ひとりを殺したのであるから、才六父娘ほどの忍びのものの耳へは、異常な気配がつたわったのも当然というべきであろう。

しかも、奥村弥五兵衛たちは、となりの足袋や父娘が甲賀の忍びであることに、まったく気づいてはいない。

「や……」

才六老人が、床に耳をつけ、

「もどって来たらしいぞよ」

と、いった。

小たまも床に伏せた。

このとき、丹波大介が裏手の寺院の木立の土中に掘られたぬけ穴から、ふたたび印判師の床下へ這いもどって来つつある。

ともあれ、床下から床下は筒ぬけになっている。

やろうとおもうなら、足袋やの床下からでも印判師の床下へもぐりこむことができるのだ。

しかし、あえてそれをしないのは、あくまでも足袋や才六父娘として、隣家を見張るのが役目であったからだろう。

「小たま」

と、才六の双眸《りょうめ》が妖《あや》しく光って、

「となりの客を、見のがしてはならぬぞよ」

「はい」

小たまがうなずき、すばやく身仕度にかかった。

小たまは、甲賀の〝墨ながし〟をふところにし、手裏剣〝飛苦無〟の入った革袋を帯にむすびつけ、その上から別の布を巻きしめ、草鞋《わらじ》も用意し、路用の金までも身につけた。

となりの客（丹波大介）が、印判師の家を出てから、どこへ行くか……。

場合によったら、遠いところへ旅立つやも知れぬ。そのときの用意を、小たまはしているのだ。

才六老人は、店先へ出て、表戸を下ろし、そこへ仕かけた〝のぞき穴〟から外を見張りはじめる。

となり客が表口から出て行くとすれば、才六の眼からのがれることはできぬ。

小たまは、裏手の戸の〝のぞき穴〟から、裏道を見張った。

隣家では、まったく音も気配も絶えている。

（ことによると、今夜は外へ出ぬやも知れぬ）

と、小たまはおもった。
早くも、夕暮れが近づいていた。
雨は、まだやまぬ。
にぎやかな室町通りにも、雨ふりの夕暮れには、ほとんど人気がない。
才六と小たまは、それぞれの〝持ち場〟からうごこうともせぬ。
「もし……もし、足袋やどの」
表戸をたたいて、人声がきこえた。
客らしい。
才六は、表戸を一枚へだてていながら、その声にこたえようともせぬ。
「もし、足袋やどの、おらぬのか……はて、留守らしい。仕方もないことじゃ」
足袋を買いに来たらしい客が、あきらめて遠去かって行った。
夕闇が、夜の闇に変りつつある。
そのとき……
表通りを見つめていた才六が、急に小たまへ走りよって、
「弥五兵衛が帰って来たぞよ」
と、ささやき、また元の位置へ音もたてずに駈けもどって行った。
小たまはうなずき、部屋へもどり、二つの燭台に灯をともした。
そして、表と裏との間にある戸をすべて開き、才六にゆびを出して見せた。

これからは、たがいの指のうごきで会話をしようというのだ。

指で語り合うことを、甲賀の忍びたちは、〝小法師語《こぼうしがた》り〟と名づけている。

つまり、手旗信号を指でおこなうのと同じようなものなのである。

片手でもやれる。

親ゆび一つを出して見せれば〝い〟になり、人さしゆびなら〝ろ〟になり、小ゆびと中ゆびを立てて見せれば〝む〟になるというぐあいである。こうした字の組合せを、おそるべき速さでやってのけ、たがいに語り合うことができる。これは読唇術が不可能な場合、たとえば相手のくちびるのうごきが見てとれぬ場合に使用する〝声なき会話術〟の一つであった。

小たまは、ふたたび、もとの持ち場へもどり、のぞき穴から裏道を見張りつつ、ときどきふり向いては父親の様子に気をつけた。

才六のゆびがうごいた。

「弥五兵衛は、同家の中へ入った」

と、ゆびが語っている。

小たまはうなずき、

「このぶんでは、客もしばらくは帰りますまい」

ゆびでこたえる。

才六が、うなずいて見せた。

隣家で、弥五兵衛を迎えた佐助の声がしている。

これは、主人の印判師・仁兵衛に対して徒弟の佐助がはなしかけているものだから、だれにきかれても怪しまれることはない。

と……。

急に、二人の声が途絶えた。

二人は読唇術による会話をかわしはじめたらしい。

才六が、ゆびを上げた。

「弥五兵衛が二階へあがったぞよ」

と、いうのだ。

こちらにも中二階がある。

あるけれども、上って見たところでむだなことは、父娘にもわかりきっている。

弥五兵衛たちが、その客と語り合うときは、かならず〝読唇の術〟をもちいるだろうから、盗み聞きをしてもむだにちがいない。

「それよりも……」

と、今度は小たまのゆびがうごきはじめる。

「父さま。もしも、となりの客が、二階から屋根づたいに出て行ったなら、……」

「そのことよ。わしもいま、それをおもうていた」

「そうなれば、こうして、表と裏を見張っていたとて、むだになりましょう」

「ああ……いま一人、助けがほしいのう」

「いまからでは、迎えに行くこともなりませぬ」

「さようさ……」

二人のどちらかが眼をはなしたときに、となりの客が出て行ってしまったらすべてはむだになる。

表か、裏か……または二階の窓から出て屋根づたいにか……。

それとも、今夜は印判師の家に泊り、明日の昼間、人の出入りにまぎれて去るつもりなのか……。

才六父娘も、じりじりしてきたようだ。

いっぽう印判師・仁兵衛宅では……。

紀州・九度山から帰った奥村弥五兵衛が、大介と佐助からすべてをきき、

「おもいもよらなんだ……」

さすがに、緊迫した顔の色になり、

「ここが、気づかれていたとは、な……」

ちらと、丹波大介を見やった。

(もしや、大介が後をつけられたのでは……)

と、一瞬はそうおもったらしいが、おもい直したようにくびをふった。

当然であろう。

大介は、一年半ぶりに、今朝あらわれたのである。

床下の〝ぬけ穴〟は十日や半月で掘られたものではない。

弥五兵衛と佐助のするどい眼と耳をかすめ、裏道の向うの寺の木立の中から、少しずつ地下を掘りすすめて、この家の床下へ通じさせたのであるから、二カ月ほどの日時を要したろうとおもわれる。

佐助が、

「実は、大介どのが……」

と、もよ失跡のことを告げたけれども、いまの奥村弥五兵衛にとっては、

(それどころではない)

のである。

(自分たちの真田忍びの、京における只ひとつの、この隠れ家が敵に見つけられていたということは……)

予断をゆるさぬ危急がせまっているわけであった。

九度山に謹慎している真田昌幸・幸村父子は、いますぐ、徳川家康へ対して害をおよぼそうというのではない。

また、二十名に足らぬ家来・小者にかしずかれている身の上で、いったい何ができよう。

徳川方の見張りもきびしく、弥五兵衛がひそかに九度山へ潜行するためにも、非常な

努力を要するほどだし、真田父子の一挙一動は徳川方の忍びの者により、あますところなく家康の耳へとどいているはずであった。

このまま、徳川の天下が安泰につづくかぎり、真田父子といえども逼塞《ひっそく》のまま、敗残の身をさびしく朽ち果てねばなるまい。

それなのに真田父子は、いまもわずかに残る、奥村弥五兵衛のような忍びの者をうごかし、天下の情勢に神経をくばっている。

これは、

（かならずや、いま一度、徳川家康と戦う機会《とき》が来るにちがいない!!）

と、おもえばこそなのであろう。

いうまでもなく、真田父子のみでは、どうにもならぬ。

〝信濃の戦鬼〟と世にうたわれた真田昌幸も、六十の老齢となっているし、第一、戦うべき兵力がないのである。

だから真田父子は、みずから兵をおこして家康に刃向おうというのではない。

家康に対抗すべき別の勢力が起ちあがったときこそ、真田父子はひそかに九度山を脱し、これに投ずる決意をかためていた。

その〝別の勢力〟とは、大坂城に在る豊臣秀頼を中心とするものである。

弥五兵衛たちがもたらす情報を綜合してみて、真田昌幸は、近ごろ、いよいよ、

（これは、かならず戦さが起ろう）

と、信じはじめてきているようだ。

関ヶ原大戦の後……。

西軍に加わり、敗残の身となって諸国へ散った武士たちばかりではなく、徳川の天下を、

「こころよくおもわぬ！」

浪人たちが、おびただしい数にのぼっていることはたしかだ。

その名には、むかし天下に名のきこえた武将も多い。

もしも、大坂の豊臣勢力が結集し、徳川家康と決戦をまじえることになれば、これらの浪人たちは槍をつかみ、武具をかつぎ、つぎつぎに大坂へ入城することであろう。

そうなれば、真田父子も九度山を脱出し、大坂へ駈けつけ、一方の将となって得意の軍略を縦横に駆使し、

「そうなれば……こちらのものじゃわえ」

と、真田昌幸は胸底にふかく、恐るべき自信を抱いているのだ。

まったく、真田父子ときたら、何をするか知れたものではない。

かつて……。

徳川家康は数倍の軍勢をもって、真田父子がたてこもる信州・上田の城へ攻めかけたことがある。

このときには、精強をほこる徳川軍が、ほとんど手も足も出ぬかたちで、真田軍にほ

んろうされ、大敗けに敗けた。

いまになって、家康は、

(もしも、あの関ヶ原の折に、真田父子が戦場にあらわれていたなら……)

そのことをおもうと、肌寒くさえなったと、いわれている。

真田父子はあのとき、上田城に家康の子・徳川秀忠の大軍を食いとめ、秀忠軍の関ヶ原参加を不可能ならしめた。

「わしがひとりで、あれだけの大軍を食いとめてやったのに、西軍は、なぜに家康に負けたのであろう」

真田昌幸は、西軍の大敗を知ったとき、慨嘆にたえず、

「いったい、西軍のやつどもは何をしていたのじゃ。戦場で居ねむりでもしておったのか……」

なさけなくて涙も出ぬ……といった顔つきになった。

真田がもし、一部隊をひきいて戦場へ出たときのおそろしさを、徳川家康は身にしみて知っている。

いま、九度山にわずかな家来につきそわれている真田父子なら、別におそろしくはないけれども、もしこれに手勢をあたえ、乱軍の中に対決するとなると、家康の首も安全だとはいえぬ。兵力の如何《いかん》によらず、であった。

この家康の不安は、後年にいたって適中することになるわけだが……。

このあたりで、はなしをもどしたい。

奥村弥五兵衛は夜に入るのを待って、みずから床下へもぐり、かの〝ぬけ穴〟をしらべて見た。

「ふうむ……」

めんみつにしらべあげて、部屋へもどった弥五兵衛は、向井佐助に、

「佐助。おぬしはどうおもうな？」

「この隠れ家を引きはらうより、仕方もありますまい」

「うむ……」

うなずきつつ、今度は丹波大介へ、

「おぬしは？」

「さよう。引きはらうのは、もっとも簡単なことだ。それよりも、いますこし、ここにいて様子を見たらどうだろう？」

「おぬし、そうおもうか？」

「敵は、いま、この家の二階に死んでいる男がいつまでも帰って来ぬとなれば……二度と床下のぬけ穴へ忍んでは来まい。われらに気づかれたとおもうてな」

「いかにも」

「だが、この家に眼をつけている以上……かならず、また探りをかけてこよう。このときこそ、敵の正体を……と、いうことを弥五兵衛どのがのぞむならばだが」

「うむ……」

「ともあれ、今日明日のうちに、ここを逃げることもあるまい」

「よし。大介の申す通りだ」

奥村弥五兵衛はうなずいたが、

「それよりも、二階の死体は、どういたそうかな」

「そのことだが……」

と、大介がひざをのり出し、

「何処かへ、そっとはこんで行き、土の中へ埋めこんでしまうのなら、わけもないこと。それよりも……むしろ、あの死体を、この店の前の通りへ打ちすてておいたらどうだ」

「なんと……」

弥五兵衛も佐助も、この大介のことばには瞠目した。

「明日の朝は、大さわぎになるぞ。ふ、ふふ……」

「笑いごとではないぞ、大介……」

「その死体を見て、敵がどううごいてくるか、だ。おそらく死体には手を出すまいが、そのかわり敵は、はっきりと、ここへ忍びこんだ味方の忍びが殺されたことを知る。しかも明日のうちにだ」

「なるほど」

「すれば、敵が何らかのかたちで、こちらへ仕かけてくるのも早くなろう。弥五兵衛どのが、それをのぞむならばだが……」

弥五兵衛は腕をこまぬき、沈思しはじめた。

そのとき、となりの〝足袋や〟では……。

小たまが、はっとしたように才六のところへ駈けより、

「父さま。うっかりとしていたが……もし、となりの客が、ぬけ穴づたいに出て行ったなら……？」

せわしげに、いったものである。

小たまの予感は適中したといってよい。

隣家では……。

丹波大介が、弥五兵衛と佐助に、

「今夜は、これで帰る」

と、いい出していた。

「行くのか……」

「うむ。ここにいつまでいると、かえって迷惑をかけることになるやも知れぬ」

「それは……」

「おぬしたちは真田忍び。おれは肥後さまの忍び。おのずから立場がちがうと申されたは、弥五兵衛殿ではないか」

「それは、そうだが……」

ときがときだけに、奥村弥五兵衛は心細げな顔つきとなった。

「なれど、おれに用事あるときは、遠慮なくいってくれぬか」

「うむ……」

「おれも、佐助にもよのことをたのんだ。こうしたときには、たがいに助け合おうではないか、弥五兵衛どの」

「よう、申してくれた」

「死体はどうする？」

「それは、いますこし、考えてみたい」

「では、これで……」

「大介。おぬしに用事あるときは？」

「お、忘れていた。伏見稲荷の社《やしろ》のうしろにある大師堂の柱へ、真田忍びの合図をしてくれればよい。あの稲荷へは、毎日かならず、おれでなくとも様子を見にゆく者がいるのだ」

「大介もようやく、独りではなくなったらしいな」

「うむ。なれど、とてもとても手が足りぬので困っている」

「どこの忍びをたのんだのじゃ？」

大介が微かに笑い、

「当てて見なされ」

「さて……やはり、甲賀か？」

「さあて……」

さすがの奥村弥五兵衛も、すでに消滅してしまった杉谷忍びの生き残り、於蝶婆と島の道半が大介の忍びばたらきへ参加しているとは、考えおよばなかったらしい。

「では、ごめん」

大介が立ちあがるのへ、

「どこから出ます？」

向井佐助がきいた。

「そうだな……よし。床下のぬけ穴から出て行こう。裏の寺の中の、ぬけ穴の出入口をふさいでおこうか？」

「いや、待て」

と、弥五兵衛が、

「そのままにしておいてくれい。今度はゆだんせぬ」

「わかり申した」

階下へ降りた大介を、佐助が送って来た。

「佐助。そのうちにゆるりと語ろう」

「待っています」

「気をつけてな」

「心得ました」

大介が、するりと床下へもぐった。

それと、ほとんど同時に……。

となりの足袋やの裏口から〝墨流し〟をまとった小たまが外へぬけ出していたのである。

父の才六が、

「たしかに、ぬけ穴から……」

出て行く可能性が大きいといい、

「こちらは、わし一人でやってみる。お前は、ぬけ穴を見張れ」

小たまに命じたのであった。

裏口を出た小たまの躰が、ふりけむる雨の幕を裂いて、ななめに跳躍した。

幅二間ほどの裏道の向うにある、寺の土塀へ飛びついたのだ。

雨の暗夜である。

あたりに、人の気配は、まったく絶えていた。

丹波大介は、そのとき、印判師の床下から、裏道の下のぬけ穴を音もなく這いすすみ、寺院の木立の下へ来ていた。

そこで立ちあがる。

穴のまわりは木材でかためられてい、頭上に、木へ銅板をはりつけたふたが仕掛けてある。
これを、ぬけ穴の中から外すと、外気がながれこんできた。
木立の中なのでほとんど雨を感じない。
足がかりをふみ、大介は穴の外へ出た。
ふたをしめ、土をかぶせる。
この寺は、廃寺同様らしく、老いた僧がひとりきりで住み暮しているそうな。
大介がぬけ穴の外へ姿をあらわしたとき、木立の外の土塀に貼りついていた小たまは、
(あ……)
そこは忍びの感覚で、木立の闇の中へ、突如、人の気配がにおいたったのを知った。
(やはり、ぬけ穴から出た……)
だが、出て来た男がとなりの客だと、きめこむわけにはまいらぬ。
弥五兵衛か、佐助かも知れぬのだ。
木立の中から、人の気配が消えた。
これは、あきらかに、
(どこぞの忍びじゃ)
と、小たまは感じた。
小たまは呼吸をととのえ、土塀の頂点からしずかに寺の内側へすべり降りた。
そして、そのまま、凝と土塀のすそへ屈《かが》みこむ。

やがて……。

木立の中に、また人の気配がした。これは、呼吸をつめてあたりの様子をうかがっていた者が、

(異状なし)

と見て、行動をおこしはじめたからであった。

小たまは、尚も呼吸をつめている。

尋常の人なら耐えきれぬ苦しさなのだが、そこは鍛練をつんだ忍びの〝整息術〟によってこれほどのことは何でもない。

雨が、小たまにさいわいしたらしい。

雨は人の体臭を消し、雨音は気配を消す。

木立の切れ目からあらわれた黒い影(丹波大介)が土塀ぎわの通路へ出たかとおもうと、手を地につけ、その反動でくるりと宙へ舞いあがり、土塀を飛びこえて外へ消えた。

一瞬の間をおいて……。

小たまも、土塀を躍りこえた。

そこは、足袋やと印判師の、となり合せた裏道である。

黒い影は、彼方へ走り去って行く。

おそるべき速さだ。

(なにものか……?)

小たまも必死である。
こうなると、今度は小たまに不利となった。
雨音が、黒い影のかすかな足音を消してしまう。
だからといって、あまり近くへは寄って行けない。
小たまは、すべての感覚を、わが耳へあつめて走った。
京の町は、雨の中に寝しずまっている。
雨が激しくなってきた。
黒い影は室町の通りを半里ほど南下し、左へまがった。
この地点は、おそらく現代の京都駅のあたりだったろう。
黒い影が、町すじを外れ、鴨川に沿う木立や畑の中の道を走り出した。
町中よりも、このほうが後をつけるものにとっては有利である。
雨の中では、忍びの視力も半減される。
小たまは、おもいきって接近してみた。
さいわいに、気づかれた様子もない。
黒い影は、少し速度を落して、すすむ。
やがて、鴨川をわたった。
小たまもつづく。
前方に、山がせまってきた。

稲荷山である。

（どこへ行くのか？）

黒い影は、伏見の稲荷社の大鳥居の前まで走ると、ふり向いて屈みこんだ。

鳥居前には、民家や茶やが押しならんでいる。茶やといっても後年のようなものではない。民家が経営していて、稲荷詣《もう》での人びとに湯や水を売ったり、餅を売ったりしているのだ。

その、道をへだてた民家と民家の細道へ、小たまは腹這いになって伏せている。

黒い影は、うずくまったまま、うごかぬ。

（気づかれたか……？）

小たまは、冷汗がわくのをおぼえた。

黒い影の動作、その気くばりなどから推して見て、

（あの忍びは、なみなみのものではない）

と、小たまには合点がゆく。

それだけに、おもいきった行動がとれない。

黒い影が、すっと稲荷社の境内へ消えた。

小たまが、足袋や才六の家へもどって来たのは、それから一刻（二時間）ほど後のことであった。

「父さま。伏見の稲荷の境内へ、となりの客は入って行きましたなれど……私は、よう、

入って行けませなんだ」

「なに……？」

「いささかの隙もない。もしやすると、後をつけたのを知って、わざと伏見稲荷までおびきよせたか、ともおもわれて……」

「ふうむ……お前ほどのものが、そういうのなら、よほどの手練者と見ゆる」

「顔だちまではわかりませなんだが……どうやら、あの男も墨流しをまとっていたようで……」

「なに……」

才六老人の顔色が緊迫した。

墨流しをまとうからには、甲賀の忍びと見てよい。

「なれど……甲賀のものが、なんで真田忍びのところへ？」

「小たま。甲賀者というても、いろいろあるわえ」

才六が、沈思しはじめた。

「で、父さま。こちらは？」

「うむ。どうやら阿太蔵の死体を、床下の土へ埋めこんだらしい」

「では……」

小たまがにっと笑った。

となりにいて、床下の死体を埋める気配をさとったのは、才六が忍びだからのことである。

弥五兵衛も佐助も、常人の耳には決してさとられぬように、死体を埋めこんだにちがいない。

ということは……。

弥五兵衛たちが、となりの足袋や才六父娘を〝忍びの者〟だとは、いまもおもっていないことになる。

それで、小たまは会心の微笑をうかべたのであった。

「それはさておき……むすめよ」

「あい」

「その、伏見稲荷の境内へ消えた男のことじゃが……」

「どうしたら、よいかえ?」

「明日。わしが出向いて見よう」

「父さまが?」

「もはや、稲荷の社にはおらぬやも知れぬが……なれど、そこで姿を消したというのなら、何やら手がかりがつかめるやも知れぬ」

「あい」

「お前が出てはあぶない。わしが行こう」

才六は、さらに、

「その男の年齢《とし》のころは？」

「ようは知れぬが……身のこなしの速さに、ちからがこもっていた」

「では、三十前後と見てよいか、な……」

「あい」

「ふうむ……そやつが甲賀の忍びだとするなら……だれであろ？」

「こころあたりは？」

「しかと、おもい出せぬ」

「私にも、わからぬ」

追求

翌朝……。

足袋や才六が、ひとりで家を出た。

雨はやみ、朝の大気が、急に冷え冷えとしてきたようである。

となりの印判師の戸を開け、仁兵衛の奥村弥五兵衛が道へ出て来た。

「や。仁兵衛どの。お早う」

「お、才六どのか……すっかり晴れましたな」

「いつ、おもどりで？」

「昨夜な」

「それは、それは……」

弥五兵衛は、九度山へ出かけて行くときなど、大和に住んでいる病気の老母を見舞うのだ、と近所の人びとにいってある。

「母ごのおかげんは、どうじゃな？」

「どうも、はっきりとせぬようで……」

「それは、いかぬな」

うなずいた才六は、

「ちょと出てまいるゆえ、たのみましたぞ」

にこにことという。

これも才六が外出をするとき、かならず弥五兵衛にたのむことばであった。

むすめの小たまがひとりで留守をしているから、よろしくたのむ、というわけだ。

才六は、そのまま、四条河原の方向へ去ったが……。

約二刻（四時間）ほど後に、伏見稲荷の境内へ、姿をあらわした。

だが……才六でありながら、才六ではなかった。

甲賀の才六は、品のよい老女に変装をしている。

まっ白な髪《かつら》といい、どこぞの富有な商家の隠居でもあるような服装《みなり》といい、杖をひき、供の男をひとりつれてなごやかに歩む態《さま》といい、どう見ても六十に近い老女であった。

丹波大介の女装も見事なものだが、この才六の演技術にくらべたら、いささか見劣りがする。

才六は、かるがると老女の発声で供の男に語りかけ、たのしげに笑い、平然と面をさらしているのだ。

あれから才六は、京の町に近い、どこか別の〝隠れ家〟へ立ち寄り、変装をし、同じ甲賀・山中忍びの者を供につれ、この伏見稲荷の境内へあらわれた、と見てよい。

供の男は、山中忍びの安四郎という者で、この男は二十年もの間、中国すじへ落ちついてい、その地方の大名たちの動静をさぐり、情報を送っていた者ゆえ、山中忍びの間にさえ、顔を見知られてはいない。

安四郎は、つい先ごろ呼びもどされ、頭領・山中俊房から、

「才六の下についてはたらくように」

との、指令をうけたのであった。

そして安四郎は、室町の才六の家から程近いところで、桶屋をいとなんでいる。

この男は四十をこえているし、忍びの者として敵と闘ったり、一日三、四十里を走破したりするような鍛練も体軀もありはせぬが、諸国に住みつき、さまざまの情報をさぐりとることについては豊富な経験者だったのである。

伏見稲荷の境内は、参詣《さんけい》の人びとでにぎわっていた。

ぬぐったような秋日和のためでもあろう。

才六は参詣をすませ、境内の中をゆっくりとひとまわりしてから、鳥居前の茶やの腰かけで休み、

「だんごでも、もらいましょうかの」

店の老爺に声をかけた。

その、焦げ目もほどよいだんごがはこばれてきた、そのときであった。

茶やの前の道の南の方を見やっていた才六の〝老女〟が、

「安四郎よ」

「は……？」

「あれを見よ」

「は……？」

「あれを見よ」

いいさして、顔を凝と正面の大鳥居へ向けたまま、才六が、

「あれに見ゆる、たくましい躰つきの四十男、な」

と、安四郎にささやく。

「は……」

ちらと、その男を眼に入れてから、

「あれが……？」

「あの男はの……」

いいかけたとき、その男がぐんぐんと鳥居前へ近づいて来たので、才六は口をつぐんだ。

四十男は、いかにも朴訥《ぼくとつ》そうな、無精ひげだらけの顔をくったくなさそうにして、鳥居をくぐり、稲荷社の境内へ入った。

その、うしろ姿を見やりつつ、

「あの男はの、甲賀、杉谷の忍びじゃわえ」

「杉谷忍び……」

「名を門兵衛というての」

「なれど、杉谷忍びは……あの、姉川の合戦の折に、ほとんど戦さ忍びに出て討死をした、と、ききおよびまいたが……」

「うむ、それはの……」

「それが、なぜに……？」

「生き残った杉谷忍びも、さよう、わしが知っているものだけで五名ほどはいよう。あの門兵衛のほかに、於蝶どのというてな。むかしは、このわしと共に忍びばたらきをしたこともある……」

いいさし、才六は、なつかしげに眼を細めた。

才六が、ずっと若いころには、山中忍びと杉谷忍びが、一つの仕事にちからを合せてはたらいたこともあったのだ。

むろん、杉谷の於蝶の名は、安四郎も知っていたが、

「まだ、生きてござったので？」

「ふむ。まだまだ元気らしい。たしか、まだ、杉谷屋敷の焼跡の小屋に住んでいるはずなれど……」

ここで、きらりと才六の眼が光った。

「なれど、あの門兵衛が、このあたりへ出て来ておるとなれば……杉谷のお婆とても……」

「才六さま」

「よし、行け。わしは、ここで待っていようわえ」

「心得まいた」

笠をかぶった安四郎は、ゆっくりとした足どりで、またも境内へ引き返して行く。

杉谷忍びの門兵衛が、伏見稲荷へあらわれたのは、こういうわけだ。

前夜。

奥村弥五兵衛宅を出た丹波大介は、伏見稲荷の境内へ泊っている。

小たまに後をつけられていたのを、大介は気づいていなかった。

あの強い雨の中を、小たまほどのすぐれた女忍びに後をつけられたのでは、大介でなくとも、たとえば島の道半にしても、気づきはしなかったろう。

去年の春。

丹波の里から京へ来て間もなく、大介は、粟栖野で伊賀の平吾たちに襲撃され、数名の忍びを殪し、山ごえに伏見稲荷へ出て、境内の本殿床下へもぐりこみ、一夜を明かしたことがあった。

以来、大介はしばしば、ここを利用している。

床下の敷石をはがし、その中に、身を横たえられるほどの穴をうがち、忍び道具や衣類なども常備してあった。

この穴の中へもぐり、敷石をふたにしてしまうと、たとえ、どこぞの忍びがあらわれても、わからぬようになっている。

こうして一夜を明かした大介が、今朝早く、門兵衛の家にあらわれた。

門兵衛はいま、伏見の町で〝指物師〟として暮している。

共に徒弟としてはたらいているのは、これも杉谷忍びの与七（二十八歳）であった。

これは大介の指令によるもので、今年の春ごろから、門兵衛と与七は伏見の町へうつり、一戸をかまえたのである。

これには鎌田兵四郎も、ひそかにちからを貸してくれた。

場所も肥後屋敷から近い。

これでようやく、大介と〝かまたさま〟との連絡場所もできたわけだし、何かにつけて、便利となったわけだ。

門兵衛は、指物師としてもよい腕をもっている。

これは、山中忍びの安四郎が桶屋として通用するのと同じことなのだ。

それだけに門兵衛も一日に何十里を走るほどの脚力はない。

だから、そうした忍びばたらきをするときは与七がやるのである。

今朝くらいうちに……大介が門兵衛の家へ入り、昨日印判師・仁兵衛のところで起った異変を語りきかせ、

「昼前に一度、稲荷の社の大師堂へ行き、柱へ、弥五兵衛どのからの合図のしるしがあるかどうか、見て来てくれ」

と、いった。

それで、門兵衛が出て来たのである。

もっとも、かねてから余人にあやしまれぬよう、門兵衛と与七は、日に一度、かならず伏見稲荷へ参詣するようにしていた。

大師堂の柱には、真田忍びの合図のしるしはなかった。

そこで、参詣をすまし、門兵衛は境内を出た。

丹波大介は、まだ伏見の門兵衛宅に待っている。

昨日の今日だけに、さっそく奥村弥五兵衛からの合図が来ているやも知れぬ、と、おもったからだ。

明日からは門兵衛か与七が、参詣のついでに何気なく大師堂の柱を注視することになろう。

門兵衛は、まっすぐに伏見の町へ入り、我が家へもどった。

店先で与七が片肌ぬぎとなり、槌《つち》をふるって細工物の下ごしらえをしていた。

ところで……。

門兵衛は、自分の後をつけて来た者がいることに、まったく気づかなかった。

また、別にうしろを注意することもないのだ。

それは、大介や与七がやることである。

げんに、大介は門兵衛の家の中二階の戸の隙間から、門兵衛が帰って来るのを見て、彼が家の中へ入ったのちも、しばらくは道すじを注意して見た。

人通りも多いし、かくべつにあやしむほどのものを見かけなかった。

しかし、後をつけて来た者がいる。

安四郎ではなかった。

老女に化けた才六が、後をつけて来て、なんと大胆にも、店先で仕事をしている与七の、その仕事ぶりをしばらくは見物し、

「ほう……うまくこしらえるものや」

感心したように、与七へ声をかけてさえいるのだ。

そして、店先をはなれた。

町すじをひとまがりしたところに、安四郎が待っていた。

二人はまた、京の町をさして歩みはじめた。

京へ入り、安四郎の家へ入って変装を解き、もとの足袋や才六にもどってから、老人は室町の我が家へもどった。

「父さま。いかが？」

小たまが、待ちかねたようにきいた。

「となりは、どうじゃ？」

「変りなく、今日は二人して印判彫りに精を出しておりまする。それよりも父さま……」

「ま、落ちつけ」

「あい」

「腹がへった。湯漬けでも食べさせてくれぬか」

「はい」

箸をうごかしつつ、今日の出来事を語った才六が、

「これは、容易ならぬことじゃ。昨夜、となりの客が伏見稲荷へ消えこみ、その稲荷の社へ、今日は何と、杉谷忍びの門兵衛があらわれたのだ」

その翌日の午後……。

印判師・仁兵衛になりきり、奥村弥五兵衛が店先で印判を彫っていると、

「よう、精が出なさること」

門口で、女の声がした。

足袋や才六のむすめなのである。

「や……小たまどのか」

「佐助どのはえ？」

「ちょっと、用事にな……」

向井佐助は、今朝くらいうちに出て行った。

紀州・九度山へ駈けつけ、先夜の異変を報告しに行ったのだ。

「おや、それではこちらも……」

「こちらも、とは？」

「うちも、父さまが近江の大津まで出かけた」

「あ……大津に親類がござる、と、いつか、才六どのからきいたことがある」

「あい」

「では、ひとりで留守居番かな」

「あい。仁兵衛どのも、おひとりで……」

「うむ」

「ちょうど、よいこと」

「え……？」

「では今夜、いっしょに、うちで夕餉を……」

「いや、大丈夫。飯ぐらいは炊ける」

「ま……そのように、えんりょせずとも……」

「なれど」

「かまわぬこと、仕度ができたなら、私が呼びにきます」

いうや、小たまはにっと笑って見せ、弥五兵衛の返事もきかぬまま、となりへ去った。

弥五兵衛の印判の彫る手が、とまった。

彼は、凝と空間に眸をこらしている。

このごろは、弥五兵衛も、小たまのさそいに抵抗しきれなくなってきている。

(四十をこえて、このようなおもいにとらわれるとは……)

しかも、忍びの者として、われながら考えおよばなかったことである。

前に一度、岐阜城下へ嫁ぎ、夫と死別れてから、京に住む父・才六のもとへ帰ったときいている小たまなのだが、

(やさしい、よう気のつく女だ)

と、おもうばかりでなく、豊熟した小たまの肉体が発散する魅力に、奥村弥五兵衛ほどの男が、抗しきれなくなってきていたのだ。

むろん、佐助にはこの気もちをうちあけてはいない。

五年前に、弥五兵衛と佐助がここへ住みついたとき、すでに才六父娘は先住者として四条室町に暮していたので、いろいろと親切にめんどうを見てもらってきた。

五年前のそのときにくらべると、いまの小たまは全身で、

(男の腕に、しっかりと抱いてもらいたい)

と、うったえているかのようであった。

奥村弥五兵衛は、足袋や才六父娘にみじんもうたがいを抱いてはいない。

なにしろ、甲賀頭領・山中俊房が関ヶ原戦争のはじまる以前から、才六父娘をここに住みつかせていたのだ。

名だたる甲賀忍びが、これだけ周到な手くばりをしていたのでは、弥五兵衛ならずとも、たまったものではないのだ。

弥五兵衛は、小たまを好ましくおもっている。

この五年間に……。

小たまは、隣家の弥五兵衛ひとりを胸に想いつづけているらしい。

他に男が出入りをしている様子は、まったくない。

それがまた、弥五兵衛のおもいを、いっそうにつのらせるのである。

夕暮れが近づくにつれ……。

弥五兵衛は、急に、落ちつかなくなってきた。

(いったい、これは、どうしたことなのだ……?)

われながら、弥五兵衛はあきれている。

こうしたことは、はじめてのことだ。

才六老人が、泊りがけでどこかへ行くことはあっても、そのときはこちらに佐助がいる。

小たまと二人きりで、夜を迎えることなど、一度もなかった。

それだけに……。

奥村弥五兵衛の胸はときめくのである。

さて、そのころ……。

伏見城下にある指物師・門兵衛の家の前で、この日から髪ゆいが店を出した。現代の理髪店ともいうべきものだ。

門兵衛の家は肥後屋敷の北面にあたる。

そこは、伏見の傾城町（遊女町）の東がわで、堀川に沿った道の角地であった。

間の道をへだてた角地が以前から小さな空地になってい、髪ゆいが引越して来たのである。

店といっても、急造の小屋掛けのようなもので、夜になると戸をしめ、二人の髪ゆいは別の住居へ帰って行くつもりらしい。

朝早くから大工が来て、ばたばたと仮小屋を造るうちに、六十がらみの髪ゆいの老人が一人であらわれた。

これこそ、足袋や才六である。

昨日、品のよい老女に化けて、指物師の店先へあらわれた才六を、この髪ゆいの老人の中に見出すことは、到底できまい。

小ざっぱりとした筒袖の着物に、短袴をつけ、老人ながら、かくしゃくとした姿勢だけ見ても、昨日、杖にすがっていた老女のおもかげはまったくない。

なんと、才六は、昨日、立ちよった指物師の店先へ来て、元気のよい声であいさつをのべたものだ。

そこには、昨日、才六の〝老女〟から声をかけた与七もいたのである。

「今日から、前で、髪ゆいをいたしまする。どうぞ、よろしゅうに……」

と、才六がいった。

「これは、ごていねいに」

こたえて、門兵衛が才六を見た。

門兵衛としては、この地へ住みついたばかりだけに、いささかもゆだんはできぬ。

しかし、ひと目見たのみで、才六の正体を見やぶることは不可能であった。

夕暮れ近くになると……。

実直そうな中年男が、髪ゆいの店へあらわれ、仕事を手つだいはじめた。

これが下忍びの安四郎であった。

開店したばかりなのに、髪ゆいは、なかなか繁昌している。

当時は、町にりっぱな理髪店があったわけでなく、ひげそりも、髪をゆうのも、ほとんど自家でするのだったが、京都や大坂、伏見、江戸のように繁華な町の道すじは、髪ゆいの仮小屋が出ている。

現代の靴みがきのように、ごく簡単な道具をそろえ、道端で仕事をしている髪ゆいも多い。

これが、当時にあって、実に便利なものであったことはいうをまたぬ。

夕闇が濃くなった。

髪ゆいが、小屋の戸をしめはじめた。

二人の髪ゆいのうち、あとから来た中年男は小屋へ泊りこむつもりらしい。

門兵衛は、道をへだてたこちらで仕事をしながら、さり気もなく、髪ゆいの老人の仕事ぶりを見ていたが、ひげをそる手つきも、髪をゆう手ぎわも、まことにあざやかなものであった。

髪ゆいの老人は、小屋を引きあげて行くとき、別に指物師の店へあいさつをせず、どこかへ去った。

丹波大介はこのとき、指物師の家にいなかった。

大介は今朝早く、ここを発ち、甲賀・杉谷の里にいる島の道半老人をたずねている。

妻のもよが行方知れずになったことを告げると同時に、奥村弥五兵衛宅で起った異変についても知らせ、道半の意見をきくつもりだったのだ。

髪ゆいの老人が帰ったあとで、中年男が、小屋の前へ出て、前を掃き清めたりしている。

「与七よ。前の髪ゆいは、なかなかに上手らしい。お前も明日、髪をゆってもらったらどうだ」

と、門兵衛は夕飯のとき、与七にいった。

「あとから来た男が、小屋に泊りこむつもりらしい」

と、与七。

「いろいろと、小屋の中をととのえるのであろ」

門兵衛は、あまり気にかけていないようである。

伏見の町で、門兵衛と与七が夕飯をしたためているころ……。

京の町の足袋や才六方では、奥村弥五兵衛が、足袋やの家へ行き、小たまと二人で膳に向っていた。

熱く煮あげた豆腐やら、干魚やら、野菜の汁やら、小たまがこころづくしの料理が膳にならんでいる。

酒も出た。

「ゆるりと、のんで下され」

小たまが、弥五兵衛へすり寄るようにして、酒をすすめる。

「すまぬな」

「そのようなことを、申されてはいや」

酒瓶をとり、酌をする小たまの手ゆびが、ふるえているのを、弥五兵衛は見のがさなかった。

弥五兵衛は、いつもより無口になってきている。

「私にも、酒《ささ》を……」

と、小たまがのどにからんだような声でいった。

「お……そうだったな」

弥五兵衛が、酌をしてやる。

のみかわしつつ、膳の上のものも食べる。

この夜も、また雨になった。

「今日は、あれほど、よう晴れていたのに……」

小たまが甘えかかるように、

「いやな雨……」

「うむ……」

「でも、うれしい」

「なにが？」

「いまこうして、仁兵衛どのと、二人きりで、酒くんでいることが……」

「才六どのが知ったら、なんといわれよう」

「いえ、父さまは仁兵衛どのなら……」

「わしとなら？」

「あの……」

「あの？」

「どのようなことをしても、よい、と……」

たまりかねたようにいうや、小たまが、いきなり、弥五兵衛のひざへ身を投げかけてきた。

「こ、小たまどの……」

「いや。はずかしい……」

酒の酔いのみではなく、熱い血が全身にわきたってきて、弥五兵衛の顔が真赤になった。

「小たま……」

弥五兵衛の腕が、小たまのまるい肩をつかんで引き起した。

二人が、烈しく抱き合った。

これも、足袋や父娘の計画であった。

才六老人が、伏見の指物師の家を探ると同時に、その留守を利用し、小たまが、奥村弥五兵衛をわがものにしてしまう。

いよいよ、いままでねむっていたような才六父娘の忍びばたらきが開始されたのだ、といってよい。

この夜。

才六は、桶屋安四郎の家に泊りこんでいた。

夜が明ける前に、奥村弥五兵衛は自宅へもどった。

「泊って行っても、よいに……」

小たまが、うらめしそうにささやいてきたが、

「佐助が、もどるゆえ……」

弥五兵衛は、ふりきって帰った。

佐助は、まだもどって来ない。

床をのべて、もぐりこむ前に、弥五兵衛は、たんねんに体を湯で洗った。

小たまの移り香は濃い。

敏感な向井佐助の嗅覚にかぎつけられたくはなかった。

真田忍びの奥村弥五兵衛といえば、忍びの世界で知られた男だ。

(そのおれが……ついに、女に負けてしもうた……)

なのである。

忍びばたらきの間に、女を抱いて悪いことはない。

それだけのことなら、遊女町や〝戸棚風呂〟へ行けば、欲望もみたされるのである。

しかし、隣家のむすめを抱いたというのは、弥五兵衛が、小たまを愛してしまったことになる。

だから、

(女に負けた)

のだ。

忍びの者は、女の肉体を抱いても、こころをゆるしてはならぬ。

女に、こころをゆるすと、いざという場合、何らかのかたちで、忍びばたらきに狂いを生ずることになるからだ。

たとえば……。

こちらの正体を知らなかった足袋や父娘（と、弥五兵衛はおもいこんでいる）に、何かの拍子で、

（どうも、となりの仁兵衛どのは、怪しいお人だ）

感づかれたときとか、秘密を見られたときとか、そうなれば場合によって、父娘を殺さねばならぬ。

しかし、そのむすめのほうへ愛情を抱いてしまうと、おもいきって殺すこともできなくなろう。

そうした一瞬のためらいが失敗の原因《もと》になるのだ。

丹波大介を、見よ。

大介ほどの忍びでも、新妻・もよの失踪を知るや、これまでは足ぶみをしなかった印判師宅をひそかに訪ずれ、向井佐助に、

「もよのことをこころがけていてくれ」

と、たのんだではないか。

そうして、となりの小たまに感づかれて後をつけられ、さらに伏見稲荷まで出張《でば》って来た足袋や才六に、伏見の〃隠れ家〃である指物師の家をかぎつけられてしまったでは

ないか。

あきらかにこれは、丹波大介の失敗である。

それもこれも、大介がもよの身を案ずるあまり起した行動が原因になっているのである。

もっとも、そうしたところが丹波大介らしいのだが……。

向井佐助がもどって来たとき、弥五兵衛は床へもぐっていた。

「いま、もどりました」

「佐助か……九度山の大殿は何と申された？」

「気にするな、と、おおせられまいた」

「そうか」

うれしげに、弥五兵衛は、

「さすがは大殿じゃ」

何度も、うなずいた。

真田昌幸は、向井佐助が、

「どこぞの忍びに、京の隠れ家をかぎつけられましたようでござります」

報告するのをきいて、

「かまわぬではないか」

と、いいはなった。

昌幸はいう。

「わしも幸村も、関ヶ原の戦さに豊臣方へ加わったため、こうして、わずか十余人の家来たちと共に、押しこめられてしもうているのじゃ。これでは、いかに徳川の天下へ刃向いしようとても、手のゆび一つ、うごかせはせぬし……そのことは、だれの眼にもあきらかなことではないか」

「は……」

「なるほど、お前や弥五兵衛は、時折たずねて来てくれる。だが、他人《よそ》の眼から見れば、それだけのことじゃわい。いかに忍びの者を使うたところで、いまのわしや幸村には何もできぬ。それをもっともよくわきまえておるのは、徳川家康よ。あの古狸じゃわえ」

だから、いまのところは、弥五兵衛たちの隠れ家が敵にかぎつかれたとしても、

「敵は、お前たちを見張っているにすぎないのじゃ。なればこちらも、そのつもりになればよい。むしろ、見えぬ敵を相手にするよりも、……」

こうなったほうが安全ではないか、と、真田の大殿はいったそうである。

「それでよし」

弥五兵衛は、また大きくうなずいたが、

「なれど佐助。九度山へ行く隠し道だけは、徳川方にさとられてはならぬぞ」

「心得ました」

その〝隠し道〟は、弥五兵衛たちが九度山へ通う秘密の道であるけれども、いざ、真

田父子が九度山を脱出するような事態となれば、この〝隠し道〟を利用することになる。

だから、絶対に知られてはならないのであった。

「では佐助。しばらくは、このままでいよう。床下のぬけ穴も、そのままにしておこう」

「はい」

「なれど、じゅうぶんに気をつけろ」

「ときに、丹波大介どのから、何か……?」

「何もいうては来ぬ。だがな、佐助。丹波大介の女房とかに、かかわり合うことはないぞ。大介が自分で見つければよいのだ。口先で引きうけておいても、なるべくは、かまわぬことだ」

弥五兵衛は、冷ややかにいった。

雨音が、明方近くになって弱まった。

このごろの空模様は、どうも妙であった。

夕暮れから、よく雨がふり出し、朝になるとやむ。

そして、昼近くから、ぬぐったような秋晴れの空になるのであった。

秋といっても、冬の足音が間近にせまってきている。

京の町の朝夕が、めっきりと冷えこんできはじめた。

この日も、昼すぎからすっかりと晴れた。

伏見の町の、才六の髪ゆいは、開業二日目である。

朝のうちに、才六は仮小屋へあらわれ、仕事にかかった。

「昨夜、小屋へ泊った男も手つだっています」

と、与七が門兵衛へ告げた。

「そうか。お前、髪ゆうてこい」

そこで、与七が出かけ、きれいに髪をゆい、ひげをそってもらって、帰って来た。

「どうじゃ？」

「なかなかに上手でござる」

「わしも行ってくるかな」

「そうなされ」

「どこの人たちかな、あの髪ゆいたちは……」

「それが、むかし……まだ太閤さまが御丈夫のころ、ほれ、あの伏見の大地震があったときまで、あの髪ゆいは、茶屋町のあたりに住んでいたそうでござる」

「ほほう……」

茶屋町というのは、このあたりから正反対の伏見の町外れである。

「大地震で家をつぶされ、その後、故郷の加賀へ帰っておりましたなれど……やはり伏見がなつかしく、こうして、帰ってまいりましてのう」

と、髪ゆいの老人は語ったそうだ。

また夕暮れが来た。

旅商人に変装した丹波大介が、指物師・門兵衛の家へあらわれた。

大介は、門兵衛の仕事ぶりを見物するように見せかけ、

「三日ほど、ここへは来ぬ」

と、ささやいた。

「さようで」

「今日は、伏見稲荷へ行ったか?」

「与七が見てまいりました。真田忍びからの合図はござらぬ」

「毎日、たのむぞ」

「心得申した」

「前に、髪ゆいが来たな」

「いかさま……」

「あやしくはないか?」

「いまのところでは……」

「では……たのむ」

いいおいて、大介が店先をはなれ、堀川に沿った道を南へ……肥後屋敷の方向へ歩み出した。

このとき、中年の髪ゆいが、小屋の戸をしめはじめている。

老人の髪ゆいが、帰り仕度をし、あとを中年男にまかせ、大介が去った方角と反対の道を去った。

だが、老髪ゆいに化けた才六は、すぐに小路へ駈け入り、反転して、大介の後をつけはじめたのである。

忍びの世界

伏見の町を出た丹波大介は、京の町へ向った。

奥村弥五兵衛は、あれから何の連絡もよこさぬ。

伏見稲荷境内の大師堂の柱に〝真田忍び〟の合図のしるしが見えない。それは、弥五兵衛や佐助の身に異常がないことをものがたっているし、また、異常が起ったとも考えられるのだ。

ともかく、あの夜のことが、大介には不安であった。

床下にひそんでいた忍びの者の死体を、弥五兵衛たちは、

(どう、始末したろうか……)

それも気にかかる。

あの夜。

自分が弥五兵衛の家にいただけに、大介は気にかかった。

弥五兵衛たちと、自分との忍びばたらきは別のものだけれども、この二日ほど、大介は何やら、

（胸さわぎがしてならぬ）

のである。

昨日。大介は、伏見から約十六里を走破して甲賀・杉谷の里にいる島の道半老人をたずね、妻・もよの失踪と、弥五兵衛宅での異変を語り、道半の意見をきいた。

そのとき、道半は、

「真田忍びのことなど、放っておけばようござる」

と、いい、さらに、

「女房どののことにて、真田忍びをたずねるなどとは、大介どのにも似ぬ、かるがるしいふるまいじゃ」

きびしく、注意をあたえた。

大介は、一言もない。

つまり、真田忍びの隠れ家が〝敵〟に見張られているとしたら、そこをたずねたために、今度は大介自身が見張られることになる。その危険を道半は指摘したのである。

事実、大介はまだ気づいていないけれど、伏見の町にある大介たちの隠れ家指物師・門兵衛宅は、徳川方の忍び、足袋や才六に発見されてしまったではないか。

昨夜は、杉谷屋敷内のお婆の小屋で、大介と道半はじっくりと話し合った。

道半がいうには、

「ここ当分の間、敵といい、味方というても、かくべつどうということはあるまい。たがいの在所をさぐり、いざというときにそなえているだけのことゆえ、何もあわてることはない」

のだそうな。

それよりも、こちらは一日も早く、徳川家康が、いま何を考えつつあるか、徳川の天下にとって、大坂城の豊臣勢力がどのような重味をもっているか……そのことをさぐり出し、見きわめ、これを加藤清正の耳へ正確につたえなくてはならぬ、というのである。

それには、何から先に手をつけたらよいのか……。

徳川方の諜報網は、いたるところに浸透している。五年も十年も前から、さまざまのスパイが諸方に根をおろしている。

おそらくこれは、大坂の豊臣家のみではなく、

「外様の諸大名のところへは、みな、徳川の間者が入りこんでいる、と見てよいじゃろ」

と、道半はいうのだ。

この巨大な組織と、人員と、費用をそなえた徳川方の諜報網に対して、十名にも足らぬ大介たちが、どのように立ちまわっても、対抗できるものではない。

徳川家康がいる江戸城なり、伏見城なりへ、こちらの忍びを入りこませるにしても、すでにおそい。手段はいくらもあろうが、二年や三年で出来るものではないのである。たとえば、杉谷のお婆が江戸城に老女として奉公するにしても、ゆっくりと年月をかけて、相手に怪しまれぬだけの手をうってからでなければ、入りこめるものではない。

となれば……。

こちらが忍び装束に身をかため、いのちをすてる覚悟で、相手の城なり屋敷なりへ潜入し、秘密をさぐりとらねばならぬ。

それにはまだ、

「早いのじゃわえ」

と、島の道半はいうのだ。

いまのところ、天下の政局は、いちおう平静を保っている。こんなとき、一時的に相手方の城や屋敷へ忍びをかけたところで、特別な収穫があるものではない。

「じゃがな、大介どのよ……」

と、道半は、

「わしが見るところ、かならずや、戦争が起きよう」

「家康は、どこまでも大坂方をたたきつぶすつもりだと申されるのか、道半どの」

「さよう」

「なれど……加藤主計頭さまあるかぎりは……」

「ふふん……」

道半は、鼻で笑った。

「関ヶ原の戦さが起ったときの家康をおもい出したがよいわえ」

「え……?」

「太閤殿下が亡くなられるや、一年もたたぬうち、徳川家康は天下をわがものとするためにうごき出した。そのうごき様のおもいきったことよ。天下の法度にそむいて諸大名と婚姻をむすび、これを手なずけ、逆らうものにはいつにても戦さする気勢をあきらかに示し、太閤殿下の居城たる伏見の城へ、だれへの遠慮もなく堂々と入りこみ、これをわがものとしてしもうたときの気力は恐ろしいものであった……」

そして、関ヶ原に大勝をおさめ、家康は名実ともに〝天下人〟となったわけだが、このときは家康も、幼年の豊臣秀頼の後見人として、石田三成らの〝西軍〟を討った、という立場をくずさなかった。

だからこそ、西軍に参加しなかった豊臣恩顧の大名たち（加藤清正をふくめて）も、家康に味方をしたのである。

それが、いつの間にか〝征夷大将軍〟の権威と地位を朝廷からうけ、徳川家康は、はっきりと〝天下人〟としての資格をつかんでしまっている。

こうなれば、加藤清正がいようが、高台院がいようが、家康にとって邪魔になるものは、

「針一本とて、ようしゃはすまい」

と、道半老人は見きわめているのだ。

「家康は、戦さを仕かけるのがうまいのじゃわえ。こなたが、いかに戦さを避けようとしても、これを引きずりこんでしまう。勝てるという見きわめがついたときにはのう」

「では、いまのところ、大坂を相手にしても、勝てる見こみがないゆえ、徳川は手をつかねていると……？」

「いや、勝てぬということはあるまいが……家康は、恐ろしいのじゃよ」

「何がでござる？」

「九度山にいる真田父子」

「さほどに……？」

「うむ。それに、な……」

「それに……？」

「加藤肥後守清正という大名が恐ろしいのであろ」

「なれど肥後さまは、どこまでも豊臣家の安泰をねがい、天下泰平をのぞみ、なればこそあれほどまでに、家康のきげんをとって……」

「おもて向きは、そう見えよう。いや、肥後さまの本心も、おそらく、そうなのであろ」

「では、なぜに徳川家康が肥後さまを恐れねばならぬ？」

このとき、島の道半が老顔をさしのべ、大介の耳へなにやら、ささやいたものだ。

このささやきをきいたときの、大介のおどろきを、何にたとえたらよかったろう。

(そ、そうだったのか……)

大介は、背すじが寒くなると共に、

(おれは、まだ、だめだ。そのようなことを考えても見なかった……)

つくづくと、恥じた。

「大介どのよ」

道半が、しわだらけの手を、やさしく大介の肩へおいて、

「おそらくこれは、この道半と徳川家康の二人のみが、感づいていることやも知れぬわえ」

なぐさめるようにいった。

その、道半がささやいたことばが、いまも大介の耳にこびりついている。

(まことなのだろうか……?)

であった。

道半は、そのように加藤清正という大名の肚の底にひそみかくれていたものを見ていたのか……。

そして、道半のことばは、三年後に真実のものとなって、丹波大介の胸へたたみこまれることになる。

ここで、はなしをもどそう。

京に入った大介のうしろから、老髪ゆいに化けた足袋や才六が、たくみにつけて来ていた。

この夜。

丹波大介は、鴨川にかかる三条大橋の下に小屋がけをしている馬杉の甚五をたずねるつもりでいた。

馬杉の甚五も〝杉谷忍び〟の一人で三十五歳。

彼は、今年に入ってから〝かぶり乞食〟となって京の町をうろつきながら、忍びばたらきをしている。

甚五は刀槍の術に長じているし、杉谷のお婆・於蝶ゆずりの鼠をつかっての忍びばたらきが巧妙であった。

大介が京の町へ入ったとき、すでに夜になっていたが、まだ、町すじには灯火が絶えていない。

四条河原へ下りた大介は、河原づたいに鴨川をさかのぼり、間もなく三条大橋の下へ来た。

橋の下には、乞食たちの小屋が、いくつも並んでいる。

竹とむしろで造った、小屋ともいえぬものであった。

その一つに、馬杉の甚五がいる。

小屋の外で、大介が、

「いるか？」

「大介さまか……」

甚五が、むしろをあげて、大介を迎え入れた。

足袋や才六こと、山中忍びの下田才六は、甚五の小屋へ大介が入って行くのを見とどけてから、

(これでよし)

すぐに引き返した。室町の我が家へである。

小たまが父を迎えて、

「首尾はえ？」

「それがの」

才六が、すべてを語るをきいて、

「その男、どこの忍びであろ？」

「旅商人の姿で、伏見の指物師の家にあらわれ、主人《あるじ》とさり気なく打ち合せをすませている、その横顔をな、夕闇をすかして見て、おどろいたぞ」

「たれじゃ？」

「以前に、われらが頭領、山中俊房につかえていた丹波大介じゃ」

「まあ……」

「お前は、大介の顔を知っていまい」

「あい。うわさにはようきいているなれど……」

「大介は、関ヶ原の折、頭領さまにそむき、真田昌幸、幸村父子と共に、西軍へ加担し、家康公の御いのちをねろうたほどの男じゃ」

「あい」

「ようきけ。いまな、伊賀忍びの於万喜が大介の女房を手に入れてある。佐和山で菜飯やをしている長次郎から、頭領さまへ知らせがあったそうな」

いいさして才六が、

「ときに小たま。奥村弥五兵衛に抱かれたか？」

小たまは、こともなげにうなずいた。

「その丹波大介といい、となりの弥五兵衛といい、相手方の忍びは、どうしてこうも、女の情にもろいのであろ」

くっくっと笑い出した。

才六老人は、可笑しげに笑うわがむすめの顔を、つくづくとながめやっていたが、

「なれど、小たま……」

「あい？」

「わしは、弥五兵衛や大介が、うらやましい気もする」

「え……？」

「むかし……ずっとむかし、わしがまだ若いころには、甲賀の忍びの多くは、いまの丹波大介のように、人の熱い血を忘れてはいなかったものじゃ。甲賀の頭領たちも、たがいに意志《こころ》を通じ合い、同じ甲賀者同士で闘うことなど、ほとんどなかったといってよい」

なにをまた急に、父がこのようなことをいい出したのかと、小たまは、

「それが、どうしたのじゃ？」

「忍びばたらきの最中《さなか》に、女を愛《いと》おしみ、頭領や仲間を捨てて、他国へ逃げる者も多かったものよ」

「ま……」

「やたらにきびしい忍びの掟もなかった。げんに、あの丹波大介の父・柏木甚十郎などは、堂々と、先代の頭領さまへ、自分はこれより甲賀を捨て、武田信玄公の下ではたらきたい……こう、申し出たものじゃし、また先代さまは……」

現・山中俊房の父・俊峯《としみね》は、そのとき、

「それもよかろう」

あっさりと、大介の父を手ばなしている。

そうした男の情熱が、甲賀の忍びの世界には、まだ残っていたのだという。

そのかわり、失敗もあった。

あったけれども……。

なにしろ、天下の形勢は、まだまだ定まらず、越後の上杉、甲斐の武田、中国の毛利、駿河の今川、関東の北条などの諸勢力が、入り乱れて戦いつつあり、織田信長などは、まったく問題にされぬ尾張の小勢力にすぎなかったのである。

この戦乱が、いったい、どの英雄によって取りしずめられるだろうか……？

忍びの眼にも、それは判然としなかったのだ。

伊賀の忍びは知らず甲賀の忍びたちは、だから、どこの大名のためにはたらいていようとも、ひそかに情報を交換し合い、

「どこまでも、甲賀の地をまもらねばならぬ」

たがいに、助け合っていた。

たとえば、杉谷忍びの於蝶や道半が、山中忍びの下田才六などと親しく交際をしていたのも、このためである。

ゆえに、山中俊峯が大介の父の希望をいれ、甲斐の武田家へ手ばなしたのも、

（もしも、武田信玄が天下人となったとき、甚十郎が武田家にいてくれれば、甲賀のためにも悪しゅうはなるまい）

との、ふくみがあったからだろう。

四十年前の、そのころからくらべると、いまはまるで忍びの世界も変ってきてしまっている。

豊臣秀吉の天下統一の後をおそい、いまは徳川家康が、日本全国の諸大名を統括し、

戦乱は絶えている。

しかし……。

その徳川政権の座は、かならずしも安泰でない、という感覚が、武士の世界ばかりでなく一般国民の中にもあるのである。

大坂城に在る豊臣秀頼は、先の天下人・太閤秀吉の遺子なのだ。

ほんらいならば、秀頼が亡父の後をつぎ、

「天下人」

となるべきが、当然におもえる。

ことに、京都や大坂を中心とする人気は、豊臣家へあつまっている。

家康が天下をおさめているにせよ、その本拠は何といっても関東である。江戸である。

しかも、大坂城は感じからいって、関東の徳川政権からはなれた一個の〝独立体〟に見えるのだ。

これは、豊臣秀頼の生母・淀の方が、女ながらも豊臣家の代表というかたちをとり、

「あくまでも、関東のいうなりにならぬ！」

という立場をとっているからであろう。

徳川家康としては、

「これでは困る」

のである。

さらに……。

こうした豊臣家の人気が、上方では相当につよい。

大坂の町民たちなどは、

「太閤さまのころがなつかしい」

とか、

「関東は関東、上方はこなた《こなた》じゃ」

という気風があり、いまでも豊臣びいきなのだ。

いうまでもなく京は、天子おわすところ、すなわち皇都であるし、大坂は、中国すじから九州、四国などを中央へむすびつける一大商業都市の様相をそなえてきはじめている。

関東の徳川政権としては、

「なんとしても上方を、わが威風の下に屈伏せしめなくてはならぬ」

のである。

そこで家康は、孫娘の千姫を秀頼へ嫁がせ、ものやわらかく、豊臣家が関東へ従うことをねがい、さまざまに工作をおこなってきた。

豊臣秀頼が、自分の家臣としてつかえてくれるようになれば、すぐさまこれを大坂から他国へ移してしまう考えを徳川家康はもっている。

ところが、大坂方はみじんも弱音を吐かぬ。

「おのれ、戦うちからもないくせに……」

家康としては、笑止千万のことであった。

しかし、いつまでも苦笑いだけではすませておくわけには行かぬ。

徳川家康は、すでに六十五歳。

かつての〝天下人〟であり、自分が臣従してきた織田信長や豊臣秀吉が、いずれも自分の死後に、天下の大権を子孫へゆずりわたすことができなかったことを、家康はわが眼で見てきていた。

それだけに、

(わしが死んだのちも、徳川の天下がつぶれぬよう、この眼のくろいうちに、しっかりと、土台がためをしておかねばならぬ)

かたい決意を抱いている。

近いうちに家康は隠居をするつもりであった。

隠居して、わが子の徳川秀忠を、二代将軍の座につけるつもりでいる。

そうしておいて、家康自身が将軍の後見となり、そのまわりをしっかりとかためて行き、秀忠を〝天下人〟として成長させて行く。

できるなら、

(わしが生きているうちに、三代将軍のことも決めておきたい)

と、家康はおもっている。

こうして永久に、徳川政権が日本をおさめて行けるであろうことを、

（この眼で見とどけぬうちは、決して死なぬ）

つもりなのである。

どうしても大坂方（豊臣家）が、自分のいうことをきかぬなら、これを戦争に引きずりこんでも、徹底的にたたきつぶしてしまわねばならぬのだ。

こうした政局のありかたは、当然忍びの世界へも波及してきている。

甲賀や伊賀の忍びたちの大半は、徳川家のために、はたらくようになった。

なぜなら、

「徳川の天下が、つぶれることはよもあるまい」

と、彼らが見きわめをつけたからであった。

奥村弥五兵衛たちの、真田忍びや、丹波大介と杉谷忍びたちの活動にしても、いまのところは徳川方のうごきを探ることでしかない。

しかも、である。

多勢の大名たちが、徳川幕府のきびしい監視をうけて、手も足も出ないのと同様に、弥五兵衛や大介たちも徳川のためにはたらく多勢の忍びの眼に見張られていることになる。

忍びたちにしても、いまとなっては徳川政権のためにはたらくことが、もっともよいことで、安全なことだと、わかっている。

そうなれば、これにそむく忍びたちを、寄ってたかってたたきつぶしてしまわねばならぬ。

だから、足袋や才六はいうのだ。

「実のところ、なあ、小たまよ。むかしのことを考えると、いまのわしたちの忍びばたらきは、あまり、おもしろうはないようにおもえるのじゃ」

この父のことばを、小たまは意外に感じたらしい。

「そりゃ、父さま。どういうことなのじゃ？」

「小たま。となりの奥村弥五兵衛に抱かれて、いかがおもうたぞ？」

小たまが笑って、

「男に抱かれたのは、久しぶりのことゆえ、わたしも、たのしんだけれど……」

「それだけのことか？」

「男に、こころをゆるしてはならぬ、と、教えて下されたのは父さまじゃ」

「うむ。それは、な……」

ためいきをついて、才六が、

「はてさて……いまの女忍びは恋もできぬとか……」

「なにをいうていなさる」

と、小たまは、

「今夜の父さまは、妙じゃわえ」

「そうかも知れぬ。どうもな、勝つときまっている忍び同士の争いはおもしろうない。弥五兵衛や大介のように苦しいおもいをしながら忍びばたらきをするほうが、いかにも忍びらしい。苦しければこそ助け合うこともできる。まことの恋も生まれる……」

「まあ……ほんに、今夜は、どうかしていなさる」

「は、はは……」

笑った下田才六は、おのれの老いた感傷をかなぐり捨てるように強く、烈しくかぶりをふって、

「さて、小たま」

「あい」

「ゆるりとしてはおられぬぞよ」

「どうなさる？」

「わしはな、すぐさま、三条大橋の下へもどり、あの乞食小屋にいる丹波大介を見張るつもりじゃ」

「そして、わたしはえ？」

「すぐに、手くばりをせよ。わしのところへも下忍びを二人ほどよこせ。乞食の姿にさせてな」

「わかりました」

「それがすんだなら、お前は、今夜のうちに甲賀へ走れ。そして頭領さまに、丹波大介

をどのように始末したらよいか、御指図をうけてまいれ」

「はい」

小たまの双眸《りょうめ》が、緊張に白く光った。

「よし。お前、先に行けい」

「ここは留守にしておいてよいのかえ？」

「かまわぬ。わしもすぐに乞食に化けて出る」

「では……」

小たまは、戸棚を開けて用意の布包みを引き出した。この中には、当座の忍びばたらきに、困らぬだけの品が入っている。

小たまが家を出て行ったあと、才六老人は、これも戸だなの奥から垢まみれの着物《ぼろ》を取り出し〝かぶり乞食〟の扮装にとりかかった。

才六が家を出たとき、町は寝しずまっていた。

印判師・仁兵衛の家も灯火が消えている。

外へ出ると、いつの間にか、霧のような雨がけむっていた。

才六は、たちまちに三条河原へもどった。

三条大橋の乞食小屋も森《しん》と寝しずまっている。

（おそらく大介。今夜は、この乞食小屋へ泊るにちがいない）

と、才六は見きわめをつけていたし、事実そのとおりであった。

大介は、せまい小屋の中で馬杉の甚五と躰を寄せ合いながら、

「甚五。九州へ……熊本へ飛んでくれぬか」

「私に……よろしゅうござる」

「おぬしも知ってのように、島の道半どのの孫・小平太は、すでに熊本へおもむいている」

小平太は、熊本にいる加藤清正や杉谷のお婆と、こちらにいる丹波大介をつなぐ〝使い鳩〟なのである。

大介は、馬杉の甚五へ、こちらの近況を杉谷のお婆へよくつたえ、

「お婆の意見を、きいてもらいたい」

と、たのんだ。

「すぐに発足《ほっそく》いたしましょうか？」

馬杉の甚五がいうのへ、

「いや、明日でよい。これは路用の金だ」

「たしかに……」

「雨がふり出してきたらしい。おれも今夜は、ここに泊めてもらおう」

「それが、ようござる」

「ついでながら、おぬしはおれの着物を着て行け。おれは明日から、おぬしの、その臭い着物をまとうて、しばらくはかぶり乞食をしていよう」

「では、この小屋に？」

「うむ。大丈夫だろうな」

「御安心を……このあたりの乞食どもに一人も怪しいものはおりませぬ」

しかし、乞食に変装した下田才六が、いま、大橋下に菰《こも》をかぶってうずくまりつつ、甚五の小屋を見張っていることを、大介も甚五も知らぬ。

「もし……」

才六老人のそばへ、音もなく近寄って来た乞食が二人。これは、小たまの急報をうけて、すぐに飛んできた山中忍びの宇六と鎌治というものであった。

あの桶屋の安四郎と同じように、京の町にひそむ山中忍びの数は少なくない。いざともなれば、京の町だけで十余名の忍びを動員することができるのである。

「小たまは、甲賀へ向ったか？」

「はい、たしかに……」

「それでよし」

「ともあれ、今夜は、ここでねむろう。三人してかわるがわる、あの小屋を見張るのじゃ」

三人の乞食は菰にくるまり、橋下の、固く冷たい河原の石の上へ横になった。

おそらく、小たまは明朝までにもどり、甲賀の頭領・山中俊房の指令を、父の才六へつたえることであろう。

京から甲賀・柏木の里にある山中屋敷までは往復して約二十四里ほどの道のりであるが、これを一夜のうちに往復することなど、小たまほどの女忍びならば、それほど苦痛ではない。

小たまは〝頭領さま〟へ報告に走るのと同時に、別の忍びを伏見に走らせ、髪ゆい小屋に留守居をしている安四郎へも、今夜の状況を知らせてあった。

夜明け前に、雨がやんだ。

小屋の中から、馬杉の甚五がすべり出て、河原を四条の方向へ去った。

これを菰の隙間から見ていた下忍びの宇六が、

「もし、下田さま……」

あわてて、才六老人をゆりうごかし、

「あれに……いま……、小屋を出て……」

と、指ししめした。

才六が、くびをもたげて見ると、まだうす暗い河原を遠去かって行く男の後姿が、まさに昨夜、小屋へ入って行った旅商人の姿であったから、

「あ……丹波大介……」

いささか、あわてた。

馬杉の甚五は、躰つきが大介によく似ている。それが大介の着ていたものを身につけ、後姿を薄明の中に見せ、ぐんぐんと遠去かって行ったのだから、さすがの才六老人も、

（まさに、大介）

と、おもいこんでしまった。

「追え」

才六は二人の忍びに、

「わしは、ここにいて、頭領さまの指図を待たねばならぬゆえ……」

「心得た」

宇六と鎌治が、菰をあたまからかぶったまま、馬杉の甚五の後を追って行く。

大介は、甚五が出て行ったあと、また、ふかいねむりに落ちこんでいた。

また、夢を見ている。もよの夢であった。

甲斐の丹波村の小さな家の炉ばたで、新妻のもよと、たのしく夕餉をしたためている夢であった。

才六は、大介の小屋を見張りつつ、じりじりしながら、小たまがもどってくるのを待っている。

あたりが、少しずつ、あかるくなってきはじめた。

橋下に横たわっている才六に石つぶてが当ったのは、このときである。

才六のかぶっている菰にはうすよごれた紅い布がつけられ、目じるしとなっていて、それを見た小たまが、遠くから合図の石つぶてを投げたのであった。

血闘

小たまは、いま、甲賀から京都へもどったばかりである。

京の町へ入るや、彼女はすぐさま、この三条河原へ来て、目じるしをつけた菰をかぶっている父・才六を見つけ、石つぶてを投げたのだ。

河原に、乳白色の朝霧がたちこめている。

才六は、小屋から眼をはなさずに後退した。

笠をかぶった小たまが、鴨川のながれをしずかにわたって近寄って来た。

「父……」

「叱っ……」

あとは読唇の術による父娘の会話となる。

「大介は？」

「先刻、小屋を出て、どこかへ去った。宇六と鎌治に後をつけさせてある。わしが行きたかったのじゃが、お前の口から頭領さまのお指図をきくまでは、ここをうごけなんだ」

「なれど、遅うなったわけではない」

「わかっておる。で、頭領さまは、なんと申されたぞ？」

「はい」

小たまが語るには……。

才六老人からの報告をきいた頭領・山中俊房は、言下に、

「才六に申せ。ただちに丹波大介を討ち取るように、とな」

「かまいませぬか？」

「なぜじゃ、小たま」

「父が申しまする。いますこし、大介めを野放しにしておき、大介の背後《うしろ》にあるものをさぐりとったなら、いかがでございましょうか、と……」

すると、山中俊房は事もなげに、

「いまさら、彼らに何ができようぞ」

と、いった。

つまり、それほどに徳川の間諜網は完備しつくしている、ということなのだ。

京・大坂から江戸にかけて、いささかでも怪しい様子の者があれば、すぐ徳川方の忍

びの眼にとまってしまう。それだけの組織が、いまはもうしっかりと固まりつくし、

「大介ごときが、何を仕出かそうとも、こなたはおそれること、なにもなし」

と、いうのだ。

それよりも、

「甲賀・山中忍びを裏切った丹波大介の一命を絶つことのほうが、もっと大事である」

と、山中俊房は、

「いまは、敵の忍びばたらきを恐れるより、味方の裏切りを根絶やしにせねばならぬ時期《とき》じゃ」

「はい、わかりました」

「大介と、あの印判師……真田忍びの奥村弥五兵衛とは何の関係《かかわりあい》もないのか？」

そこで、小たまは、印判師の床下で味方の忍びが殺された夜のことを語った。

あの夜。

指物師の家から抜穴づたいに出て行った黒い影の後を、小たまがつけて行き、黒い影が伏見稲荷の境内へ消えたことをつきとめたけれども、それが丹波大介だとは、いまも気づいていない。

しかし、それがきっかけとなって下田才六は、大介たちの隠れ家をさがし出し、大介が三条河原の乞食小屋へ入るところまで、追いつめることができたのである。

しかも大介たちは、このことに、まったく気づいていないのだ。

「よし。五名ほど、つれて行けい」

と、山中俊房は小たまに命じ、

「くれぐれも気をつけよ。丹波大介は手練《てだれ》の男ぞ」

と、念を入れた。

「はい。では、どこにても一命を絶ってかまいませぬか？」

「かまわぬ」

そこで、ちょうど山中屋敷にいた五人の忍びが、小たまと共に京都へ駈けつけて来たのであった。

「そうか……」

すべてをきいて才六老人が、あたりを見まわした。

白い霧の中に、鴨川のながれの音がきこえるのみであった。

朝も、まだ早い。

霧で見えぬが、すぐ近くに、山中忍びの五人が、才六の指揮を待っている。

裏切り者の丹波大介を殺して、山中忍びの見せしめにせよと、頭領・山中俊房の命令が下ったのであるから、

「よし」

才六は強くうなずき、

「小たま。一人をここへ残し、あとの四人をつれて、宇六と鎌治の後を追え、そして、

「大介めを討て!!」

「父さまは?」

「わしも、すぐに追いつこうぞ。なれど、あの乞食小屋には大介の仲間が一人いる。こやつを引っ捕えてくれよう」

「なれど、頭領さまは、大介を討つことのみが肝要じゃと、申されました」

「うむ。だが、あの乞食に化けた忍びを捕えて見れば、別のことがわかるやも知れぬ。ともあれ、じっくりと面《つら》を見ておきたい」

才六は、大介の着物をまとって去った馬杉の甚五を、すっかり、丹波大介だとおもいこんでしまっている。この老熟の忍びにしては、まことにうかつなことであったといえよう。

才六が、ここに残って、小屋の中の忍びの顔を見とどけたいと考えたのは、

(こういうことは、若い忍びではだめだ)

と、かねがねおもっていたからである。

杉谷のお婆や島の道半や、下田才六のように、半世紀も忍びの世界ではたらいて来た者なら、

(これは、どこの忍び)

と、顔は見おぼえなくとも、およその見当がつこうというものだ。

小たまは、霧の中へ消え去った。

すぐに、四名の忍びをつれ、丹波大介をつけている宇六と鎌治の後を追って行ったのである。

小たまのかわりに、霧の中から乞食姿の男がにじみ出すようにあらわれ、下田才六のうしろへぴたりとついた。

「うむ」

うなずいた才六老人が、

「弥平次か……」

といった。

山中家の下忍びの中でも、弥平次は武技に長じ、たくましい体軀の三十男である。

「あの小屋じゃ」

と、才六老人のくちびるがうごく。

「ひとり、でござるか？」

「さよう……昨夜、大介がここへあらわれたとき、小屋の中からちらと姿を見せた」

「だれでござる」

「よくは見えなんだが……見おぼえのない男のようにおもえた。それだけに、何ともして面を見とどけておきたい。いや、引っ捕えてみたい」

「捕える……？」

「むずかしいが、どうじゃ、やって見ぬか」

「はい」

「早くせねばならぬ。わしもすぐに、丹波大介の後を追いたいゆえな」

「細工をしている暇はござらぬな」

「いかにも」

「では……こうなされてはいかが？」

乞食姿の才六と弥平次が河原に寝ころんだまま、打ち合せをはじめたとき、小屋の中では、丹波大介がまだねむりつづけている。

もよの夢は、消えていた。

大介は、ひたすらにねむりをむさぼっている。

だが、そこは常人のねむりではない。

絶えず、五官のどこかが目ざめている。

これは、忍びの者の〝本能〟ともいうべきもので、そこまでに肉体の感覚をするどく研ぎすますためには、なみなみならぬ修行を経てこなくてはならぬ。

忍びの肉体は、山野に暮す獣の官能をそなえていなくてはならないのだ。

そのとき、大介がねむっている乞食小屋の屋根にしているむしろが、前夜からの雨を吸って重味を増し、支えにしている青竹からずるりとすべった。

はっ……と、大介の眼がひらく。

これだけの、わずかな気配にも大介の感能が目ざめたわけである。

少しずり落ちたむしろの隙間から、冷たい朝の外気が小屋の中へながれこんできた。

小屋といっても一坪ほどのせまさであった。

(むしろが、ずれたのか……)

そうおもって、また眼をとじかけた大介が、折よく目ざめていただけに、

(や……?)

外の気配に、異常を感じた。

もしも、むしろのずれる音に目ざめなかったら、大介はきっと、この気配に気づかなかったろう。

濃い霧が、朝の大気をおもくしめらせている。

いま大介が入っている馬杉の甚五の乞食小屋は、他の乞食小屋とはなれた場所にあった。

物音は、なにもきこえない。

しかし、完全に目ざめた丹波大介は、

(だれか、小屋の外へ来ている……)

と、感じた。

常人の気配ではない。

おそらく、この小屋へ接近しつつある者は、呼吸《いき》をころし、それによっておのれの体臭をも消しているにちがいない。

大介は、むしろをかぶって寝そべったままのかたちを変えようとはせず、むしろ、こちらは、はっきりと寝息をたてはじめた。

ただし、ほとんど閉じているかに見える眼は、針のように光っていた。

と……。

河原に面してたれ下っているむしろの裾から、細い竹の棒があたまを出した。

大介は両眼をとじたまま、身じろぎもせぬ。

むしろの裾に、人の眼がかすかにのぞき、こちらを見つめている。

その眼は、大介を注視しながら、そろそろと竹の棒を近づけてくる。

かぶっているむしろから、大介の左足がすねのあたりまで露出していた。

その足へ向って、竹の棒が近づいてくるのであった。

竹の棒の尖端が、かすかに光った。

(む……)

寝息をみださずにしながらも、大介は早くも、この竹の尖端の光りをみとめていた。

針である。

これが、甲賀か伊賀の忍びの仕わざなら、針に毒がぬってあるはずだ。

それは一刺しで、こちらのいのちをわけもなくうばう恐るべき猛毒かも知れぬし、五体をしびれさせる〝しびれ薬〟がぬりつけてあるのかも知れぬ。

(それにしても……)

毒針よりも、

（おれは、見つけられていた……）

このことが、大介を慄然とさせた。

だが、慄然としてはいられない。

危急は、眼前にせまっている。

敵は、いま毒針を近づけている者だけではあるまい。

大介の右手は、ふところへ入ってい、飛苦無の入った革袋をすでにひらいていた。

竹棒の毒針は、大介の左足のふくらはぎのすぐ近くへせまった。

その尖端が微妙なうごきをしめした。

転瞬……。

丹波大介の体軀が、せまい小屋の中で烈しく、縦横にうごいた。

「ぎゃあっ……」

むしろの向うで、すさまじい絶叫がおこった。

小屋の外から、竹棒の毒針をさし入れたのは、山中忍びの弥平次であった。

足袋や才六こと下田才六は、弥平次と反対がわから、小屋に接近しつつあった。

毒針は、しびれの毒である。

この毒針を刺された瞬間に、その個処がしびれ、すぐに全身がしびれてしまう。これは南蛮渡来の〝るしあむ〟という、しびれ毒で、甲賀の忍びたちにとって貴重なものだ。

折りよく才六老人は、この毒を所持してい、弥平次の毒針に使用したものであろう。一見、緑色の丸薬のようなものだが、いかなる寒中といえども、たちまち水に溶ける。

弥平次が、大介の足へ毒針を刺した瞬間に、反対がわから才六が飛びこみ、大介を押えつけ、さらに弥平次がもう一度、毒針を突きこむ……それが、二人の手はずであった。

もしも……。

屋根がわりのむしろがずり落ちかけなかったら、大介はまんまと二人の山中忍びに捕えられていたろう。

まさに、毒針が自分の足へ刺しこまれようとした一瞬、大介はふところからぬいた右手で、二個の飛苦無を投げ撃った。

これが二つとも、むしろを切り破って弥平次の顔面へ命中したのだ。

そして……。

飛苦無を投げ撃ち半身を起した大介は、左がわの丸たの柱に立てかけてあったふとい竹に仕こんだ刀を左手につかみ、ふりむきざま、

「む！」

うしろにたれ下ったむしろを切りはらった。

「あっ……」

異常を感じて、小屋から飛び退《の》こうとした下田才六の左腕を、大介の仕こみ刀がむしろごと切った。

びゅっ……。

才六の血が疾った。

斬られつつも飛びはなれた才六が、乞食のふところに忍ばせていた短刀をぬきはらい、

「うぬ……」

河原の石に伏せたような姿で、小屋から飛び出して来るであろう丹波大介を待ちうけた。

だが、大介は出て来ない。

出たらば、才六の短刀が間髪をいれずに襲いかかることを、大介は見ぬいていた。

切りはらわれたむしろの蔭に、大介も片ひざを立て、こちらを凝視している。

ただよいながれる白い霧を間にして、二人は約三間をへだてて、にらみ合ったわけだ。

右に短刀をかまえ、左手に、腰の革袋の中の飛苦無をつかもうとして、

「むう……」

才六は、おもわずうめいた。

大介に切られた血まみれの左腕は、すじを切断され、うごかぬ。

すぐれた忍びの者にとって、三間の距離は、あまりにも近間にすぎる。

眼と鼻の先に、たがいの敵がいるのと同じことだから、うかつにはうごけぬ。

才六老人にして見れば、一時も早く、この場から逃げたいのだけれども、傷を負っている上に、この近間では逃げたほうが隙をつかれて負けになることは、わかりきってい

るのだ。

（おのれ……）

と、歯がみをしつつ、

（あやつ、な、何者か……よほど腕のたつ忍びと見える……）

才六は、あせっていた。

この老熟の忍びは、まだ、相手が丹波大介であることに気づいていない。

大介が、半ば口をあけたむしろの蔭に顔をかくすようにして対峙《たいじ》しているからだ。

向うに見える三つほどの乞食小屋の住人たちは、この争闘にまったく気づかぬらしく、顔を出すものもなかった。

と……。

大介の小屋の向うがわに倒れていた弥平次が、失神状態からさめた。

弥平次の顔が血のかたまりになっている。大介の投げた飛苦無が彼の右頬とひたいに嚙みついていた。

弥平次は、死の一歩前であった。

気づいた彼は、必死に、うめき声を嚙みころし、ふところの短刀を引きぬいた。

いま、大介はこちらに背を向け、下田才六とにらみ合っている。

だから弥平次は、渾身《こんしん》のちからをふりしぼり、大介の背後から最後の突進をこころみようとしているのであった。

ずり落ちかけた、むしろの向うに、大介の上半身が見える。

弥平次は立ちあがり、声もたてずに大介の背中へ、短刀ごと躰を打ちつけて行った。

だが……。

丹波大介は、うしろの弥平次に対して、いささかのゆだんもなかったのである。

大介はまだ、弥平次の死を確認してはいない。

常人ならばともかく、忍びの敵を相手に闘うときは、敵の死を見とどけぬかぎり、ゆだんは禁物なのである。

ぶつかって来た弥平次の短刀は、むなしく空間を突き、その攻撃をかわした大介は、小さな乞食小屋の横手へころげ出た。

ころげ出る前に、大介は仕こみ刀を一閃《いっせん》している。

「うわ、わわ……」

その一閃に、弥平次はくびすじを切り割られ、即死した。

ころげ出た大介が、そのままの姿勢で、下田才六へ飛苦無を投げつけた。

才六老人は、意表をつかれた。

死んだとおもいこんでいた味方の弥平次が、突如、敵の背後から襲いかかったことも、才六の計算には入っていなかったし、はっとおもったときには、大介に斬られた弥平次が才六の眼の前へころげ出て、即死をとげた。

(しまった……)

すでに、一歩おくれている。

才六の視界に、敵の姿がなかった。

(どこに……?)

才六の視線があわただしくあたりに走り、敵の姿をとらえたときには、その敵……丹波大介の投げつけた飛苦無が才六老人の右肩へ突き刺さっていたのである。

「う……」

才六は、右手の短刀を落した。

落したその手が、それでも懸命に革袋の飛苦無を一個、つかみ出した。

つかみ出したときが、下田才六の最期であった。

山猿《さんえん》のごとき速さで走って来た大介の一刀が横なぐりに、才六の首を切り落していた。

ほとんど、才六に死の苦痛はなかったろう。

むしろ、三条河原に落ちた才六の首は、まんぞくそうな笑みをたたえているかのようにおもわれた。

才六は、この敵を丹波大介だと確認し得ぬままに息絶えたのである。

先刻、小屋から出て行った馬杉の甚五を大介とおもいこんだままに、才六老人は死んだ。

(わしは、ここで死んでも、大介の息の根は小たまたちがとめてくれる。それで頭領さまのお指図を、われらは仕とげたことになるのじゃ)

大介と闘いつつも、この老いた忍びには、その満足感があったものとおもわれる。

いっぽう、丹波大介は、

「あっ……」

切り落した首を、あらためて見て、

(こ、これは……)

息をのんだ。

(下田才六どのではないか……)

なのである。

六年前の関ヶ原戦争の前までは、大介も才六老人と同じ山中俊房の下にあって忍びばたらきをしていたものだ。

才六からも、いろいろと忍びの術を教えてもらいもしたし、共にちからを合せてはたらいたこともある。

「ああ……」

大介が、哀しげに嘆声を発して、

「さ、才六どの」

ひしと、才六の首を胸に抱きしめた。

(こ、これが……忍びの宿命《さだめ》なのか……)

大介は、うなだれた。

そして、

(そうだったのか……おれは、甲賀・山中忍びを裏切った男として、才六どのたちから、つけねらわれていたのか)

と、わかった。

わかった瞬間に、

「あっ……」

大介は、おもわず低く叫んだ。

(これは、容易ならぬことやも知れぬ)

なのである。

(馬杉の甚五は、先刻、おれの着物を身につけ、小屋から出て行ったのだ)

とすれば……。

(甚五を、このおれと見まちがえ、他の山中忍びが追って行ったやも知れぬ)

そこへ気づいた。

大介は、すぐに弥平次がつかった竹棒の毒針をあらため、さらに、首のない下田才六の胴体をさぐり、ふところから、しびれ毒の丸薬を発見した。

(おれを、裏切り者として成敗《せいばい》するのなら、しびれ毒をつかわぬはずだ。たちどころにおれのいのちを絶つ猛毒をつかうにちがいない。では……では、おれを馬杉の甚五と見まちがえたのだな、下田才六どのは……)

こうなっては、才六老人への感傷にひたりこんでいるわけにもゆかぬ。

大介は、才六の首を急いで河原の下へ埋めこんだ。

弥平次の死体には、かまっていられない。

大介は、三条河原から堤の上へ飛びあがった。

馬杉の甚五は、先ず、伏見の指物師・門兵衛方へ立ち寄り、大介からの伝言と、自分の熊本行をつたえることになっている。

(だが、伏見へ着く前に、甚五は殺されてしまっているやも知れぬ)

風のごとく霧をついて走りつつ、大介は全身の神経を街道のそこここへ向け、異常をたしかめつつ、走った。

鼻は、血のにおいをさぐっている。

眼は、街道のみか、家々の路地にまで向けられた。

霧が風にながれている。

しかし、空は鉛色に曇ってい、雨が落ちてきはじめた。

三条河原から伏見の町までは約三里。

たちまちに、大介は伏見へ入り、門兵衛の家の前へ立った。

(や……?)

これを、すじ向いの髪ゆいの小屋の中で、戸の隙間から見たのは、山中忍びの安四郎だ。

安四郎は、遠国《おんごく》で忍びばたらきを長くしていたから、丹波大介を見知ってはいないが、大介が指物師の家にあらわれたのを見ている。

門兵衛宅の中へ入った丹波大介は、

「馬杉の甚五が立ち寄ったか？」

と、与七に問うた。

「はい。まだ暗いうちに……」

「ふうむ、そうか……」

甚五は、ここへ来るまで、だれからも危害を加えられていない。

「どうなされた？」

門兵衛が、奥からあらわれ、大介からすべてをきくや、

「それはいかぬ」

すぐさま、与七をうながして、身仕度にかかろうとした。

「待て」

「え……大介どの。こうしてはおられぬ」

「よし。では、与七に先へ行ってもらおう」

「心得た」

与七は、一陣の風のように、裏手へ駈け去った。

「門兵衛。くやしいことだが……これは、たしかに、おれが後をつけられていたことに

なる」

「昨夜で？」

「と、すれば、おれが、昨日の夕刻に、ここへ立ち寄ったときからか……または……」

いいかけて、大介が、

「あっ……」

低く、叫んだ。

「どうなされました？」

「前の、髪ゆい……」

きいて、門兵衛の顔色も変った。

「まさかに……？」

「いちおうは、うたぐって見ねばなるまい、こうなれば……」

「ふうむ……」

「この家のすぐ前に、店を張ったことだけでも、うたぐって見ねばならぬところだった……」

「いうまでもござらぬ」

門兵衛は満面に血をのぼらせ、

「わしも与七も、じゅうぶんに気をつけてはおりましたなれど、まさに、あれは、ただの髪ゆい……」

「待て」

大介は、しめきった戸に仕かけてある秘密の〝のぞき口〟から、すじ向いの髪ゆいの仮小屋をながめた。

霧のような雨がふり出している。

髪ゆいの小屋の戸は、閉まったままであった。

「門兵衛。おれは、与七の後を追いかける。おぬしは、ここへ残って、あの髪ゆいを見張れ」

「それが、あの老いた髪ゆいは、毎夕、どこかにある我が家へ帰って行くらしい……いま、小屋に留守居をしているのは、四十がらみの手つだい男でござる」

「そやつでもかまわぬ。ともかく、あの小屋から眼をはなすな」

「心得申した」

門兵衛と語りつつ、大介はす早く、乞食の衣をぬぎ捨て、牢人風の小袖に着替えている。

大介は着替えるや、大脇差を腰へ差しこみ、門兵衛がさし出す飛苦無の入った革袋を二つ、うけとって一つは腰に、一つはふところに入れ、戸棚の中の編笠をつかみ、

「たのむぞ」

いいすてるや、これも与七の後を追い、裏口から飛び出して行った。

いっぽう、髪ゆいの仮小屋では、戸の隙間へひたいを押しあて、山中忍びの安四郎が、

門兵衛宅を注視している。

安四郎は遠国づとめが長かったから、むろん、丹波大介の顔は知らぬ。知らぬけれども、乞食姿の大介が門兵衛宅へ入ったのを見て、

(これは……)

胸がさわいだ。

先刻も、旅商人ふうの男が、門兵衛宅へ入って行ったが、そのとき、山中忍びの宇六が小屋の裏口からあらわれ、

「いま前の家へ入って行ったのが、裏切り者の丹波大介だそうな」

と、告げ、下田才六老人からうけた指令をもつたえて、

「安四郎どのは、ここにいて、見張りをつづけていろ、とのことじゃ」

「よし、わかった」

旅商人は、すぐに門兵衛宅から出て、どこかへ去った。

「では、たのむ」

宇六は、外で見張っている鎌治と共に、旅商人を追って行った。

宇六たちも、安四郎も、旅商人の馬杉の甚五を、丹波大介とおもいこんでいる。

昨夜は、三条大橋下の乞食小屋を才六老人が見張りつづけていたことも、宇六からきいただけに、乞食姿の男が伏見へあらわれ、しかも門兵衛宅へ入って行ったのを見て、

(もしや……?)

安四郎は、急に、下田才六の身が心配になって来た。

(才六さまの身に、なにか、あったのではないか……?)

なのである。

(いま、前の家へ入っていった乞食を才六さまが見張っていた、そうすると、才六さまも、この近くに来ておられるのか……または、あの乞食の手にかかったか……いやいや、そのようなことはあるまい。才六さまが、やみやみと、そのような……)

じりじりしながら見張りをつづけているのだが、いっこうに才六が小屋へあらわれない。

もしも、あの乞食の後をつけて来たのなら、かならず才六も小屋へあらわれ、安四郎へ何かのかたちで指令をあたえなくてはならぬ。それが山中忍びの仕方なのだ。

門兵衛宅へはいった乞食は、なかなかに出て来ない。

(もしや、裏口から……?)

安四郎は居ても立っても、いられなくなってきた。

(ここにいては、どうにもならぬ)

安四郎は短刀をふところへ入れ、急いで小屋の裏手へ出た。

小屋の裏がわは、堀川に沿った小道である。

その小道の向うに、指物師・門兵衛の家が、わずかに見えた。

安四郎は、小屋の蔭へうずくまった。

指物師の家からも、こちらを見張る眼が光っているやも知れぬ。

門兵衛の家を見張るためには、堀川の向う側へわたらなければならぬ。遠まわりをしてもよいのだが、

(そうしては、おられぬ)


安四郎に、あせりが生じてきている。

堀川の向う側は、村上周防守屋敷であった。

そこなら人通りも少ない。

門兵衛の家の裏手も見わたせる。


(むう……ど、どうしてくれようか……)


そのとき、安四郎の背後から、ひたひたと近づく足音があった。

ふり向いて見て、安四郎が、路地へ這い伏さるように身をかくした。

近づいてきたのは、蓑笠をつけ、荷を負うた、このあたりの町民らしい。

路地口を通りかかったその男の足を、安四郎が思いきり引きつかみ、同時に片ひざを立てて、男のひ腹へ拳《こぶし》を突き入れていた。

うめき声もたてずに、男は倒れている。

安四郎は、男からうばいとった蓑笠を身につけ、荷物を肩にかついで堀川沿いの道へ出た。

指物師の家では、門兵衛がのぞき口から、髪ゆいの小屋を注視している。

と……。

小屋のわき道へ、蓑笠をつけた男が荷をかついであらわれた。

(や……?)

門兵衛は、不審に感じた。

この男なら、先刻、自分の家の前を通って堀川沿いの道を北へ去った男である。

門兵衛は、たずねて来た馬杉の甚五を表口から送り出したとき、この男を見ている。

この男は傾城《けいせい》町に住む〝魚や〟なのだ。門兵衛も顔を見知っていた。

魚やは、高瀬川の河岸に着く魚の荷から買い出しをして来たのだ、と、門兵衛はおもった。

ところが、笠をかたむけ、まったく顔を見せぬようにし、男が傾城町とは反対の方向へ、堀川の橋をわたり去るのを見て、

(こやつ、あやしい……)

門兵衛は直感し、ためらうことなく表戸を引き開け、道へ出た。

雨が強くなりはじめていた。

道へ出て、堀川の向うを見た門兵衛を、川をわたり、ちょうどふり向いた安四郎が笠の内から見て、ぎくりとした。

安四郎は、

(見られた……)

あわてて、走り出した。

(やはり……)

こうなると、門兵衛も捨ててはおけぬ。

いささかの躊躇もなく、門兵衛は走り出していた。

馬杉の甚五と丹波大介が危急の場合なのである。

(おもいきって、してのけねばならぬ)

と、門兵衛は決意をしていた。

いっぽう、山中忍びの安四郎にしてもだ。なにも門兵衛が橋の向うへ出て来て、こちらを見たからとて、あわてて逃げることもなかった。ほかに何か、門兵衛の眼をあざむく仕様があったろう、というものだ。

ひとつの土地へ、じっくりと腰を落ちつけ、長い月日をかけて〝忍びばたらき〟をするのが得意な安四郎だけに、こうした緊急の場合になると、とても才六老人や小たまのようなわけには行かぬ。

しかも、なじみのうすい伏見の町だけに、安四郎には不安があった。

安四郎が、村上周防守屋敷の塀に沿って、左へ曲った。

村上周防守は越後・本庄九万石の城主で、むろん、徳川家康に臣従する大名である。

(村上屋敷へ逃げこもう!)

とっさに、そう決めた安四郎であるが、塀をおどりこえる、などという芸当はもち合せていない。

安四郎は〝情報あつめ〟の仕事に長らくたずさわってきただけに、手足のはたらきが、他の忍びたちのようなちからをもっていない。

左へ曲った彼方に、村上屋敷の表門が見える。

懸命に安四郎が駈けた。

そのとき、疾風のごとく追いついて来た門兵衛が塀の曲り角へあらわれ、

「む!」

ふところの飛苦無を二個、投げ撃った。

「ぎゃあっ……」

安四郎の悲鳴があがる。

二つの飛苦無の鋭利な尖端が、安四郎のくびすじと、左の股へ喰いこんだ。

のめって、片ひざをつき、それでも必死に、くびすじの飛苦無を抜きとろうとしながら、身をよじった安四郎の喉もとへ、風を切ってまたも二つの飛苦無が、今度は深々と突き立った。

「わ、うわ、わ……」

安四郎が、ぬかるみの道へ転倒したとき、門兵衛の姿は消えている。

あらためるまでもなく、

(とどめを入れた)

という自信があったからだろう。

安四郎の叫びをきき、村上屋敷の番士たちが駈けあらわれ、安四郎を抱き起し、

「や……死んでおるぞ」

「どこの者か……？」

「これに突き立っているものは、何じゃ」

ささやきかわした。

門兵衛は村上屋敷の塀ぎわをはなれるや、身を返して、自分の家にもどった。

村上屋敷の士《もの》が念のため、曲り角へ出て見たとき、門兵衛の姿は早くも〝指物師〟の家の中へ呑みこまれている。

門兵衛は、たちまちのうちに身仕度をととのえた。

着替えはせぬが、脇差を腰へさしこみ、忍び道具を身につけ、蓑笠に躰をつつみ、またも表へ出た。

雨が道を、屋根を打ちたたいている。

完全に朝となっていたが、ひどい雨になったし、まだ、あたりの家は戸も開けてはいない。

堀川の向う、村上屋敷のあたりも、雨にけむって様子が見えないほどであった。

堀川沿いの道へ出た門兵衛が、髪ゆいの小屋の裏口から、中へふみこんだ。

中には、髪ゆい道具があるだけで、別に何の変ったこともない。

（ひとつ、ここに待ちかまえていて、別の敵があらわれるのを見てくれようか……）

と、おもったが、

（いや、こうなれば、おれの家も、きっと敵の忍びの眼にふれているだろう。あぶないことだ。ここで、ぐずぐずしているよりも、いっそ、大介さまたちを追いかけ、手助けしよう）

はじめの決意を実行することにした。

今朝も暗いうちにあらわれた馬杉の甚五は、

「大介さまの御指図で、熊本へ行く」

と、門兵衛につたえた。

とすれば、およそ、彼が通る道すじはわかっている。

門兵衛は、髪ゆいの小屋を出ると、傾城町の北がわへ出て、伏見の町から走り去った。

そのころ、馬杉の甚五は……。

伏見城下から、さしわたしにして四里ほどのところにある上牧《かんまき》の村外れの山林の中に、凝と身を屈めていた。

甚五の脚力をもってして、まだ、このあたりにいるというのは、どうもおかしい。

（うかつに、うごけぬ）

と、甚五は全神経を眼と耳にあつめ、楠《くす》の大木の枝へ、鳥のようにとまっている。

伏見の城下を出て、淀川を山崎のあたりへわたりきったとき、

（だれかが、おれの後をつけている）

と、甚五は感じた。

つけていたのは、いうまでもなく、山中忍びの宇六と鎌治であったが、

「きゃつめ、速い足どりだ」

「小たまさまたちが追いついて来るまでに、なんとか、大介めを食いとめておかなくては……」

二人とも、旅商人姿の甚五を、まだ、丹波大介だと、おもいこんでいる。

このまま、後をつけて行ったのでは、相手がどこへ行ってしまうか、知れたものではない。

応援の小たまたちが追いつくまで、

「決して、手を出すな」

と、二人は才六老人から命じられていた。

そこで宇六と鎌治は、わざと甚五の後をつけている態《さま》を気づかれるように仕むけたのである。

後をつけている者がある、と知れば、相手もうかつにはすすめないからだ。

二人の計画は、まさに適中したわけであった。

雨が、いよいよ烈しい。

上牧の村外れの山林へ入ったきり出て来ない馬杉の甚五を、宇六と鎌治が見張ってい

る。

「二人きりでは、どうにもならぬ」

「山づたいに、どこぞへ逃げられたら、困るぞ」

「小たまどのは、おそいな」

「ええ、もう、こうなったら、二人でやってのけようか」

「待て。才六さまは、助勢が追いつくまで屹度《きっと》、手出しをしてはならぬ、と申された」

「なれど、このままでは……」

「とにかく、ここまで追いこんだのだ。相手も、うかつにはうごくまい。宇六よ。おぬし、道へ出て、小たまどのが追いついて来るのを待ち、ここへ案内しろ」

「一人でよいか？」

「行け、早く」

「よし」

宇六が、街道へ駈け去った。

鎌治は、山林が見わたせる小高いところの竹藪にひそみ、見張りをつづけた。

小たまと五名の山中忍びが、宇六に案内されて、この竹藪へあらわれたのは、間もなくのことであった。

「あ、小たまどの……」

「鎌治。いま、宇六からきいた。丹波大介はきっと、まだ、あの林の中にひそみかくれているにちがいない」

「そうでしょうか……」

「われらの人数を見とどけるまでは、大介も、うかつにはうごかぬはずじゃ」

と、小たまもまた、甚五を大介だとおもいこんでいる。

小たまは、あたりの地形に眼をくばった。

こちらは、小たまをふくめて八人である。

敵は、一人だ。

「よし!」

小たまが決然とうなずき、

「みなみな、ぬかるまいぞ」

と、いった。

七名の忍びたちが、大きくうなずいた。

彼らは、いずれも脇差を帯し、飛苦無をもっているばかりか、投縄もあるし、弓矢もある。火薬玉もあるのだが、この、ひどい雨では使用しにくい。

抱えて来た小さな木箱を開き、中に入っていた半弓や矢を取り出し、二名がこれを手にした。

「では……」

小たまが七人に何かささやき、

「宇六が先に……」

と、命じた。

「はっ……」

宇六は、脇差をぬきはなち、竹藪の中からすべり出て行く。

このあとから二人の忍びが、ついて行った。

鎌治は一人をつれて、右手からまわりこみ、残る二人は弓矢をもって左手へまわる。

小たまのみは、竹藪に残って、小さな畑地をへだて左向うがわの山林を、するどく見まもった。

馬杉の甚五は、まだ楠の樹の枝にとまってい、彼方を注視していた。

ここからは、前面の畑地や民家が、よく見わたせる。

晴れていれば、その向うにながれる淀川や、枚方《ひらかた》から石清水八幡宮の山なみまで、のぞむことができたろう。

「あ……？」

甚五が身をのり出した。

前方の竹藪の中から、突然、刀をぬきはなった男が（宇六）一人、駈けあらわれたからである。

（見つけられた……）

と、甚五はおもった。

なぜなら、宇六が刀をぬき、まっしぐらにこちらへ駈けて来たからである。

つづいて二人、これも竹藪から駈けあらわれ、宇六と共に刀をふりかざして、山林へ走りこんで来た。

(しまった……)

三人の敵を相手にして、樹の上にいることは不利をきわめる。

馬杉の甚五は、楠の上から飛び下りた。

「いたぞ!」

山林へ走りこんで来た宇六が、これを見のがすはずはない。

しかし、彼はこのときはじめて、甚五を見たのであった。

宇六たちは、小たまの指図で、あたかも甚五を発見したかのようなそぶりを見せ、駈けこんで来て、甚五をさそい出そうとしたのだ。

このさそいに、甚五はむざむざとのってしまったことになる。

飛び下りた甚五は、ななめに身を返し、山林の奥ふかくを目ざして逃げた。

びゅっ……。

びゅっ……。

つづけざまに、宇六たち三人が投げ撃つ飛苦無が、逃げる甚五のうしろから襲いかかる。

甚五は木々の間をたくみにすりぬけつつ、十数個の飛苦無をかわした。

このとき、左右にわかれて山林へふみこんで来た山中忍びたちも、それぞれに、

(宇六が、見つけたらしいぞ)

と直感した。

すさまじいうなりをたてて飛ぶ飛苦無の音を耳にしたからである。

「それっ!」

左右合せて四人が、一気に距離をせばめて行った。

このとき……。

牢人姿になった丹波大介が、泥しぶきをたてて、上牧の村へ駈けつけて来た。

このあたりから、馬杉の甚五は山沿いの道をすすむことを、かねてから大介は指令してある。

(どのあたりを甚五は、すすんでいるのか……?)

ともあれ、ここまでは甚五も無事だったらしい。

大介も、うっかりと走ってはいられない。

甚五の後から、何人かの山中忍びが追いかけているはずなのである。

速度をゆるめた丹波大介は、編笠の内からゆだんなく眼をくばりつつ、上牧の村外れへ出た。

雨は、ほとんど豪雨といってもよい。

村人たちの姿も、見えなかった。

そのとき……。

山林の中では、馬杉の甚五が追いつめられていた。

左手から、矢が疾って来る。

(敵は、うしろから来る三人のみではなかった……)

はじめて、甚五は気づいた。

山林の中だけに、おもいきって走れぬ。

それが、もどかしいけれども、これが山林の中でなかったら、すでに甚五のいのちはなかったろう。

うしろから、山中忍びの一人が木々の間をぬって肉薄していた。

甚五は、肩の荷を捨ててしまっている。

ふり向きざまに身を沈め、

「や」

飛苦無を三つ、投げつけた。

「あっ……」

その一つが、敵の胸もとへ命中した。

同時に甚五は、ななめ横の木蔭から別の一人が斬りつけて来るのを感じ、仰向けに倒れつつ、両手を地につけ、その反動を利用して跳躍し、傍の木の枝へ飛びついた。

斬りこんで来た敵の刃《やいば》は、空をはらった。

木の枝へ飛びついた甚五が、さらに一回転し、向うの木蔭から走り出て来た三人目の敵（宇六）めがけて、反撃に転じた。

空間に一回転しながら、甚五は脇差を引きぬき、宇六の頭上から襲いかかった。

「うわァ……」

宇六が、あたまから鼻すじまで、甚五の一刀に切り割られ、血しぶきをあげて倒れた。

甚五の早わざも、捨てたものではない。

宇六を切って飛びぬけた甚五は、

（敵のすべてが、ここへあつまった）

と、見た。

（こうなれば、逆に逃げよう）

甚五は、とっさに考えている。

つまり、山林の外へ逃げもどろう、というのだ。

危険だが、雨は烈しいし、おもいきって走れる。

そして、走った。

走る甚五の左肩へ、敵がうしろから投げつけてきた飛苦無が一つ、突き刺さった。

それに、かまわず甚五は木々の間をぬって走る。

横合いから、別の敵が二人、駈け寄り、脇差をたたきつけてきた。

甚五は小びんのあたりを切り裂かれながらも、そのうちの一人を斬り倒し、さらに走った。

山林が切れようとしている。

このとき、馬杉の甚五を追って来た山中忍びは、五名である。

残る二名は、甚五が殪《たお》した。

(しめた!)

と、甚五はおもったろう。

むしろ彼は、敵の忍びのすべて(七名)を山林へさそいこみ、これと闘って二名を殪したばかりでなく、敵の全貌を見とどけ、いま、逃走にかかっている。

脚力にかけては、

(だれにも負けぬ)

という自信を、甚五はもっていた。

ところが……。

さすがの甚五も、いま一人の敵が、自分の退路に待ちかまえていようとはおもわなかった。

山林を飛び出したとき、甚五は、五人の敵をかなり引きはなしていた。

(よし!)

彼は、全力疾走にうつりかけた。

実に、その転瞬であった。

畑道の松の上から、怪鳥《けちょう》のように、甚五の頭上へ襲いかかったものがある。

「ぎゃあっ……」

馬杉の甚五の絶叫があがった。

松の木の上に待ちかまえていたのは、いうまでもなく甲賀の小たまである。

彼女が、走って来る甚五の頭上を目がけて飛び下りざま、ぬき打ちに切りはらった刃は、甚五の頭から右の耳へかけて、深く切り割っていた。

「うぬ……」

深傷《ふかで》をおって尚、片ひざを突いてふりむきざま、甚五は左手に飛苦無をつかみ、小たまへ投げ撃とうとしたが、彼の手から飛苦無がはなれぬうち、小たまが投げつけた脇差は甚五の胸板へ深々と突き立っていた。

「う、むう……」

もはや、たまらぬ。

仰向けに倒れた甚五が、それでも両手をわななかせ、胸に突き立った脇差を引きぬこうとするようにしたが、それもかなわず、すぐに、ぐったりとなった。

「小たまどの……」

五人の忍びたちが、このとき山林の中から駈けあらわれた。

「うむ」

うなずいて小たまが、甚五の胸板へ片足をかけ、突き立っている脇差を引きぬき、ゆ

っくりとぬぐい、鞘におさめてから、

「うまくいった」

と、つぶやいた。

「いかさま……」

五人の顔をながめやって、小たまが、

「あとの二人は？」

「討たれまいた」

と、鎌治がこたえる。

「そうか……」

鎌治のほか二人が、宇六と、もう一人の忍びの死体の始末をするため、山林の中へもどって行く。

小たまは、馬杉の甚五の死顔を見やり、

「これが、丹波大介か……」

と、つぶやいた。

小たまと二人の忍びが、甚五の死体を取りかこんだとき、丹波大介が村外れの道へ出て来た。

まるで、滝のような雨であった。

その白い雨の幕の彼方にいる人影に、

（や……？）

大介が気づき、次の瞬間に彼は傍の小川の中に飛びこんでいた。

このように烈しい雨ふりでなかったなら、小たまたちもその気配を感じたろうが、

「早く……」

いいつつ、小たまがあたりに眼をくばったのは、その一瞬後であった。

「早う、大介の首を……」

小たまが命じた。

「心得た」

山中忍びの一人が、脇差を持ち直し、馬杉の甚五の首を掻き切ろうとしかけて、
たまぎるような悲鳴を発し、脇差をはなして転倒したものだ。

「あっ……」

その忍びの喉もとへ、飛苦無が突き刺さっていた。

はっと、小たまともう一人の忍びがふり向いたとき、丹波大介が、伏せていた小川の窪みからあらわれ、矢のように突進して来た。

小たまは、脇差をぬきはらいつつ、横手へ、左へ飛んだ。

右へ飛び逃げた忍びは、大介の横なぐりの一刀をうけ、

「うわ、わ……」

脇差の柄へ手をかけたまま、横ざまに泥しぶきをあげて倒れた。

これに見向きもせず、

「む！」

大介は、身を返し、燕のように小たまへ斬りかかった。

小たまは、六尺も跳躍し、宙に一回転し、片足で大介のあたまを蹴った。

くびをすくめて、これをかわした大介は、まだ編笠をかぶったままである。

この編笠は、杉谷の里にいる島の道半が手ずから製作してくれたものだ。

浅めの笠で、編み目も荒く、見通しがきいて、かぶったまま闘うのに不自由なくできている。

その上、あたまがあたるところには、内側から厚い皮をにかわでかためたものをはりつけてあって、簡単ながら、一種の兜《かぶと》の役目をはたしてもいる。

山林の裾へ逃げつつ、小たまは左手に地に下り立ち、さぐった飛苦無を大介へ投げつけた。

同時に……。

大介も飛苦無を投げつけている。

二つの飛苦無が、申し合せたように空間で嚙み合い、地に落ちた。

大介と小たまが双方から駈け寄り、刃をふるった。

一合、二合と打ち合って飛びはなれたとき、小たまの菅笠《すげがさ》が切り飛ばされ、大介は彼女の顔をはっきりと見た。

見たけれども、この女が印判師・仁兵衛のとなりに住んでいた足袋やのむすめだと、むろん、大介は知らなかった。

山林から、鎌治たち三人の忍びが駈けもどって来たのはこのときであった。

大介に飛苦無を打ちこまれた忍びの悲鳴を、ききつけたものらしい。

これを見るや、大介は小たまをすてて、猛然と、三人に肉薄した。

追いすがって来た小たまが、

「や！」

躍りあがって大介へ斬りつけた。

わずかに、大介が背中を切り裂かれた。

けれども、新手三人の機先を制することが大介のねらいである。

これが、みごとにきまった。

「あっ……」

「くそ……」

あわてて三方に飛び退こうとしたが、三人はまだ山林の中をぬけきっていなかった。

弾丸のように飛びこんで来た大介が木の幹を利用して縦横にうごき、たちまち一人を斬り、倒れかかるそやつの躰を楯にとって、左手につかんだ飛苦無を飛ばした。

「あっ……」

顔を押えてよろめくそやつの右手から、

「おのれ！」

鎌治が数個の飛苦無を投げ撃ちつつ、脇差をかまえて突きすすむ。

大介は、これを迎え撃とうともせず、身をひるがえし、山林の外へ駈け出た。

そのとき、小たまが脇差をかまえ直し、山林の中へ飛びこもうとしていた。

「たあっ！」

大介が気合声を発し、小たまの真向から襲いかかった。

かわした小たまの右肩から血が、ふき出した。

たたみこんで斬りつけようとする大介の背後から、

「逃げなされ！」

小たまへわめきつつ、鎌治が切りつけた。

大介は身を沈め、ななめ横へ飛んだ。

鎌治の刀の切先が、大介の編笠の上を切り裂いたけれども、ここには、例の防備がほどこしてあるから、大介のあたまは、いささかも傷ついていない。

「早く……」

またも、小たまへ声を投げ、いまは必死の鎌治が脇差を大介めがけて投げつけた。飛苦無は投げつくしてしまったらしい。

鎌治の脇差は雨の幕を切って、大介の胸元へ飛んだ。

大介の脇差が、これをたたき落した。

鎌治の左手は、早くも腰の〝投げ鎖〟をぬき取り、またもこれを投げつけたものだ。

長さ一尺余の鎖の先に、重い分銅がついている。

面上を襲った投げ鎖を、大介が脇差でうけとめた。

投げ鎖が、大介の刃に巻きついた。

鎌治がふところの短刀を引きぬき、躰ごとぶつかって来た。

鎖が巻きついた大介の刀は、とっさの役にはたたぬ。

巻きつけられた瞬間に、ためらうことなく、大介は刀を鎌治の面上へたたきつけた。

突進してきた鎌治のあたまから顔へかけて、大介の刀がもろにあたった。

強烈な打撃である。

鎌治が、ふらりとよろめいた。

よろめいたが、すぐに立ち直った。

しかし、よろめいた一瞬の間が、二人の勝敗を決した。

飛び退った大介の手から二個の飛苦無が投げつけられ、一つは鎌治の喉へ……一つは、左胸へぐさりと、突き刺さった。

「あ、ああ……」

鎌治が泣くような声をあげ、背をまるめ、あたまのほうから泥濘の中にくずれこむようにして、倒れた。

丹波大介は、さらに三間ほどを飛び退っている。

小たまの逆襲にそなえてだ。

だが、小たまの姿は消えていた。

（女忍びめ、どこのだれか……？）

追わんとして、大介はためらった。

いつの間にか、三人ほどの村人が道にあらわれ、こちらをおそろしげに見まもっているではないか……。

彼らのすぐ近くに、馬杉の甚五の死体がある。

雨勢は、いささかもおとろえていなかった。

大介は村人たちへ、

「こやつら、物盗りでござる」

大声にいい、刀をひろった。

巻きついていた鎖を外し、ふところに入れつつ、

「そこに倒れている旅の商人に、こやつらが襲いかかったのだ。おれが駆けつけたときには、もう殺されていて……」

語りかけつつ、村人に近づいて行き、

「気の毒に……」

甚五の死体を抱き起した。

村人たちは、大介のことばを信じたようである。

大介が、一分金《いちぶきん》をふところから出し、

「これで、馬を一頭、貸してもらえまいか。かならず、後で返しに来る。この商人は見知りの者ゆえ、京へはこび、念仏のひとつもあげてやりたい。どうかな？」

村人たちがうなずいた。

そのころ……。

小たまは、山林の中を必死に逃げていた。

肩の傷は、いのちにかかわるほどのものではなかったが、もはやこれ以上、大介と闘っても勝てぬことを、小たまは知っていた。

（ついに、編笠をとらなんだゆえ、顔をあらためることはできなかったが……どこの忍びなのか……。それにしても、丹波大介は討ちとった。大介の首を頭領さまにお見せできぬのは残念だけれど……）

小たまは、まだ、馬杉の甚五を大介だとおもいこんでいるのであった。

文春文庫

火《ひ》の国《くに》の城《しろ》 上

定価はカバーに
表示してあります

2002年9月10日　新装版第1刷

著　者　池波《いけなみ》 正太郎《しようたろう》
発行者　白川浩司
発行所　株式会社 文藝春秋
東京都千代田区紀尾井町 3-23　〒102-8008
TEL 03・3265・1211
文藝春秋ホームページ　http://www.bunshun.co.jp
文春ウェブ文庫　http://www.bunshunplaza.com

印刷・凸版印刷　製本・加藤製本
Printed in Japan
ISBN4-16-714279-1

文春文庫

池波正太郎の本

（　）内は解説者

池波正太郎
鬼平犯科帳七〈新装版〉

「雨乞い庄右衛門」「隠居金七百両」「はさみ撃ち」「掻掘のおけい」「泥鰌の和助始末」「寒月六間堀」「盗賊婚礼」の七篇。いつの時代にも変わらぬ人間の裸の姿をリアルに映し出す。

い-4-58

池波正太郎
鬼平犯科帳八〈新装版〉

巨体と髯面を見込まれ用心棒に雇われた男の窮地を救う「用心棒」のほか、「あきれた奴」「明神の次郎吉」「流星」「白と黒」「あきらめきれずに」を収録して、ますます味わいを深める。

い-4-59

池波正太郎
鬼平犯科帳九〈新装版〉

〝隙間風〟と異名をとる盗賊が、おのれの人相書を届けてきた。平蔵をコケにする「雨引の文五郎」。他に「鯉肝のお里」「泥亀」「本門寺暮雪」「浅草・鳥越橋」「白い粉」「狐雨」を収録。

い-4-60

池波正太郎
鬼平犯科帳十〈新装版〉

密偵として働くことになった雨引の文五郎に裏切られた平蔵の心境は如何。盗賊改方の活躍を描いた「犬神の権三」のほか、「蛙の長助」「追跡」「五月雨坊主」など全七篇を収録。

い-4-61

池波正太郎
鬼平犯科帳十一〈新装版〉

同心木村忠吾が男色の侍に誘拐される「男色一本饂飩」、平蔵が乞食浪人に化ける「土蜘蛛の金五郎」、盗んだ三百両を返しにゆく「穴」など全七篇を収録。　（市川久夫）

い-4-62

池波正太郎
鬼平犯科帳十二〈新装版〉

盗賊となった又兵衛との二十数年ぶりの対決を描く「高杉道場・三羽烏」のほか、「いろおとこ」「見張りの見張り」「密偵たちの宴」「二つの顔」「白蝮」「二人女房」の六篇を収める。

い-4-63

池波正太郎の本

（　）内は解説者

池波正太郎
鬼平犯科帳十九〈新装版〉
幼児誘拐犯は実の親か？ 卑劣な犯罪を前にさすがの平蔵にも苦悩の色が……。ある時は鬼になり、ある時は仏にもなる鬼の平蔵の魅力を余すところなく描いた、著者会心の力作六篇。
い-4-70

池波正太郎
鬼平犯科帳二十〈新装版〉
「か、敵討ちの約束がまもれぬなら、わたした金を返せえ！」女から敵討ちを頼まれて逃げ回る男に、平蔵が助太刀を申し出て意外な事実が判明。「げに女心は奇妙な」と鬼平も苦笑。
い-4-71

池波正太郎
鬼平犯科帳二十一〈新装版〉
同心大島勇五郎の動静に不審を感じた平蔵が、自ら果敢な行動力で凶盗の跳梁を制する「春の淡雪」を始め、部下への思いやりをしみじみと映し出して〝仏の平蔵〟の一面を描く力作群。
い-4-72

池波正太郎
鬼平犯科帳二十二〈新装版〉
特別長篇　迷路
火盗改長官長谷川平蔵が襲われ、与力、下僕が暗殺された。平蔵の長男、娘の嫁ぎ先まで狙われている。敵は何者か？ 生涯の怪事件に遭遇し、追いつめられた鬼平の苦悩を描く長篇。
い-4-73

池波正太郎
鬼平犯科帳二十三〈新装版〉
特別長篇　炎の色
夜鴉が無気味に鳴く。千住で二件の放火があった。火付盗賊改方の役宅では、戦慄すべき企みが進行していた。——長谷川平蔵あやうし！ 今宵また江戸の町に何かが起きる！
い-4-74

池波正太郎
鬼平犯科帳二十四〈新装版〉
特別長篇　誘拐
風が鳴った。平蔵は愛刀の鯉口を切る。雪か？ 闇の中に刃と刃が嚙み合って火花が散った——。「鬼平犯科帳」は本巻をもって幕を閉じる。未完となった「誘拐」他全三篇。（尾崎秀樹）
い-4-75

文春文庫

池波正太郎の本

（　）内は解説者

蝶の戦記〈新装版〉（上下）
池波正太郎
白いなめらかな肌を許しながらも、忍者の道のきびしさに生きてゆく於蝶。川中島から姉川合戦に至る戦国の世を、上杉謙信のために命を賭け、燃え上る恋に身をやく女忍者の大活躍。
い-4-76

火の国の城（上下）
池波正太郎
関ヶ原の戦いに死んだと思われていた忍者丹波大介は雌伏五年、傷ついた青春の血を再びたぎらせる。家康の魔手から加藤清正を守る大介と女忍び於蝶の大活躍。（佐藤隆介）
い-4-10

忍びの風（全三冊）
池波正太郎
はじめて女体の歓びを教えてくれた於蝶と再会した半四郎。姉川合戦から本能寺の変に至る戦国の世に、相愛の二人の忍者の愛欲と死闘を通して、波瀾の人生の裏おもてを描く長篇。
い-4-14

旅路（上下）
池波正太郎
夫を殺した近藤虎次郎を〝討つ〟べく、彦根を出奔した三千代。封建の世に、武家社会の掟を犯してまでも夫の仇討に執念を燃やす十九歳の若妻の女の〝さが〟を描く時代長篇。
い-4-28

雲ながれゆく
池波正太郎
行きずりの浪人に手ごめにされた商家の若後家・お歌。それは女の運命を大きく狂わせた。ところが、女心のふしぎさで、二人の仲は敵討ちの助太刀にまで発展する。（筒井ガンコ堂）
い-4-36

秘密
池波正太郎
はずみで家老の子息を斬殺し、江戸へ出た主人公に討手がせまるが、身を隠す暮らしのうちに人の情けと心意気があった。再び人は斬るまい……。円熟の筆で描く当代最高の時代小説。
い-4-42

（ ）内は解説者

おれの足音（上下）
大石内蔵助
池波正太郎

吉良邸討入りの戦いの合間に、妻の肉づいた下腹を想う内蔵助。剣術はまるで下手、女の尻ばかり追っていた〝昼あんどん〟の青年時代からの人間的側面を描いた長篇。（佐藤隆介）

い-4-7

幕末新選組
池波正太郎

青春を剣術の爽快さに没入させていた永倉新八が新選組隊士となった。女には弱いが、剣をとっては隊長近藤勇以上といわれた新八の痛快無類な生涯を描いた長篇。（駒井皓二）

い-4-13

その男（全三冊）
池波正太郎

主人公、杉虎之助は微禄ながら旗本の嫡男。十三歳で、大川に身を投げ、助けられた時が波瀾の人生の幕開けだった。幕末から明治へ、維新史の断面をみごとに剔る長篇。（佐藤隆介）

い-4-23

剣客群像
池波正太郎

夜ごとに〈辻投げ〉をする美しい女武芸者・留伊のいきさつを皮肉にスケッチした「妙音記」のほか、「秘伝」「かわうそ平内」「柔術師弟記」「弓の源八」など七篇を収める。（小島香）

い-4-17

忍者群像
池波正太郎

戦国時代の末期、裏切りや寝返りも常識になっていた乱世の忍者の執念を描く「首」のほか、「鬼火」「やぶれ弥五兵衛」「寝返り寅松」「闇の中の声」など忍者小説七篇の力作群。

い-4-18

仇討群像
池波正太郎

仇討は単なる復讐ではなく武士世界の掟であった。その突発的事件にまきこまれた人間たちののっぴきならない生きざま。討つ者も討たれる者も共にたどるその無残で滑稽な人生を描く。

い-4-20

池波正太郎の本

（　）内は解説者

池波正太郎
夜明けの星
敵を探す男は飢えて煙管師を斬殺し、闇の世界の仕掛人の道を歩む。一方、父を殺された娘は幸せな一生を送る。夢魔のような一瞬が決めた運命の回り合わせをしみじみと描く。

い-4-31

池波正太郎
乳房
〝不作の生大根〟と罵られ、逆上して男を殺した女が辿る数奇な運命と並行して、平蔵の活躍を描く〝鬼平シリーズ〟の番外篇。〝乳房〟が女を強くすると平蔵はいうが、果たして……。

い-4-38

池波正太郎編
鬼平犯科帳の世界
著者自身が責任編集して話題を呼んだオール讀物臨時増刊号「鬼平犯科帳の世界」を再編集して文庫化した、決定版〝鬼平事典〟……。これ一冊で鬼平に関するすべてがわかる。

い-4-43

文藝春秋編
「鬼平犯科帳」お愉しみ読本
鬼平という人物の魅力、人心掌握術の見事さ、当時の江戸の様子、平蔵の刀や煙管についての蘊蓄等々、様々な人々が多面的に池波正太郎作「鬼平犯科帳」のユニークさ、面白さを追究！

編-2-18

佐藤隆介編
池波正太郎・鬼平料理帳
登場人物が旨そうに食べる場面は「鬼平犯科帳」の一つの魅力。シリーズ全巻から〝美味〟の部分を抜き出し、平蔵の食の世界とその料理法を再現。池波正太郎の「江戸の味」を併載。

さ-14-1

里中哲彦
鬼平犯科帳の真髄
「鬼平犯科帳」全篇をつうじて、いちばん幸せな男は誰か？　鬼平役者の秘話あれこれ等、テレビから映画に到るまで、本格派のファンが気持ちを気ままにつづって笑いを誘う副読本。（梶芽衣子）
さ-37-1